Berlin-Mitte. Es ist kalt, die Auftragslage ist mies, und nachts plagen Dallinger Albträume; immer wieder durchlebt er Szenen seines letzten großen Falls. Einziger Lichtblick ist der bevorstehende Urlaub – der erste mit Anke. Doch dann meldet sich seine Exfreundin: Ina ist überraschend in der Stadt und will ihn sehen. Dringend. Dallinger zögert. Bevor es zu einem Treffen kommt, ist sie tot. Die Polizei geht von Selbstmord aus: Ein Abschiedsbrief lässt vermuten, dass Ina die Trennung nicht verwunden hat. Dallinger kann dies nicht glauben und nimmt Ermittlungen auf. Er muss erkennen, dass ihm ein wichtiger Teil von Inas Leben verborgen geblieben war.

»Das Potenzial für eine erfolgreiche Serie ist vorhanden. Man freut sich schon jetzt auf ein Wiedersehen mit Michael Dallinger.« Krimi-Couch über *Kleine Aster*

Moritz Wulf Lange, 1971 in Hamburg geboren, schrieb u. a. sieben Hörspieldrehbücher zu den Wallander-Krimis von Henning Mankell. Seine Hörspielserie Edgar Allan Poe wurde für den Deutschen Hörbuch-Preis nominiert. 2009 erschien bei Bloomsbury Berlin *Kleine Aster*. Dallingers erster Fall. Moritz Wulf Lange lebt in Berlin und bei Bremervörde.

Moritz Wulf Lange

Kalter Abgrund

Dallingers zweiter Fall

Roman

BLOOMSBURY BERLIN

BLOOMSBURY PUBLISHING • LONDON • NEW YORK • BERLIN

FSC
Mix
Produktgruppe aus vorbildlich bewirtschafteten Wäldern und anderen kontrollierten Herkünften
Zert.-Nr. GFA-COC-001223
www.fsc.org
© 1996 Forest Stewardship Council

Umschlaggestaltung:
Rothfos & Gabler, Hamburg, unter Verwendung zweier Fotografien von © Masterfile
Gesetzt aus der Stempel Garamond
durch hanseatenSatz-bremen, Bremen
Druck und Bindung: CPI – Clausen & Bosse, Leck
Printed in Germany 2010
ISBN 978-3-8270-0868-8
www.berlinverlage.de

Prolog

31. Dezember 2003

Im Krankenhaus war alles ruhig. Die Nachtschwester las in einer Zeitschrift. Draußen verfolgten unzählige Menschen die letzten Minuten bis zum Jahreswechsel.

Die Schwester sah auf die Uhr, legte ihre Zeitschrift weg und brach zu ihrem Kontrollgang auf. Sie war auf der neurologischen Station allein mit vierunddreißig Patienten.

Im Korridor roch es nach Putzmitteln.

Sie sah in die Zimmer hinein. Manchmal trat sie an ein Bett.

Alles war normal. Sie dachte daran, dass ihre Freundinnen gleich mit Sekt anstoßen würden.

Am letzten Bett stutzte sie. Irgendetwas stimmte nicht. Sie schaltete das Deckenlicht an und beugte sich über die reglose Gestalt des Mannes. Auch ohne die üblichen Proben wusste sie, was geschehen war.

Er war tot.

Draußen stieg eine einzelne Rakete auf.

Eine seltsame Nacht, um zu sterben, dachte sie. Wenn alle Menschen fröhlich sind. Sie blieb einen Moment stehen und neigte den Kopf. Dann rief sie im Bereitschaftszimmer an.

»Jan Winter ist gestorben. Der Doktor soll mal bitte kommen.«

Morgen würde der neue Chef seinen Dienst auf der Station antreten. Das fing ja gut an.

Vor den Fenstern explodierte der Himmel in bunten Farben. Nach ein paar Minuten war das Spektakel vorbei, der Himmel wieder dunkel. Nur hier und da knallten noch einzelne Böller. In den Straßen wurde das Grölen der Betrunkenen lauter.

Montag, 26. Januar

1.

Michael schreckte hoch. Unter seinen Händen fühlte er kalten Marmor. Wo war er? Dann erinnerte ihn der Geruch von schmutzigem Geschirr und kaltem Fett, dass er an seinem Küchentisch eingeschlafen war. Er stützte die Ellbogen auf die kleine Marmorplatte. Sie ragte aus der Kochnische seiner Einzimmerwohnung halb in den Raum. Durch die Fenster kam das fahle Licht des Nachmittags. Es schneite nicht mehr. Michael rieb sich die Augen.

Er war seit Wochen nicht mehr tagsüber weggedöst. In letzter Zeit schlief er besser. Kein Vergleich mit letztem Herbst.

Mittlerweile hatte er gelernt, mit der Erinnerung zu leben.

Am Tag, nachdem er seinen ersten großen Fall gelöst hatte, war er in sein Büro gegangen, um aufzuräumen. Er hatte an seinem Schreibtisch gesessen und Radio gehört.

Am Westufer des Wannsees wurde von einem Spaziergänger bei Sonnenaufgang die Leiche eines Mannes entdeckt …

Es hatte ihn kalt gelassen. Der Fall war zu Ende.

Dann, zwei Tage später, fing es an.

Er war unkonzentriert. Nervös. Den geplanten Urlaub musste er verschieben. Besonders schlimm war es, wenn draußen Regen fiel und der Wind die Blätter durch die Straßen Berlins trieb. Nachts fand er keinen Schlaf. Stattdessen überkam ihn die Müdigkeit tagsüber. Kurze, traumlose Momente, aus denen er hochschreckte.

Schließlich begab er sich in Behandlung.

Er hatte auf schnelle Fortschritte gehofft. Der Winter kam früh und begrub die Stadt unter einer Schneedecke. Die Erinnerung blieb frisch. Sein Arzt hatte ihm versichert, das sei normal, es brauche seine Zeit, bis er sich wieder fangen würde. Aber ihm war, als seien die Bilder in seinem Kopf wie in Formalin eingelegt; für immer konserviert und in allen Einzelheiten sichtbar. Nach wie vor döste er tagsüber oft weg – am Schreibtisch, während einer Observierung, in der U-Bahn sowieso. Am Küchentisch war er allerdings noch nie eingeschlafen.

Irgendwann ist immer ein erstes Mal, dachte er und kochte sich einen Kaffee. Während die dunkle Flüssigkeit in der Kanne aufstieg, sah er auf die Uhr. Schon drei. Mist. Um halb vier hatte er im Büro einen Termin mit einem Klienten.

Er nahm die Kanne vom Herd und schüttete den Kaffee in den Ausguss. Dann griff er nach seiner Jacke und verließ das Haus.

Auf dem Weg war nur ein schmaler Streifen nachlässig gestreut.

Die Luft war eisig kalt.

2.

Auf dem Weg zum Küchenfenster stieß Ina sich den Hüftknochen am Tisch. Selbst an ihrem letzten Abend hatte sie sich noch nicht an die fremde Wohnung gewöhnt. Sie rieb sich die Hüfte. Die Räumfahrzeuge hatten am Morgen gestreut, aber die Straßen waren schon wieder unter einer Schneeschicht verschwunden. Sie würde nicht mehr einkaufen gehen. Ihr Zeigefinger wickelte sich fahrig um die Schnur an der brüchigen Jalousie.

Es war merkwürdig, ihrem Exfreund so nahe zu sein.

Im Herbst hatte Michael sich von ihr getrennt. Sie hatte seit einiger Zeit gespürt, dass ein großer Krach bevorstand. Kein Wunder in einer Fernbeziehung, die seit Jahren eine Distanz von vierhundert Kilometern aushalten musste. Aber dass Michael erst mit einer anderen Frau geschlafen und wenig später ihre Beziehung beendet hatte, war unerwartet gewesen.

Nun gut. Sie hatte schnell begriffen, dass die andere nicht am Anfang, sondern am Ende einer langen Reihe unausgesprochener Wünsche, nicht geklärter Streits und verworfener Zukunftspläne stand. Ihre Arbeit in Stade aufzugeben war für sie nie in Frage gekommen, obwohl es nicht schwer gewesen wäre, in Berlin als Krankenschwester einen Job zu finden. Michael hätte in der Kleinstadt als Detektiv nicht genug Arbeit gefunden. Eine dauerhafte Lösung schien unmöglich.

Also hatte sie das Unvermeidliche akzeptiert.

Es hatte weh getan. Aber was man nicht ändern kann, muss man akzeptieren. So hatte sie es schon immer gehandhabt. Nach der Trennung und dem letzten Gespräch hatte sie keinen Sinn mehr darin gesehen, den Kontakt zu Michael aufrechtzuerhalten. Vorbei war vorbei.

Sie hätte nicht gedacht, dass sich die Umstände so schnell ändern konnten.

Ina wandte sich vom Fenster ab und öffnete den Kühlschrank. Er war fast leer; in einer Plastikpackung lagen noch zwei Scheiben Wurst. Sie legte sie auf den letzten Kanten Brot.

Obwohl sie tagsüber nur wenig gegessen hatte, verspürte sie keinen Hunger. Das andere war wichtiger. Sie suchte im Hängeschrank zwischen Tüten mit längst abgelaufenem Vanillepulver und fettigen Gewürzgläsern, bis sie ganz hinten einen Teebeutel fand. Vorsichtig klopfte sie die Krümel ab.

Sie ließ den Tee lange ziehen; den Beutel warf sie in den überquellenden Mülleimer. Eigentlich war der Tee noch zu heiß; sie trank in kleinen Schlucken.

Der Wecker auf dem Küchenbord war schon vor Tagen stehen geblieben. Sie war froh darum. Das metallische Ticken war ihr unheimlich gewesen. Wer benutzte heutzutage noch Uhren zum Aufziehen? Alte Leute, Nostalgiker. Menschen, die das Geld für eine Küchenuhr sparten und stattdessen in der Restekiste auf dem Flohmarkt wühlten.

Aus der Tasse in ihrer Hand stieg feiner Dampf auf.

Zum ersten Mal kamen ihr Zweifel an der Reise. Es hatte alles nichts gebracht. Jetzt blieb nur noch eine einzige Lösung. Sie zog die Schultern hoch und trank noch einen Schluck. Es war nicht ihre Art, anderen Leuten von Problemen zu erzählen, die sie selbst nicht richtig begriff. Niemand wusste von ihrem Vorhaben. Nicht einmal Anette, ihre beste Freundin.

Das Signal für eine eingegangene SMS holte sie aus ihren Gedanken.

Sie rief die Nachricht auf: Ob sie sich noch einmal treffen würden.

Sie hatte nicht gesagt, dass sie fahren würde.

Es war sinnlos gewesen.

Sie stellte den leeren Becher in die Spüle. Ob sie anrufen sollte? Sie war sich unschlüssig. Das Thermometer draußen war um zwei Grad gefallen.

3.

In Michael Dallingers Detektei brannte nur die Schreibtischlampe. Wenn Klienten kamen, drückte er den Lampenschirm etwas weiter nach unten. Auf diese Weise lagen die kaputte Tapete und die billigen Regale diskret im Halbschatten. Nachdenklich betrachtete er sein Gegenüber; der Mann hielt den Kopf gesenkt und knetete nervös seine Finger.

»Mehr kann ich Ihnen nicht sagen, Herr Sambier.« Michael legte Bedauern in seine Stimme. Insgeheim war er erleichtert, dass der Auftrag beendet war. Eine lächerliche Geschichte.

Jemand hatte immer wieder das Ewigkeitslicht von einem Grab gestohlen. Michael hatte den Auftrag nur angenommen, weil er dringend Geld brauchte. Das Honorar aus seinem letzten großen Auftrag war unter anderem für Medikamente und eine Therapie draufgegangen – die Krankenkasse zahlte so etwas nicht. Manchmal fragte er sich, ob der Preis, den Mörder zu finden, zu hoch gewesen war. Eine Antwort hatte er nicht.

Herr Sambier saß immer noch mit gesenktem Kopf da. Worauf wartete er? Michael blickte im Raum umher. Unter dem kleinen Büroschrank lugte eine staubige Flasche hervor, in der einmal Orangensaft gewesen war.

Michael räusperte sich demonstrativ.

Herr Sambier hob ruckartig den Kopf und sah Michael ängstlich an. »Ich dachte nur …« Er brach verunsichert ab.

»Ja?«

Sein Klient hatte einen roten Kopf bekommen. Michael starrte an ihm vorbei auf einen Punkt an der Wand. Den Rest der Woche würde er nichts Neues mehr anfangen, sondern Kleinkram erledigen. Die Ablage aufräumen. Papiere sichten. Gedanken sortieren. Und danach Urlaub. Vier Wochen. Zusammen mit Anke – ihre erste gemeinsame Reise. Zuerst hatte er nicht so recht Lust gehabt wegzufahren, aber Anke hatte die Urlaubspläne vorangetrieben. Es schien ihr wichtig zu sein.

Warum stand sein Klient nicht einfach auf und ging? Zu seiner Erleichterung klingelte das Telefon. Auf dem Display des neuen Apparates war keine Nummer zu sehen.

»Entschuldigen Sie.« Er griff nach dem Hörer und lehnte sich lässig in seinem Schreibtischstuhl zurück. »Detektei Dallinger.«

»Hier ist Ina.«

Michael zuckte zusammen. Herr Sambier zog ein großes weißes Taschentuch hervor und nutzte die Gelegenheit, um sich ausgiebig die Nase zu putzen.

Plötzlich war das Bild der Gardinen wieder da. Übergroße Taschentücher, die in einem zerbrochenen Fenster zum Abschied geschwenkt wurden. Er sah sich wieder dem Mörder hinterherlaufen. In seiner Einbildung fühlte er das Wasser an den Knöcheln. Er sah das Messer über seinem Gesicht und bäumte sich noch einmal in einer letzten Anstrengung auf. Dann ragte das Messer aus der Brust des Mörders.

»Michael?«

»Du, es passt gerade ganz schlecht, ich hab einen Klienten hier. Ich ruf zurück.« Er hörte ihre Antwort gar nicht richtig; noch während sie redete, legte er auf.

Für einen Moment schloss er die Augen und versuchte,

sich zu sammeln. Die Erinnerung war schon lange nicht mehr so stark gewesen. Hatte das etwas zu bedeuten?

Herr Sambier hatte offensichtlich nichts bemerkt und atmete schnüffelnd durch die Nase ein. »Ich verstehe es einfach nicht, Herr Dallinger. Warum nimmt er immer wieder das Grablicht weg?« Der Kummer in seiner Stimme schlug in eine Mischung aus Zweifel und Ärger um. »Dazu hat ein Hilfsgärtner doch kein Recht?«

»Das weiß ich nicht.« Michael versuchte, geduldig zu bleiben. »Meine Aufgabe war es, den Täter festzustellen. Möchten Sie, dass ich weitere Ermittlungen anstelle?«

»Ich möchte, dass er es lässt«, murmelte Herr Sambier und betrachtete seine verschränkten Finger.

»Als Privatdetektiv kann ich niemandem Anweisungen geben.«

Der Besucherstuhl kratzte über den fleckigen Teppich.

»Ich … ich werde darüber nachdenken.« Herr Sambier stand ungelenk auf und warf dabei beinah den Stuhl um.

»Auf Wiedersehn«, erwiderte Michael. Sein Klient hastete bereits durch den schmalen Flur zum Ausgang. Michael ging zum Fenster und sah nach unten. Kurz darauf huschte Sambier aus dem Haus. Im schwachen Licht der Außenlampen war er nur noch ein Schatten, der mit hochgezogenen Schultern über den verschneiten Hof des alten Fabrikkomplexes eilte.

Michael rollte die Schultern langsam vor und zurück, während er wieder zum Schreibtisch ging. Er schrieb eine Rechnung und drückte auf »Print«. Langsam lief das Papier durch den Drucker.

Auf dem Schreibtisch lag noch der Brief einer Dame aus Tegel. Seit einem halben Jahr hatte ihm niemand ins Büro geschrieben, die meisten Klienten riefen an oder schickten eine E-Mail. Sie bat um ein diskretes Treffen, weil sie sich

Sorgen um ihre Tochter machte. Das hatte Zeit bis morgen – sie würde sowieso bis nach dem Urlaub warten müssen. Er sah auf die Uhr. Ankes Flieger müsste eigentlich schon gelandet sein. Zeit zum Aufbruch. Er tütete die Rechnung ein; gerade als er den Umschlag zuklebte, klingelte das Telefon. Anke.

»Hey!« Im Hintergrund waren Flughafengeräusche zu hören. »Bin gerade gelandet und muss noch auf das Gepäck warten. Ich wollte dir nur Bescheid sagen.«

»Wie war dein Vortrag?«

»Ist prima gelaufen. Mehr später. Mein Akku ist fast leer.«

Michael fragte nicht weiter. Anke hatte vor ihrer Abreise nicht viel erzählt, und er verstand sowieso nichts davon. Sie hatte gute Laune, darauf kam es an.

»Willst du erst mal zu dir? Oder kommst du her?«

»Hast du was zu essen da?«

»Lässt sich machen.«

»Na, dann bis gleich. Höchstens eine Stunde, schätze ich.«

»Wie fährst du denn?«

»Na, mit dem Auto.«

Er erinnerte sich, dass sie auf dem Hinweg Schwierigkeiten mit den Bremsen gehabt hatte. »Wolltest du das nicht stehen lassen?«

»Der Wagen schafft's schon noch. Ich bring ihn die nächsten Tage in die Werkstatt.«

»Und wenn was passiert und dein Akku leer ist?«

»Für Notfälle hab ich immer das Prepaidhandy im Handschuhfach.« Sie lachte. »Mach dir nicht so viele Gedanken. Bis gleich.«

Eigentlich war sie in technischen Dingen weitaus begabter als er – zumindest bei allem, was mit Strom funktionierte. Computer programmieren war ihr eigentliches Fachgebiet, aber auch ein kaputter Lichtschalter oder eine defekte Stereoanlage waren für sie so etwas wie eine spielerische Herausforderung. Nur gegenüber Autos legte sie eine bedenkliche Gleichgültigkeit, um nicht zu sagen Leichtsinnigkeit an den Tag. Musste wohl daran liegen, dass Autos nicht elektrisch betrieben wurden.

Wieder klingelte das Telefon. Hatte sie was vergessen? Er griff rasch nach dem Hörer.

»Ja?«

»Ich bin es.«

Die Stimme ließ ihn zusammenzucken. Peter Broock hatte seit Weihnachten nicht mehr angerufen. Damals hatte Michael wortlos aufgelegt.

Das tat er auch jetzt.

Bevor er den Computer runterfuhr, öffnete er rasch noch sein E-Mail-Programm.

Eine neue Nachricht.

Lieber Michael, ich muss dich dringend sehen. Es ist wirklich wichtig. Ina.

Michael schnaufte. Erst Onkel Peter, jetzt Ina. Konnte sie nicht warten, bis er zurückrief? Und was sollte das heißen: ihn sehen? Wollte sie sich auf halbem Weg zwischen Berlin und Stade treffen? Sie erwartete ja wohl nicht, dass er zu ihr fuhr. Oder wollte sie ihn in Berlin besuchen kommen? Wie sollte das denn gehen?

Und wo würde sie bleiben – sie kannte hier doch niemanden außer ihm. Vielleicht im Hotel?

Dachte Ina, dass Anke nur eine Übergangsfrau war? Von der er sich bald wieder trennen würde? Um es dann noch mal mit ihr zu versuchen? Er hatte keine Lust zurückzurufen.

Morgen vielleicht.

Er suchte in der Schublade nach einer Briefmarke und stieß dabei mit den Fingern an einen kleinen Bilderrahmen.

Das Glas über dem Foto war zersprungen. Die Risse lagen wie Spinnweben über Inas Gesicht. Er hielt das Bild unter das Licht. Auf dem Glas war eine feine Staubschicht. Keine Fernbeziehung mehr. Keine Diskussionen, warum sie nicht aus Stade wegziehen wollte. Keine Streitereien mehr am Telefon zu Kuschelrock im Hintergrund. Mit Anke war alles so viel leichter. Warum bewahrte er das Foto noch auf? Kurz entschlossen warf er es in den Papierkorb.

Die Tüte mit den Briefmarken war unter den Umschlag mit den Flugtickets gerutscht. Er klebte eine Marke auf und sah auf die Uhr. Zwanzig Minuten Fußweg zu seiner Wohnung, unterwegs noch den Einkauf.

Rasch verließ er das Büro.

4.

Ina saß am Wohnzimmertisch und starrte auf den Bildschirm ihres Laptops. Mechanisch rollte sie den Rand der Tischdecke zwischen ihren Fingern. Der Bildschirm wurde schwarz. Sie drückte eine Taste. Das Fenster des Mailprogramms wurde wieder sichtbar. Keine neuen Nachrichten.

In der Wohnung über ihr hörte sie schwere Schritte quer durch das Zimmer gehen. Die Glühbirne flackerte, aber mittlerweile wusste sie, dass nichts weiter passieren würde. Sie stand auf und sah nach draußen: Ein paar Meter hinter dem Haus fiel das Gelände ab. Dort unten war nur noch verschneites Brachland. Es wurde von einer mehrere hundert Meter langen, schmalen Fußgängerbrücke überspannt. Ein Windstoß ging über die Brücke hinweg und wirbelte Schnee vom Brückengeländer auf.

Ihr war kalt. Sie hatte keine Erfahrung mit Kohleöfen.

Unentschlossen ging sie durch den Raum. An der Wand hing über einem kleinen Sekretär eine dunkelrote Halbmaske aus Pappmaché mit schwarzen Seidenbändern. Oben auf dem Sekretär lagen griffbereit ihr Schlüsselbund, Adressbuch und Portmonee, daneben stand eine Vase. Die Blumen, die sie bei ihrer Ankunft in einem hilflosen Versuch, sich aufzuheitern, gekauft hatte, waren längst verwelkt und hatten ihre Blätter auf das Holz und den verschlissenen Teppich fallen lassen. Sie blieb unschlüssig stehen. Erneut überprüfte sie ihr Handy.

Keine neuen Nachrichten.

Gerade als sie es wieder weglegen wollte, klingelte es.

Sie las die Nummer auf dem Display.

Mit allem hätte sie gerechnet, nur damit nicht.

Noch gestern hätte sie den Anruf sofort angenommen. Vielleicht auch noch heute Morgen, nachdem sie sich bei der Arbeit für einen Tag krankgemeldet hatte. Eine letzte Frist. Jetzt war es zu spät. Sie hatte sich entschieden.

Sie ließ es klingeln.

Irgendwann war es still.

Sie starrte auf den Pappkarton zwischen dem eisernen Ofen und einem weißen Ascheeimer, von dessen Deckel große Stücke Emaille abgeplatzt waren. In dem Karton lagen Holzscheite, Briketts, Werbezeitungen und Eierkohlen unordentlich nebeneinander. Irgendwann müsste sie die Asche runterbringen. Sie hob den Deckel. Noch war ein Rest Platz. Als sie ihn zurücklegte, wirbelte etwas Kohlenstaub auf.

Im Flur klappte eine Tür. Der Nachbar von gegenüber war zurück. Sie hatte ihn erst zwei-, dreimal im Treppenhaus gesehen. Ein junger Typ, freundlich, zurückhaltend.

Sie kniete sich vor den Karton und wühlte nach den Anzündern. Sie fand zwei Schachteln Streichhölzer, jeweils halb voll, aber die Anzünderpackung war leer.

Ina stand auf und sah auf ihre Hände. Die Kohlen hatten schwarze Spuren hinterlassen.

Sie schrubbte sich die Hände ab, bis die Spuren verschwunden waren. Nach dem Abtrocknen strich sie mit den Fingern über ihren Handrücken. Die Haut fühlte sich rau an.

Sie nahm die Schlüssel vom Sekretär im Wohnzimmer, ging durch den halbdunklen Flur und trat ins Treppenhaus. Die Tür zog sie hinter sich zu. Es gab zwar drinnen nicht viel Wärme, die noch entweichen konnte, aber es musste ja nicht mehr Kälte hineinkommen als nötig.

An der Wohnungstür gegenüber prangten ein paar bunte Aufkleber. Der Rahmen für das Namensschild war leer.

»Hey.« Sein freundliches Gesicht milderte den harten Eindruck, den seine Klamotten hinterließen: schwarze Militärhosen, ebensolcher Pullover. Darunter war seine Statur nicht genau zu erkennen, aber seine Körperhaltung signalisierte Training. Er war vielleicht Anfang zwanzig. Plötzlich kam sie sich alt vor. Er sah sie neugierig an.

»Entschuldige, wenn ich störe ...«, begann sie unsicher.

»Kein Problem«, sagte er munter. »Ich bin grad mit Einheizen fertig. Die Kohlen müssen jetzt erst mal durchbrennen.«

»Genau damit komm ich nicht zurecht«, sagte sie erleichtert. »Ich krieg das Feuer nicht richtig in Gang. Kannst du mir helfen?«

»Klar. Mit dem Allesbrenner ist das keine große Sache.«

Ina fragte sich, woher er das wusste. Vielleicht waren alle Wohnungen gleich ausgestattet. Sie registrierte, dass er sie jetzt etwas genauer musterte und mit dem Blick etwas zu lang an ihren Brüsten hängenblieb. Was soll's. So sind Männer nun mal.

Er nahm einen Schlüssel vom Haken. »Aber sag mal, du wohnst doch schon ein paar Tage hier?«

Ina führte ihn ins Wohnzimmer. »Na ja, ich hab's halt versucht. Irgendwie hat das immer geklappt. Aber jetzt sind die Anzünder alle.« Sie drehte sich zu ihm um. »Oh, das hätte ich wohl gleich sagen sollen.«

Der Typ kniete sich vor den Ofen. »Kein Problem, es reicht, wenn du Anmachholz hast.«

»Ach so?« Sie trat zu dem Sekretär, um die Schlüssel neben ihr Portmonee zurückzulegen. »Außerdem musst du erst die Asche rausholen«, sagte er mit einem Blick über die Schulter.

Ina trat einen Schritt beiseite. Lieber nicht die Aufmerksamkeit auf ihr Geld lenken, wenn ein Fremder in der Wohnung war.

Als er den metallenen Schuber herauszog, rieselte etwas Asche auf den Boden. Er leerte ihn in den Metalleimer, der nun bis zum Rand gefüllt war, und drückte sehr vorsichtig den Deckel darauf. Diesmal staubte es nicht.

»So. Jetzt schau mal.«

Es lohnte eigentlich nicht mehr, morgen wäre sie weg, aber sie wollte nicht unhöflich sein. Sie ging neben ihm in die Hocke und beobachtete, wie er zerknülltes Zeitungspapier in die Mitte des Feuerrostes legte und kleine Scheite Anmachholz darüberschichtete. Dann legte er vorsichtig zwei Briketts quer darüber. »Du musst darauf achten, dass die Holzstücke übereinanderfallen, wenn das Papier weggebrannt ist. Und nicht nebeneinander.«

»Wieso legst du keine Eierkohlen auf?«

Sein Grinsen war freundlich. »Eierkohlen brennen nur bei sehr hoher Temperatur. Du brauchst zuerst ein Glutbett.«

Ina bemühte sich um ein Lächeln. »Na ja, wenigstens weiß ich jetzt, was ich falsch gemacht habe.«

Er stand auf, klopfte sich die Hände an der Jeans ab und musterte sie wieder. Dann schlenderte er durchs Zimmer, gerade so, als wäre er hier schon einmal gewesen.

Aber vielleicht täuschte sie sich auch.

Eigentlich hätte sie ihm jetzt wohl einen Tee anbieten sollen. Aber sie wollte allein sein.

Demonstrativ setzte sie sich an ihr Laptop. »Ich muss noch was schreiben.« Ihre Stimme zitterte ein wenig.

Der Typ drehte sich um und sah sie an. Sie starrte auf den Bildschirm.

»Ich geh dann mal«, murmelte er. »Sag Bescheid, wenn du noch mal Schwierigkeiten hast.«

»Mach ich. Danke.« Sie wedelte ihm einen hastigen Gruß zu.

Die Schritte verklangen im Flur. Gleich darauf hörte sie, wie ihre Tür ins Schloss fiel. Sie atmete erleichtert aus.

5.

Michael zog seine Daunenjacke an und steckte den Brief in die Tasche. Als er sein Büro abschloss, ging drinnen erneut das Telefon. Er ließ es klingeln und drückte den Lichtschalter im Treppenhaus. Die Leitung war wieder kaputt. In dem Restlicht, das aus dem Hof nach drinnen fiel, zeichnete sich an der Wand gegenüber schwach ein heller Fleck ab. Das Firmenschild war vorgestern noch da gewesen. Die Mieter hatten offenbar das sinkende Schiff verlassen. Nicht mehr lange, und man würde das Haus komplett sanieren – oder gleich abreißen. Er ging die Treppen hinunter, vorbei am Kaffeeautomaten im Erdgeschoss. Ein paar Briefkästen waren zerbeult, bei zweien hingen die Türen seit einer Woche kaputt in den Angeln. Die von seinem Kasten auch. Im Vorbeigehen versuchte er sie zuzudrücken, aber das Metall war zu verbogen. Egal. Hierher bekam er nur wenig Post, meistens Werbung, selten mal einen Brief an seine Vormieter. Eine Bürogemeinschaft, die aus einer kleinen Event-Agentur und zwei Freiberuflern bestanden hatte.

Er trat hinaus ins Freie. Der Schnee wirbelte in dichten Flocken durch die Luft. Die alten Lampen an den Ziegelwänden leuchteten nur schwach durch das Schneetreiben. Er ging mit eingezogenem Kopf über den Hof und wich den zugefrorenen Löchern im Asphalt aus. Hinter der Scheibe im Pförtnerhäuschen war niemand zu sehen. Auf der Chausseestraße kroch ein einziges Auto über die verschneite Fahrbahn.

Auf der anderen Straßenseite hob sich das hell erleuchtete Wartehäuschen der Tramhaltestelle scharf gegen eine dunkle Brachfläche ab. Irgendwann wollte man hier die neue Geheimdienstzentrale der Berliner Republik bauen; bisher sicherte nur ein verrosteter Maschendrahtzaun das Gelände. Das Wartehäuschen war leer. Ein Plakat warb mit zwei stilisierten Theatermasken für eine Aufführung des Stückes *Der eingebildete Kranke.*

Er wandte sich nach links, Richtung Invalidenstraße. Ein Drache aus Plastik saß vor einem leeren chinesischen Restaurant und starrte grimmig über die Straße zu einem Dönerladen. Beinah wäre Michael auf dem schlecht gestreuten Gehweg ausgerutscht. Wenigstens ist im Winter die Hundescheiße gefroren, dachte er.

Ein Imbiss hatte neu aufgemacht, spezialisiert auf Sandwiches. Statt belegten Dreiecken aus Weißbrot zeigten die Fotos im Fenster längliche Ungetüme, aus denen Tomatenscheiben und Salatblätter hervorquollen. Früher hätte man »Croque« zu dem Zeug gesagt, aber das klang wohl zu sehr nach den alternativen Cafés der Achtziger, in denen die Bedienung Wollpullis trug und Milchkaffee, Yogi-Tee und Rotwein servierte.

An der nächsten Ecke warf Michael die Rechnung in den Briefkasten. Entgegen seiner Gewohnheit bog er nicht in die Invalidenstraße ein. Stattdessen ging er weiter geradeaus, vorbei am Dorotheenstädtischen Friedhof. Irgendwo hatte er gelesen, dass sich auf der rostigen Stele über Heiner Müllers Grab regelmäßig kleine Steine ansammelten – dabei war er gar kein Jude. Andererseits waren Steine billiger als Blumen und als Geste genauso gut. Er hob den Kopf und betrachtete die Fassade des mehrstöckigen Hauses neben dem Friedhof. Aus den oberen Fenstern konnte man auf die Gräber sehen.

In seiner Erinnerung schäumte das Wasser des Wannsees hoch. Er starrte in das nächstbeste Schaufenster, ohne etwas zu sehen. Zwei junge Mädchen in aufgeplusterten Mänteln und dicken Schals, Studentinnen vielleicht, gingen an ihm vorbei; in der Fensterscheibe kicherten ihre Spiegelbilder hinter vorgehaltener Hand. Erst jetzt bemerkte Michael, dass er vor einem Geschäft mit Hilfsmitteln für alte Menschen stand. Krückstöcke, Toilettensitze, Gehhilfen, Gesundheitsschuhe.

Er lief rasch weiter, bis zur Oranienburger Straße, am *Tacheles* vorbei. Aus dem Erdgeschoss der Kunstruine flackerte das blaue Licht eines Schweißgeräts.

Die Szenekneipen von früher, wie das *Obst und Gemüse* mit dem riesigen Korb kostenloser Erdnüsse im Fenster, hatten längst exotischen Restaurants Platz gemacht. Dazwischen gab es in einem kleinen, edel eingerichteten Laden Faschingskostüme und Gummimasken zu kaufen. Michael bog in die Auguststraße ab. Hier war alles voller Galerien. Sie waren Mitte der neunziger Jahre praktisch innerhalb eines einzigen Jahres wie Pilze aus dem Boden geschossen. Hinter den Fenstern hingen großformatige Fotografien und Bilder in kräftigen Farben. Er hatte solches Zeugs noch nie beurteilen können. Für ihn war moderne Kunst meist nur ein Spiel, bei dem es darum ging, Leuten mit zu viel Geld, zu wenig Verstand und zu leeren Wänden Geld abzuknöpfen. Das würde er natürlich nie laut sagen. Andererseits hatte er sowieso niemanden, mit dem er darüber hätte reden können. Anke interessierte sich dafür noch weniger als er selbst. Sein Freundeskreis hatte sich schon vor vielen Jahren aufgelöst, nach dem Abbruch des Studiums und dem Ende seiner Rockband.

Wenig später stand er vor einem kleinen Laden in der Großen Hamburger, der neben einer guten Auswahl an

Wein auch Lebensmittel im Sortiment hatte. Der Besitzer, ein schmaler, freundlicher Mann, sah ihn fragend durch seine Brillengläser an.

»Ich weiß schon, danke.« Michael ging drei Stufen hoch in den hinteren Teil des Ladens. Er musterte kurz das Angebot und entschied sich für eine Flasche Rotwein aus Bedoin.

»Sind Sie eigentlich neu hierhergezogen?«, fragte der Verkäufer, während er die Flasche routiniert in Papier einwickelte.

»Nein, ich wohne schon lange hier. In der Anklamer. Warum?«

»Ich habe Sie früher nie hier gesehen.«

Früher hatte er sich auch nichts aus Rotwein gemacht. Das Getränk seiner Wahl war Wodka gewesen. Erst Anke hatte sein Verhältnis zu Alkohol in geordnete Bahnen gelenkt. An der Theke wählte er Rosmarin-Oliven und zwei Sorten Käse aus; dazu ließ er sich noch ein Baguette geben.

Normalerweise konnte er es sich nicht leisten, hier einzukaufen, aber er betrachtete es als vorgezogenen Auftakt zum Urlaub. Außerdem gab es nach einer anstrengenden Reise nichts Besseres zum Entspannen, als bei einem Rotwein etwas zu knabbern. Eine entspannte Anke war Voraussetzung für die Fortsetzung des Abends in seinem Sinne.

Während seine Einkäufe eingepackt wurden, ließ Michael den Blick ziellos umherschweifen. Von der Decke baumelte an einem Nylonfaden ein Frosch; von der Machart her erinnerte er an Weihnachtsbaumschmuck.

Der Besitzer bemerkte seinen Blick. »Ein Geschenk. Ostern wird er ersetzt.«

Ein erhängter Prinz, der Selbstmord begangen hatte, weil ihn niemand küssen mochte und er für immer in seinem unzulänglichen Körper gefangen blieb – Michael schüttelte über seine eigene Fantasie den Kopf. Mit einem gemurmelten Dank nahm er die Tüte in Empfang.

Er folgte der schmalen gestreuten Spur auf dem Gehweg, am Theaterhaus Mitte vorbei, in die Ackerstraße hoch bis zur Anklamer. Die Laterne an der Ecke war dunkel.

Als er in seine Straße einbog, leuchtete sie für ein paar Sekunden auf; dann erstarb das Licht. Vor seiner Haustür sah er noch einmal zur Laterne hinüber. Gerade flackerte sie wieder auf. Ein eigenartiges Phänomen, das er bisher nur in Ostberlin beobachtet hatte. Er schloss auf; im Durchgang ging das Licht an. Seine Wohnung lag im Hinterhaus. Die meisten Fenster waren dunkel, und im Treppenhaus war alles still. Die Nachbarin über ihm schien verreist zu sein, jedenfalls hatte er ihr Geigenspiel schon seit einer Woche nicht mehr gehört, auch keine Schritte. Gut – denn Anke konnte beim Sex manchmal erstaunlich laut sein, und er mochte das Gefühl nicht, jemand würde ihnen zuhören.

Er schaltete das Licht ein und stellte die Tüte ab. Schon vom winzigen Flur aus sah er das Blinken des Anrufbeantworters auf dem Schreibtisch.

Der Anruf war vom Nachmittag.

»Michael? Hier ist Ina.« Ihre Stimme zitterte. »Kannst du mich bitte auf dem Handy zurückrufen? Es ist wichtig. Danke. Ach ja, falls du meine Handynummer nicht mehr hast …« Sie nannte die Nummer, die noch irgendwo in seinem Notizbuch stehen musste.

Sie hatte unter der Trennung mehr gelitten als er – aber das war kein Grund, ihn zu nerven. Warum diese Eile? Konnte sie nicht warten, bis er sich bei ihr meldete?

Er überlegte kurz, ob bei ihm noch irgendwelche Sachen von ihr waren. Den Wohnungsschlüssel hatte er ihr zurückgegeben. Das bisschen Wäsche und die Klamotten, die sie bei ihm eingelagert hatte, waren schon zwei Tage nach ihrer Trennung in einem neutralen gelben Packset in die Post gegangen. Bücher hatte sie ihm nie geliehen, weil sie nichts las außer hin und wieder ein Buch über alternative Medizin. Ihre persönliche Musikauswahl hatte er auf Festplatte gehabt und schon vor ihrer Aussprache gelöscht. Ein paar Erinnerungsstücke, darunter ein Stapel Briefe, lagen in einem kleinen Karton ganz hinten unter seinem Bett.

Er konnte sich einfach keinen Grund für ihre Anrufe denken.

Aus reinem Trotz tippte Michael eine kurze SMS: *bin noch unterwegs melde mich morgen, gruß michael.* Jetzt konnte sie nicht mehr sagen, dass er sich nicht zurückmeldete. Morgen würde er weitersehen. Er schaltete das Handy aus.

6.

Aus dem Feuerloch des Ofens leuchtete rote Glut. Ina schüttete mit Hilfe einer Schaufel unbeholfen ein paar Eierkohlen hinein. Einige fielen vorbei und kullerten über den Boden.

Ihr Handy summte. Eine SMS. Sie las die Nachricht. Mit zitternden Fingern tippte sie eine Nummer, aber nur die Mailbox ging ran. Sie lief zum Fenster und sah hinaus. Der Schnee fiel in dichten Flocken. Die Brücke spannte sich wie ein leuchtendes Band durch die Dunkelheit über dem Brachland.

Was nun?

Die Post vielleicht … Ja, das wäre eine Möglichkeit. Sie sah auf die Uhr. Hatten um diese Zeit überhaupt noch Geschäfte auf? Sie wusste es nicht genau. Sie musste sich beeilen.

Rasch stöpselte sie ihren Memorystick ins Laptop ein und löschte alle Dateien darauf. Dann zog sie einen einzelnen Ordner von der Festplatte auf den Stick.

Sie warf ihre Jacke über, griff im Gehen nach den Schlüsseln und eilte nach draußen. Sie lief so schnell, wie es bei der Glätte möglich war. In der Jackentasche klimperten die Schlüssel gegen ein paar Münzen. Trotzdem fiel ihr erst an der nächsten Kreuzung ein, dass sie das Portmonee vergessen hatte. Sie griff in die Tasche und zählte im Weitergehen die Münzen, es müsste gerade so reichen.

Die Geschäfte auf der Schönhauser Allee hatten alle

schon geschlossen. Sie sah die Straße auf und ab. Wo würde sie jetzt noch einen offenen Laden finden? Sie entschied sich für die Richtung, in der die Straße heller erleuchtet war. Unter der Jacke wurde ihr warm. Schließlich fand sie einen kleinen türkischen Lebensmittelladen. Die Gestelle für die Gemüsekisten vor dem Fenster waren leer. Aber drinnen brannte noch Licht. Durch die Scheibe konnte sie sehen, wie ein älterer Mann einen Karton nach hinten trug. Eilig drückte sie die Klinke – es war offen.

»Entschuldigen Sie …«, sagte sie atemlos, »haben Sie vielleicht einen Briefumschlag für mich?«

»Moment bitte«, antwortete er gleichmütig.

Sie schloss die Tür hinter sich und blieb unschlüssig stehen.

Der Mann kam nach vorne und begann, in der Ablage unter der Theke zu kramen. »Ein Umschlag … hmmm …« In der Brusttasche seines Kittels steckte ein Kugelschreiber. Schließlich zog er einen kleinen Luftpolsterumschlag unter der Theke hervor.

»Wunderbar!« Sie schob hastig den Memorystick hinein. »Kann ich mir kurz den Stift leihen?«

»Bitte sehr.«

Morgen müsste er im Büro sein. Sie kritzelte rasch die Adresse auf den Umschlag. Verdammt – welche Postleitzahl war jetzt richtig? Einen Moment überlegte sie, den Umschlag an die Privatadresse zu schicken, dann schrieb sie einfach *Berlin-Mitte*.

Es würde schon ankommen.

»Brauchen Sie auch eine Briefmarke?«

Sie sah ihn erstaunt an. »Ja … Ich wollte zum nächsten Postamt … Da gibt es doch Automaten … Wenn Sie mir sagen können, wo das ist?«

»Nehmen Sie.« Er hielt ihr eine Marke hin.

Sie wühlte alle Münzen zusammen, die sie noch hatte. Der Händler zählte sorgfältig das Geld. Dann legte er die Stirn in Falten. »Das ist ein Cent zu viel.«

Mit einer galanten Geste legte er ihr die Münze in die Hand. »Für das Glück.«

»Danke.« Sie stolperte wieder hinaus. Hatte sie auf dem Weg nicht einen Briefkasten gesehen? Richtig, da war er. Sie warf den Umschlag ein und horchte, wie er drinnen aufschlug.

Auf der schwarz umrandeten Tafel waren die Leerungszeiten angegeben. Sie sah auf die Uhr. Mist. Die letzte Leerung war schon vorbei.

Warum hatte sie nicht vorher darauf geachtet? Sie hätte einen anderen Briefkasten suchen können. Jetzt war es zu spät.

Trotzdem blieb sie vor dem Briefkasten stehen. Die Erinnerungen kamen langsam. Manche waren schön.

Manche nicht.

Vielleicht war es gut so.

Der Brief war unterwegs. Das war die Hauptsache. Den Rest würde sie später erklären.

Sie ging ohne Eile zurück.

7.

Anke ließ ihren Rucksack auf den Boden fallen. Sie umarmten sich.

»Willst du ein Glas Wein?«, fragte er.

Sie setzte sich an den Küchentisch. »Aber nur ein bisschen.«

Die Flasche war schon längst offen; er goss ihr ein Glas halb voll und füllte seins nach. Als sie letzten Herbst nach seinem ersten großen Fall zusammengekommen waren, hatte er noch versucht, seine Schlaflosigkeit mit Alkohol zu bekämpfen. Anke hatte ihm rasch klargemacht, dass er dabei war, mit seiner Trinkerei zu weit zu gehen. Nach einem größeren Streit, ihrem ersten, hatte er angefangen, weniger zu trinken, und einen Arzt aufgesucht, der ihm half, mit seiner Erinnerung und seiner Unruhe umzugehen. Wenn sie sich bei Anke trafen, saßen sie meistens noch bei einer Flasche Wein zusammen, bevor sie ins Bett gingen. Es hatte auch seine guten Seiten: Michael war, wenn nicht dünner, zumindest nicht dicker geworden. Und inzwischen vermisste er den Wodka kaum noch.

»Prost. Wie war die Fahrt? Und die Konferenz?«

»Ein paar Nebenstraßen waren nicht geräumt. Das war blöd.« Sie nippte an ihrem Glas und stellte es gleich wieder weg. »Die Konferenz ist prima gelaufen. Es ging um die Anwendung von neuen Speicherchips in medizinischen Geräten.« Sie griff nach den Oliven und aß eine Handvoll auf einmal.

Michael nickte kommentarlos. Ihre Arbeit war für ihn ein Buch mit sieben Siegeln. Sie hatten sich kennen gelernt, als Michaels Computer abgestürzt war; Anke hatte es damals geschafft, die wichtigsten Daten zu retten. »Willst du noch was Warmes essen? Ich kann uns Spagetti machen.«

»Das wär prima. Soll ich Zwiebeln schneiden?«

Er stellte ein Brettchen, ein Messer und zwei große Zwiebeln vor sie hin. Dann setzte er einen kleinen Topf mit Öl auf. Anke schnitt die Zwiebeln rasch in gleichmäßige Stücke. »Ist hier irgendwas passiert?«

Er öffnete eine Dose mit Tomaten; beinah hätte er sich an dem scharfen Rand verletzt. »Mein Onkel hat angerufen.«

»Und?«

»Ich hab aufgelegt.«

»Willst du ihm ewig aus dem Weg gehen?«

»Ich weiß nicht. Mir wär es am liebsten, er würde mich einfach in Ruhe lassen.«

»Hast du ihm das gesagt?«

»Seit wann hört er auf mich?«

»Auf wen denn dann? Seine Schwester?«

»Keine Ahnung, ob er überhaupt von jemandem einen Rat annehmen würde. Mit Sicherheit nicht von meiner Mutter.«

Anke sagte nichts. Michael sprach kaum von seinen Eltern, und wenn, dann nur sehr distanziert. Irgendwo hatte er auch noch eine Schwester, aber diese Tatsache schien er möglichst vergessen zu wollen: er hatte sie bisher nur ein einziges Mal überhaupt erwähnt, und auch das ganz nebenbei.

Im Topf fing das Öl an zu spritzen.

»Ach ja, Ina hat sich gemeldet.«

»Ups. Was sagt sie?«

»Ich hatte gerade jemanden im Büro. Später hat sie gemailt und mir noch 'ne SMS geschickt.«

»Wow. Sie hat's scheinbar ganz schön eilig gehabt, mit dir zu reden. Und was wollte sie?«

»Keine Ahnung. Mich sehen. Hat sie jedenfalls geschrieben.«

»Und weshalb?«

»Hat sie nicht gesagt. Angeblich ist es wichtig. Ich ruf sie morgen zurück.«

»Meinst du nicht, dass es vielleicht wirklich dringend ist?«

»Ich wüsste nicht, weshalb.« Schluss war Schluss. »Was soll sie schon wollen?«, sagte er gleichgültiger, als ihm zumute war. »Sie hat sich doch seit unserer Trennung nicht mehr gemeldet.«

Anke sagte dazu nichts. Michael fühlte sich durchschaut. Er nahm ihr das Brett ab und schob die Zwiebeln mit einem Löffel in den Topf, es ging ziemlich viel daneben. »Müssen wir noch irgendwas planen für die Reise?«

»Pension ist gebucht, Flugtickets haben wir – alles erledigt. Nur noch packen.« Sie drehte ihr Weinglas zwischen den Fingern. »Hach, schön. Vier Wochen weg. Das ist jetzt genau das Richtige.« Sie warf Michael einen kurzen Blick zu. »Und ich muss dir dann was sagen.«

»Was denn?« Solche Ankündigungen sahen ihr nicht ähnlich.

»Hat noch Zeit.«

»Erst eine lange Nase machen und dann nichts sagen«, lachte er.

Als die Zwiebeln anfingen, braun zu werden, schüttete er die Tomaten dazu und ergänzte die Soße mit etwas Pfeffer, Salz und einer Prise Zucker, um die Säure auszugleichen.

Anke schaufelte die Spagetti in sich hinein. Schließlich legte sie die Gabel beiseite und gähnte. »Ich glaub, ich muss ins Bett. Nur eben noch duschen.«

Während im Bad die Dusche rauschte, schaltete Michael das Deckenlicht aus und machte die Leselampe an. Den Schirm drehte er zur Wand, sodass der Raum von einem sanften, gedämpften Licht erhellt wurde.

»Bad ist frei.« Anke kam, in ein Handtuch gewickelt, ins Zimmer. Michael putzte sich gründlich die Zähne, wusch Gesicht und Hände mit Seife. Dann zog er sich bis auf die Unterhose aus und ging barfuß zum Bett.

Anke hatte sich auf die Seite gedreht, mit dem Gesicht zur Wand. Die Decke war bis zu den Schultern hochgezogen; ihr rechter Arm lag auf dem Kissen.

Michael horchte auf ihren Atem.

Sie war eingeschlafen.

8.

Sie war ganz ruhig. Was sie tun konnte, hatte sie getan. Alles andere lag jetzt nicht mehr bei ihr. Sie zog die Jacke aus. Auf dem Tisch war das Laptop noch aufgeklappt. Sie wollte es gerade ausschalten, als ihr Handy klingelte.

Sie stutzte, als sie die Telefonnummer sah.

»Ja?«, meldete sie sich vorsichtig.

»Bitte leg nicht auf.« Die Stimme klang zerknirscht.

Ina dachte, sie müsste eine späte Genugtuung spüren. Aber da war nichts.

Auch wenn sie gewonnen hatte.

Sie schwieg. Hörte zu.

Schließlich sagte sie: »Gut. Wann und wo? ... In einer halben Stunde? In Ordnung.«

Viel zu früh zog sie ihre Jacke wieder an und verließ die Wohnung. Auf ihrem Treppenabsatz funktionierte das Licht nicht. Vom nächsten Absatz unten leuchtete ihr schwach Licht entgegen, es reichte, dass sie die Stufen erkennen konnte. Nach ein paar Schritten blieb sie stehen und horchte noch einmal zurück ins Haus.

Seltsam.

Normalerweise war immer irgendwo ein Geräusch zu hören gewesen, Musik oder Stimmen. Oder zumindest Schritte. Aber aus den Wohnungen drang kein Laut.

Sie ging die Treppe hinab und drückte die Haustür auf. Dicke weiße Flocken fielen gleichmäßig vom Himmel.

Die Straße schien merkwürdig hell: Neuschnee bedeckte

die Fahrbahn und leuchtete im Licht der Laternen. Ina sah die Straße hinab, entlang der Reihe parkender Autos.

Sie war allein.

Als sie nach ein paar Schritten um die Häuserecke bog, wirbelte der Wind ihr Schneeflocken ins Gesicht.

Sie zog sich in den Windschatten des Hauses zurück und wartete. Ein feiner Geruch nach Braunkohle lag in der Luft. Irgendwo schlug eine Kirchturmuhr elf. Die Brücke war lang – sie hatten nicht festgelegt, an welchem Ende sie sich treffen würden.

Heute Abend war sie am Ziel. Jetzt bedeutete es ihr kaum noch etwas. Wenigstens würde sie Gewissheit bekommen.

Danach war ihre Reise beendet.

In der Ferne spannte sich eine Autobrücke gegen den Nachthimmel. Der Verlauf der Bögen wurde von Lampen nachgezeichnet, spitz ansteigend, in der Mitte abfallend, wieder ansteigend und zum anderen Ende auslaufend. Die Linie erinnerte sie an die Kurve eines EKGs.

Angesichts der Umstände erschienen ihr Ort und Zeit durchaus passend. Man betritt eine Brücke, wenn man sein altes Leben hinter sich lässt und ein neues anfängt, dachte sie.

Sie sah auf die Uhr. Es kam ihr sehr lange her vor, dass sie die Kirchturmuhr gehört hatte, dabei waren nur fünf Minuten vergangen. Sie verließ den schützenden Schatten des Eckhauses und trat auf die windige Straße hinaus. Nach ein paar Schritten hatte sie die Brücke erreicht.

Unter ihren Schuhen klang der metallene Boden hohl. Einzelne Schneeflocken fielen durch die Luft.

Etwa in der Mitte blieb sie stehen. Zu jedem Ende waren es jetzt vielleicht hundert Meter. In ihrer Nähe führte eine Wendeltreppe hinter einer eisernen Gittertür in die Tiefe, wahrscheinlich für Arbeiter. Sie lehnte sich über das Geländer und schauderte. Eigentlich konnte man nicht von der Brücke stürzen, zumindest nicht, wenn man nicht wollte. Andererseits war das Geländer kein Hindernis. Sie legte die Hände auf das Metall und schloss die Augen.

Als Kind hatte sie sich oft gefragt, wie es wohl wäre, durch die Luft zu fallen.

Sie öffnete die Augen wieder. Weit unten konnte sie rechteckige, längliche Formen unter der Schneedecke erkennen. Sie hatte keine Ahnung, was das sein mochte.

Sie begann, auf und ab zu gehen, immer zwischen zwei Laternen.

Der Schneefall wurde stärker.

Ihr war kalt.

Am weiter entfernten Ende der Brücke tauchte eine Gestalt auf. Sie trug eine lange Daunenjacke mit einer unförmigen Kapuze, die das Gesicht von allen Seiten schützte.

Sie kam zögernd näher.

»Hallo«, sagte Ina, ohne sich zu rühren.

Die Gestalt trat ein paar Schritte auf sie zu. Sie nahm ohne Hast eine Hand aus der Tasche.

Ina zwang sich, ihre eigene Hand nicht zur Begrüßung auszustrecken.

Die Gestalt störte sich nicht daran und hob die Hand. Dann machte sie einen letzten großen Schritt.

Etwas sehr dicht, dachte Ina noch.

Dienstag, 27. Januar

9.

Als Michael hochschreckte, war es noch dunkel. Vergeblich versuchte er, die letzten Traumbilder festzuhalten. Neben ihm atmete Anke tief und ruhig. Er strich ihr über den Kopf und versuchte weiterzuschlafen, aber seine Augen wollten sich nicht schließen. Schließlich drehte er sich auf den Rücken und starrte an die Decke. Im Dunkeln zeichnete sich ganz schwach der Umriss des Lampenschirms ab. Nur langsam kam die Müdigkeit zurück.

Diesmal war der Schlaf traumlos.

Als er aufwachte, schien es ihm, als ob er gerade erst eingeschlafen war. Er blinzelte. Es war schon hell. Seine Finger berührten die Wand. Ganz allmählich wurde ihm bewusst, dass er ziemlich viel Platz im Bett hatte.

Er langte nach seiner Uhr. Schon nach halb zehn. Anke war längst an die Uni gefahren. Er setzte sich auf und rieb sich das Gesicht. Auf seinen Unterarmen breitete sich eine Gänsehaut aus; im Zimmer war es ungewöhnlich kühl. Er sah an sich hinunter. Aus dieser Perspektive sah sein Bauch besonders dick aus. Mit vierzig ist der Lack ab.

Er zog sich rasch einen Pullover über, schlurfte durch das Zimmer und tastete im Vorbeigehen nach der Heizung. Der Heizkörper war kalt. Natürlich. Wahrscheinlich wieder mal ein Ausfall der Heizanlage. Er ging in die Kochnische und setzte die Espressokanne auf den Herd. Auf dem Küchentisch lag ein Zettel: *Bringe den Wagen in die Werkstatt. Melde mich im Laufe des Tages. Gruß, Anke.* Manchmal hatte er das Gefühl, sie handelte aus purem Trotz. Obwohl sie eigentlich sehr vernünftig war. Das schätzte er an ihr. Ina war emotionaler – das hatte er früher mal sehr gemocht, aber es war immer schwer gewesen, mit ihr zu diskutieren.

Vergangene Zeiten.

Nach ein paar Minuten gurgelte das Wasser in der Kanne hoch. Er schlürfte wohlig die ersten Schlucke.

In der Brotablage fand er ein altes Croissant und kaute es langsam zum Kaffee.

Noch vier Tage bis zum Urlaub. Und nichts Ernstes mehr zu tun. Großartig. Er sah in den Kühlschrank. Außer einem ranzigen Stück Käse und einer angebrochenen Tüte Milch war nichts mehr drin. Was fehlte, konnte er zwischendurch in der Ackerhalle besorgen. Erstmal würde er ins Büro fahren.

Michael ging ins Bad, spritzte sich Wasser ins Gesicht und zog sich an. Da war doch noch etwas gewesen … ach ja, Ina zurückrufen. Das konnte er auch von hier aus erledigen.

Dann hatte er es hinter sich.

Nach nur drei Monaten hatte er ihre Nummer schon vergessen, er musste sie erst wieder in seinem Notizbuch nachschlagen. Aus dem Nummernspeicher war sie längst gelöscht.

Draußen kam die Sonne zwischen den Wolken durch und fiel auf den kleinen Schreibtisch am Fenster. Zwischen den Tasten seines Telefons hatte sich feiner Staub gesammelt. Obwohl er es lange klingeln ließ, ging niemand ran, auch der Anrufbeantworter nicht. Vielleicht war der Apparat kaputt, und er sollte sie deshalb auf dem Handy zurückrufen?

Diesmal erreichte er wenigstens die Mailbox. »Hallo Ina, ich bin's. Ich versuch's einfach später noch mal.«

Sehr schön. Das wäre auch erledigt. »Später« konnte heißen: in ein paar Stunden.

Aber auch: in ein, zwei Tagen.

Die Luft draußen war klar und kalt. Der Schnee bedeckte die gesamte Fahrbahn – die Räumfahrzeuge hatten es noch nicht bis in die Seitenstraßen geschafft. Er ging vorsichtig bis zur Ackerstraße vor.

Meistens genoss er den Spaziergang zwischen seiner Wohnung und dem Büro: zwanzig Minuten, um den Kopf auszulüften, morgens wach zu werden oder abends abzuschalten. Bei Schlechtwetter, Regen zumal, nahm er in der Regel das Auto. An einem Tag wie diesem war die Tram die beste Wahl.

Wenn er es nicht eilig hatte, schaute er nie auf die Fahrpläne; irgendwann würde schon eine Tram kommen. Damals, als er noch Geige studierte, hatte er kurze Zeit in Irland gelebt. Dort hatten die Abfahrtszeiten, vor allem in ländlichen Gegenden, oft nur empfehlenden Charakter gehabt. Aber vielleicht war das inzwischen auch schon anders. Seit er das Musikstudium geschmissen und Musik überhaupt aufgegeben hatte, war er nicht mehr dort gewesen. Wie lange war das jetzt her – sieben, acht Jahre? Gefühlt: in einem früheren Leben. Und genau genommen war es ja auch so.

Endlich kam die Tram um die Ecke gekrochen. Der Fußboden des Wagens war nass und schmutzig von dem Schnee, der aus den Profilen der zahlreichen Schuhsohlen weggetaut war. Ganz in seiner Nähe roch es nach Hundescheiße. Jemand musste reingetreten sein, bevor der Haufen hatte hartfrieren können. Er ging ans Ende des Wagens und blieb stehen, es waren nur zwei Stationen. Kurz hinter dem Nordbahnhof flackerte plötzlich blaues Licht über die Gesichter; die Tram wurde von einem Krankenwagen überholt, der in Richtung Charité fuhr.

Am U-Bahnhof Zinnowitzer Straße stieg er aus.

Die Pförtnerloge lag gleich am Anfang des alten Fabrikkomplexes; sie war wieder mal nicht besetzt. Michael stapfte über den Hof, vorbei an den Autos, die die Leute aus den Büros dort geparkt hatten.

Im Durchgang zum Hinterhof traf er den Pförtner, er kam gerade aus dem Keller, in der Hand eine Rattenfalle. Ein langer nackter Schwanz hing über das hölzerne Brettchen.

»Sie verstecken sich im Winter zwischen den Rohren«, sagte der Pförtner, als er Michaels Blick bemerkte. »Schlaue Viecher. Da ist es schön warm, durch die Heizungsanlage.«

»Sagen Sie, wegen der kaputten Briefkästen ...«

»Dafür bin ich nicht zuständig.« Auf seiner Oberlippe floss langsam etwas Rotz zusammen. Er hob die Hand, die die Falle hielt, ein wenig an. »Das hier mache ich nur, damit die Viecher nicht irgendwann bei mir rumlaufen. Sie müssten dem Hausmeister Bescheid sagen. Aber der ist im Krankenhaus.«

»So? Was hat er?«, erkundigte sich Michael lustlos.

Der Pförtner wischte sich mit dem freien Handrücken über die Nase und schniefte.

»Soll wohl Krebs sein. Aber das kriegt ja heutzutage jeder irgendwann.« Er zog ein Taschentuch hervor und schnäuzte sich geräuschvoll. »Na, schönen Tag noch.«

Michael sah ihm nach, wie er zu den Müllcontainern stapfte.

Im Hausflur drückte er den Fahrstuhlknopf. Die Tür öffnete sich sofort, der Fahrstuhl stand schon bereit. Doch bevor Michael einen Schritt nach vorne machen konnte, schloss sie sich wieder; dann öffnete sie sich erneut. Michael wartete. Nichts geschah. Die Tür blieb offen. Er trat einen Schritt vor, gerade als die Tür sich schloss. Sie drückte kurz gegen sein Bein, bevor sie wieder zurückglitt.

Er nahm lieber die Treppe.

Im zweiten Stock stand ein Mädchen aus einem der Büros, eine sandgefüllte Konservendose vor ihren Füßen. Mit hochgezogenen Schultern sog sie hastig an einer Zigarette. Michael nickte ihr im Vorbeigehen zu, aber sie hatte die Augen geschlossen. Wovon sie wohl träumt, dachte er, als er das letzte Treppenstück zu seinem Büro hochging. Vielleicht verschloss sie auch nur die Augen vor ihrem Alltag.

Auf seinem Treppenabsatz stand auch ein Raucher: Anfang zwanzig, eckige schwarze Brille, gerötetes Gesicht. Wo kam der denn her? Scheinbar wurden die Räume gegenüber schon wieder genutzt. Das war ja schnell gegangen. Michael nickte grüßend. Der Typ sah ihn verständnislos an. So wie der aussieht, wird er in den nächsten Tagen krank werden, dachte Michael. Er hatte es nicht eilig, sich nach den neuen Mietern zu erkundigen. Das würde er früh genug vom Postboten erfahren. Auch Schwarzbrille benutzte eine Konservendose als Aschenbecher, er drückte seine Kippe aus und verzog sich hinter die Tür gegenüber von Michaels Büro.

Aus der Dose auf dem Fußboden stieg ein dünner Rauchfaden auf. Da stehen sie nun allein in der Kälte, jeder auf seinem Treppenabsatz. Sie könnten auch zusammen rauchen. Aber vermutlich waren sie nur zufällig zur gleichen Zeit mit ihrer Zigarette im Treppenhaus gewesen. Der Rauchfaden löste sich auf.

Michael schloss die Tür zu seinem Büro auf. Er ging durch den langen Flur, vorbei an den beiden leerstehenden Kämmerchen. An ihren Türen blätterte die Farbe ab. Das

Geld, das eigentlich für eine Renovierung gedacht gewesen war, hatte nun sein Arzt bekommen.

Vielleicht sollte er doch eine der Kammern untervermieten? Nur an wen? Er hatte es während der Arbeit gerne ruhig.

Die Heizung lief auf halber Kraft; der Geruch des Staubs, der sich in den Schlangen der Heizkörper erwärmte, verband sich mit den Ausdünstungen des Teppichs. Er öffnete das Fenster und spürte eiskalte Luft hereinströmen.

Er setzte sich an den Schreibtisch, schaltete den Computer ein und legte die Füße auf den Tisch. Wenn Anke den Wagen in die Werkstatt gebracht hatte, würde es ihr lieber sein, dass sie sich am Abend bei ihr träfen. Er wählte die Nummer von ihrem Arbeitsplatz an der Uni. Eine fremde Stimme meldete sich.

»Ich hätte gern Frau Beck gesprochen.«

»Frau Beck ist nicht da. Soll ich was ausrichten?«

»Ist sie denn im Haus?«

»Ich hab sie heute noch gar nicht gesehen.«

»Schon gut. Ich ruf später an.«

Es wurde zu kalt. Er stand auf und schloss das Fenster wieder. Dann nahm er den Brief aus Tegel und wählte die Nummer vom Briefkopf. Schönes Papier. Vielleicht der einzige Grund, noch Briefe zu schreiben statt E-Mails.

»Michael Dallinger, guten Tag. Ich möchte bitte mit Frau Bernanke sprechen.«

»Wer sind Sie?« Die Stimme eines Mannes, eindeutig gereizt.

»Frau Bernanke hat mich um Rückruf gebeten.«

»Das habe ich nicht gefragt!«

Michael hörte undeutlich einen aufgeregten Wortwechsel; offenbar hielt jemand die Hand über die Muschel.

»Herr Dallinger?« Eine Frauenstimme, älter, angenehm.

»Ja.«

»Ich bin Anne-Sophie Bernanke. Entschuldigen Sie bitte das Benehmen meines Mannes.«

Was sagte man da? »Kein Problem.«

»Es freut mich sehr, dass Sie zurückrufen. Nehmen Sie den Auftrag an?«

»Ich kann leider erst nächsten Monat anfangen. Am Samstag fahre ich in Urlaub.«

Die Frau schwieg.

»Sind Sie noch dran?«, fragte er nach einer Weile irritiert.

»Ja, natürlich.« Sie zögerte. »Man sagte mir, Sie seien zuverlässig.«

»Selbstverständlich, sobald ich einen Auftrag angenommen habe. Wer hat mich denn empfohlen?«

Sie überhörte seine Frage. »Das kommt nun etwas überraschend für mich«, sagte sie nachdenklich.

Die Klingel ersparte ihm die Fortsetzung des Gesprächs.

»Jemand ist an der Tür ... Es tut mir leid; ich sehe gerade, meine Sekretärin hat mir einen Termin dazwischengeschoben – Sie entschuldigen mich? Denken Sie in Ruhe darüber nach.«

Er beendete rasch das Gespräch und lief zur Tür.

Draußen standen ein Mann und eine Frau, beide vielleicht Anfang dreißig. In den Winterkragen ihrer Lederjacken hingen Schneeflocken. Hinter ihnen drückte sich der junge Mann von vorhin mit einer Zigarette in der Hand herum. Kein Wunder, dass er so krank aussieht, wenn er dauernd im kalten Treppenhaus steht und raucht, dachte Michael.

»Herr Dallinger?«, fragte der Mann.

»Ja? Das bin ich.«

»Mein Name ist Eichhorn, Kriminalkommissar. Dies ist meine Kollegin Frau Kremer. Dürfen wir reinkommen?«

Schwarzbrille hustete. Es klang ungesund.

Wieso Kripo? Michael zögerte einen kurzen Moment. »Worum geht es?«

»Das würden wir gerne drinnen mit Ihnen besprechen.«

Er war unschlüssig, hielt dann aber die Tür auf und dirigierte seinen Besuch in den Konferenzraum. Eine Premiere, er hatte die Tischplatte mit den vier Stühlen darum herum noch nie benutzt. Seine Klienten kamen entweder einzeln in sein Büro, oder er traf sie in irgendeiner Kneipe. Feste Mitarbeiter hatte er sich noch nie leisten können, es gab auch keinen Bedarf. Bei den seltenen Gelegenheiten, wenn er einmal Expertenwissen brauchte, kontaktierte er einfach die entsprechenden Fachleute.

Die Polizisten musterten verstohlen das Zimmer. Michael sog unauffällig Luft durch die Nase ein. Wenigstens war der Geruch nach warmem Staub hier nicht stärker als nebenan.

»Kann ich Ihnen was zu trinken anbieten?«

»Danke, nein.« Das war die Frau.

Er setzte sich; die beiden Polizisten blieben stehen. Michael runzelte die Stirn und lehnte sich zurück. »Tja, worum geht es?«

»Herr Dallinger, wir möchten Sie bitten, jemanden zu identifizieren.«

In seinem Hals war plötzlich ein Gefühl, als ob er sich übergeben müsste. »Ja?«

Anke? Sein Onkel? Irgendeiner der Leute, mit denen er beruflich für kurze Zeit zu tun gehabt hatte?

Der Mann nahm ein Foto aus der Jacke und legte es vor Michael auf den Tisch.

Michael starrte über seine Schulter hinweg an die Wand.

»Herr Dallinger?« Die leise Stimme der Frau zwang ihn, den Blick auf das Foto zu senken.

Eine Porträtaufnahme. Die Augen waren geschlossen, die Haut blass.

Er wollte es nicht glauben.

Die beiden Polizisten schwiegen.

Michael hoffte für einen Moment, dass sich die Szene auflösen würde. Sein Verstand sagte ihm, dass das nicht passieren würde.

»Ich bin nicht sicher«, sagte er wider besseres Wissen. Das Foto ließ keinen Zweifel zu.

Seine Besucher warteten geduldig, ließen ihm Zeit.

»Das ist Ina Detjen.« Er starrte das Bild an. Sie sah aus, als ob sie schliefe. War das ein schlechter Scherz? Wollte irgendjemand ihn verarschen?

»Kann ich bitte Ihre Ausweise sehen?«, fragte Michael. Seine eigene Stimme klang für ihn fremd.

Die Polizisten schoben ihm über den Tisch ihre Ausweise hin. Michael warf nur einen flüchtigen Blick darauf.

Kein Scherz. Verdammt, so was passierte doch immer nur anderen Leuten.

»Ihre erste Tote?«, sagte die Frau leise.

»Ja.« Nicht mal gelogen.

»Wir würden Ihnen gern noch ein paar Fragen stellen.«

Michael bemerkte dankbar, dass sie nicht »müssen« gesagt hatte. »Ja.«

»Möchten Sie einen Kaffee?«

Wie absurd, dass sie ihn in seinem eigenen Büro nach Kaffee fragte. »Gerne.«

Sie ging ins Nebenzimmer. Er hörte sie mit der Kaffeemaschine hantieren; ihr Kollege schwieg. Gleich darauf kam sie mit einem Becher Kaffee zurück und stellte ihn vor ihm ab.

»Sie hätten sich auch einen machen können.«

»Lassen Sie nur.«

Michael nippte an seinem Kaffee. »Was ist passiert?«, fragte er leise.

»Suizid. Die Mitteilung kam über einen anonymen Anruf«, antwortete der Mann sachlich, als ginge ihn das alles nichts an. »Letzte Nacht. Keine Papiere, aber eine Postkarte in der Tasche. Die Adresse war schräg gegenüber, der Schlüssel bei der Toten passte zu einer Wohnung im Haus.«

»Welches Haus?« Noch immer hatte er nicht ganz begriffen.

»Sie wussten nicht, dass sie eine Wohnung in Berlin gemietet hatte?«

»Nein.« Dann war Ina gestern schon in der Stadt gewesen. Scheiße. »Wie haben Sie mich so schnell gefunden?«

»Der Laptop war eingeschaltet und zuletzt zum Schreiben der Abschiedsmail an Sie benutzt worden.«

Beinah hätte Michael sich Kaffee über die Hand geschüttet. »Von was reden Sie?«

»Sie haben sie demnach noch nicht gelesen, Herr Dallinger?«

Er schüttelte den Kopf. Ina würde ihm doch keine Abschiedsmail schreiben. Seine Hand zitterte, als er noch einen Schluck Kaffee trank. »Können Sie mir sagen« – er suchte nach Worten –, »wo … und wie …«

Der Mann wandte sich mit ausdruckslosem Gesicht ab, als wolle er die Entscheidung seiner Kollegin überlassen.

»Sie ist von einer Brücke gesprungen. Die Fußgängerbrücke nördlich vom Mauerpark.«

Eine lange, schmale Brücke über Brachland, die Straßen an beiden Enden nachts unbelebt. Er war selbst oft darübergegangen.

»Sie hatte Spuren von Beruhigungsmittel im Blut.«

Michael sah es vor sich. Erst das Beruhigungsmittel, um auf dem Weg von der Wohnung zur Brücke nicht die Nerven zu verlieren. Dann der Sprung. Aber er verstand nichts. Plötzlich liefen ihm Tränen die Wangen hinunter.

»Tut mir leid, Herr Dallinger«, murmelte sie. »Möchten Sie ein Taschentuch haben?«

»Schon gut.« Er fuhr sich mit der Hand übers Gesicht.

»Sie war Ihre Freundin?«, fragte sie.

»Exfreundin. Wir haben uns im Herbst getrennt. Ich mich von ihr, um genau zu sein. Fernbeziehung, ohne Aussicht, dass das jemals anders wird. Es ging nicht mehr.« Dass Anke eine nicht unerhebliche Rolle gespielt hatte, verschwieg er lieber.

»Haben Sie seitdem Kontakt gehabt?«

»Ina hat mich gestern angerufen. Eine Nachricht auf dem Anrufbeantworter hinterlassen. Heute Vormittag habe ich versucht, sie zu erreichen ...« Er brachte den Satz nicht zu Ende.

»Hat Frau Detjen gesagt, was sie wollte?«

»Nein. Ich sollte sie zurückrufen. Mehr hat sie nicht gesagt. Ich wusste ja nicht, dass sie in Berlin war.«

»Verstehe.«

Nein. Sie verstand eben nichts. Wenn er Ina doch nur gleich zurückgerufen hätte. Wahrscheinlich würde sie dann noch leben.

»Herr Dallinger, Menschen begehen aus den verschiedensten Gründen Suizid.«

Er hörte gar nicht richtig zu. Sie merkte es nicht.

»Sie müssen sich dafür nicht verantwortlich fühlen«, fügte sie hinzu.

Moment – wovon redete sie? Wieso sollte er sich verantwortlich fühlen?

»Es geschieht gar nicht selten, dass Menschen aus nicht erwiderter Liebe …« Michael sah wohl so verwirrt aus, dass sie unsicher wurde. »Nun ja. Jedenfalls danke ich Ihnen, dass Sie uns so offen den Hintergrund dargelegt haben.«

»Aber … kann es nicht ein Unfall … oder …«

»Wir ermitteln natürlich ergebnisoffen«, sagte der Mann. »Aber nach meiner Erfahrung ist der Fall ziemlich klar.«

Seine Kollegin seufzte leise. »Es fällt den meisten Menschen schwer zu akzeptieren, der Auslöser für einen Suizid zu sein. Aber wie gesagt: Die Entscheidung trifft jeder Suizident selbst.«

Michael sagte nichts mehr. Das war doch verrückt. Sie glaubten allen Ernstes, Ina hätte sich wegen ihm umgebracht. Wegen der Trennung. Die waren ja bescheuert.

»Wo ist sie jetzt?«

»Im Institut für Rechtsmedizin«, sagte der Mann. »Ich nehme an, ihre Eltern sind die nächsten Angehörigen. Haben Sie vielleicht die Adresse? Sie würden uns einige Arbeit ersparen.«

Michael kritzelte wortlos die Adresse auf ein Stück Papier.

»Danke.« Sie standen auf.

»Möchten Sie jemanden sehen?«, fragte die Frau. »Können wir Sie irgendwo hinbringen? Oder jemanden anrufen?«

»Kann ich sie noch einmal sehen?« Er hatte seine Stimme nicht ganz unter Kontrolle.

»Das geht leider nicht«, sagte ihr Kollege.

»Aber –«

»Dass Freunde und Angehörige einen Toten in der Gerichtsmedizin sehen, kommt nur im Krimi vor«, sagte sie bedauernd. »Danke, dass Sie sich für unsere Fragen Zeit genommen haben. Wir finden schon alleine raus.«

Michael blieb sitzen und starrte vor sich auf die Tischplatte, ohne etwas zu sehen.

Er hörte kaum, wie sich die Tür leise hinter den Polizisten schloss.

Er wusste nicht, wie viel Zeit vergangen war. Irgendwann telefonierte er nach einem Taxi. Er setzte sich auf den Rücksitz, nur mit einem schwarzen Rollkragenpulli vor der Kälte geschützt; seine Hände klammerten sich an eine alte Aktentasche. Sie fuhren zwischen Naturkundemuseum und dem Hochhausturm der Charité hindurch und passierten die alte, mittlerweile unsichtbare Sektorengrenze nördlich vom Humboldthafen. Die Kräne auf der riesigen Baustelle, wo einmal der neue Hauptbahnhof stehen sollte, ragten wie übergroße Galgen in den Winterhimmel. Am Gefängnis Moabit bogen sie rechts ab, dann wieder links in die Turmstraße. Einzelne Schneeflocken wehten durch die Luft. Wenig später rollte das Taxi auf einen Parkplatz. Das Schild neben der Tür wies das Gebäude als Institut für Rechtsmedizin aus.

»Soll ich warten?«, fragte der Fahrer.

»Danke, nicht nötig.«

Michael betrat wie selbstverständlich das Institut und strebte sofort den Toiletten zu. Als er sie wieder verließ, trug er einen weißen Kittel. Er ging mit raschen Schritten durch die Korridore; aus dem Augenwinkel las er die Schilder ab. Hierher musste man auch Gary Newman gebracht haben, offiziell das Opfer eines Raubmordes. Die Wellen des Wannsees hatten alle Spuren abgewaschen, man hatte Michael mit Newmans Tod nie in Verbindung gebracht.

Dass Newman ein Mörder, dass sein Tod Notwehr gewesen war – das alles war auf einmal belanglos. Michael begann zu schwitzen. Eine junge Frau kam ihm entgegen und sah ihn fragend an, blieb aber nicht stehen. Er ging schneller.

Schließlich fand er den Sektionssaal. Kacheln auf dem Boden, an den Wänden weiß lackierte Heizkörper, moderate Temperatur. In der Mitte die langgestreckten Tische aus Edelstahl, an den Fußenden kleine Organtischchen und Waschbecken mit Handduschen. Ein Mann und eine Frau arbeiteten konzentriert an einer Leiche. Er huschte vorbei.

Im Kühlraum lagen die Toten in weißes Plastik eingeschlagen auf flachen Metallpritschen, immer vier übereinander, die Fußenden mit den Zehenkarten zeigten in den Raum. Manche Körper waren von Leichensäcken verhüllt, als ob sie sich in große Schlafsäcke verkrochen hätten. Es sah aus wie ein Schlafsaal in der Jugendherberge des Todes, eine kurze Zwischenstation, bevor jeder, der hier lag, irgendwo anders zur letzten Ruhe gebettet werden würde.

Er eilte die Reihen entlang und las die Zehenkarten ab. Die hier vielleicht? Die Größe könnte hinkommen. Er zog die Pritsche heraus und schlug das Plastik zurück.

Ina sah genauso aus wie auf dem Foto.

Er lief nach draußen und wäre fast mit einem wohlgenährten Mann zusammengestoßen. Er fragte etwas, aber Michael verstand ihn nicht. So schnell er konnte, strebte er dem Ausgang zu. Draußen riss er sich den Kittel herunter und ließ ihn, wo er gerade stand, in den Schnee fallen. Als er endlich ein Taxi fand, klapperten seine Zähne. Auf dem Rückweg saß er zusammengekauert in der Ecke, den Kopf gegen die Tür gelehnt.

Erst als das Taxi vom Hof fuhr, fragte Michael sich, was er eigentlich in seinem Büro wollte. Er stand im Schnee, die Hände in den Hosentaschen vergraben, und starrte ins Leere. Er fror, aber wenigstens fühlte er irgendetwas. Arbeiten würde er jetzt ganz sicher nicht mehr können. Er holte seine Jacke und machte sich auf den Weg zu seiner Wohnung. Der Pförtner kam hinter der Kellertür hervor und hob von weitem grüßend die Hand.

10.

Ein kalter Wind fegte die Chausseestraße entlang. Michael drängte sich an den Menschen vorbei, die gerade aus dem U-Bahnhof gekommen waren. Bei der neuen Postfiliale bog er in eine Seitenstraße ab. Hier war es ruhiger. Er verlangsamte seinen Schritt. Ina war zwar emotional, aber kämpferisch gewesen. Anpackend, wenn es Probleme gab.

Michael ging am alten Postamt vorbei, grauer Stein, die Tür verbarrikadiert. Die Wege waren nicht gestreut, er musste aufpassen, wo er hintrat. Vor ein paar Jahren hatte er hier noch seine Pakete abgeholt. Wenn er denn mal eines gekriegt hatte. Jetzt musste er weiterlaufen.

Warum hatte sie sich umgebracht? Sie hätte Probleme entweder angepackt oder akzeptiert. So wie ihre Fernbeziehung. Sie wollte in Stade bleiben, bei ihren Freunden, die er, abgesehen von Anette, nie kennen gelernt hatte. Auch nie hatte kennen lernen wollen während der immer zu kurzen Wochenenden. Und er konnte nicht aus Berlin weg, hier lebten seine Klienten. Noch mal von vorne anzufangen wäre sehr schwer geworden, und Ina verdiente nicht genug, um sie beide durchzufüttern.

Sie hatten sich mit der Situation arrangiert und, als es nicht mehr ging, sich getrennt. Nicht ohne ein paar Tränen, gewiss, aber das durfte am Ende einer langjährigen Beziehung schon mal sein. Den großen Streit, weil er mit Anke ins Bett gegangen war, hatten sie da schon hinter sich gehabt.

Warum also? Weil er sich nicht gemeldet hatte? Was hatte sie von ihm noch gewollt?

Er dachte an ihre Mail. Da würde er wahrscheinlich die Antwort finden. Gleichzeitig fürchtete er sich davor. Zurück ins Büro? Unschlüssig drehte er sich um. Dort wollte er jetzt lieber nicht sein. Rechts von ihm Baustellen, links das Brachland neben den Resten des alten Nordbahnhofs. Der Wind war hier kälter als zwischen den Häusern. Er könnte auch zu Hause am Laptop nachsehen.

Er ging weiter, über die Gartenstraße und die Bernauer entlang der ehemaligen Grenze. Zu seiner Rechten die letzten Stücke der Berliner Mauer: nur noch nackter Beton, und in den Löchern, die die Hämmer der Touristen geschlagen hatten, lag stellenweise der Baustahl frei. Bestimmte Erbschaften schlug man aus, und manche Altlasten wollte man lieber so tief wie möglich vergraben. Ein Durchbruch in der Mauer führte zum Friedhof. Auf Höhe der Ackerstraße war aus verrostetem Eisen, Aluminium und ein paar Mauersegmenten ein Mahnmal errichtet. Jemand hatte mit Edding einige Zeilen auf das Metall gekritzelt:

Ein letzter Rest
Berliner Mauer am Friedhof,
Ecke Bernauer. Abgelegt
zu den Toten von gestern,
»Gedenkstätte«. Was heißt
Erinnerung? An den Straßenecken
kann man sie sehen – kleine
Zementstückchen, handlich
im Geschenkformat, das Stück
fünf Mark, sechs,
wenn sie bunt sind.

Na ja. Sollte wohl Lyrik sein. Damit hatte er noch nie etwas anfangen können; sein erster und einziger Versuch in dieser Richtung, lange Jahre her, hatte ihm gereicht, den Namen der obskuren Lesung hatte er vergessen. Nur die Kneipe, die *Marie 38*, war schön gewesen, auch wenn die süße Barfrau einen anderen Namen gehabt hatte und achtunddreißig vielleicht das Alter ihrer Mutter gewesen war. Er bog in die Ackerstraße ein. Aber das mit der Erinnerung stimmte.

Entlang des Bürgersteigs waren Autos in Reihe geparkt; hinter manchen Scheibenwischern steckten Flyer. Es sah aus, als würden ihn die Wagen aus einem Auge beobachten. Schließlich bog er ab in die Anklamer.

In seiner Wohnung funktionierte die Heizung wieder. Er schaltete die Deckenlampe an und ging zum Laptop.

Eine einzige neue Nachricht: die Mail von Ina. Er klickte auf Öffnen.

Wenn man weiß, dass man in seinem Leben nicht mehr glücklich werden kann, dann bleibt einem nichts anderes übrig, als dies Leben zu beenden. Und dafür habe ich mich entschieden. Es gibt vielleicht Leute, die hätten weitergemacht, hätten sich gedacht »das wird schon«, aber das wird es nicht. Ich kann ohne dich nicht leben und will es auch nicht. In den letzten Tagen hatte ich immer einen Ausweg vor Augen. Heute werde ich ihn benutzen. Leb wohl.

Immer deine Ina

Michael las die Mail noch mal.

Dann prüfte er Datum und Uhrzeit. Gestern Nacht gesendet. Das also hatten die Polizisten gelesen.

Ina hatte sich wegen ihm umgebracht.

So eine Scheiße.

Sein nächster Gedanke kam für ihn selbst überraschend: Was sollte er bloß ihren Eltern sagen?

Herr und Frau Detjen hatten ihre Beziehung zunächst mit einem gewissen Wohlwollen – das Kind hatte einen Partner –, mit fortschreitender Dauer der Fernbeziehung jedoch mit proportional steigendem Unbehagen – was soll denn daraus werden? – betrachtet. Er hatte immer versucht, ihr Misstrauen zu entkräften, schließlich waren sie nun mal Inas Eltern. Besonders gut verstanden hatte er sich mit ihnen nie. In ihren Augen war Privatdetektiv kein richtiger Beruf, und ein Paar musste zwar nicht verheiratet sein, sollte aber wenigstens zusammenleben. Der Tod ihrer Tochter würde für sie die Bestätigung all ihrer Vorbehalte sein, und wo sollten sie mit ihrer Trauer besser hin als zu dem Verursacher ihres Leids? Geistesabwesend streichelte er den Anrufbeantworter. Die rote Lampe signalisierte: eingeschaltet. Die Zugbrücke war oben.

Michael las noch einmal die Mail. Er verstand sie nicht besser als vorher. Dann ging er in die Kochecke, drückte den angeketteten Stopfen in den Ausguss, presste schwungvoll die Spüliflasche und ließ heißes Wasser einlaufen. Jetzt bloß nicht zu viel grübeln. Mit bedächtigen Bewegungen legte er Stück für Stück das schmutzige Geschirr hinein. Teller, Besteck, Kaffeetasse. Der Schaum stand schon fast bis zur Kante des Spülbeckens, obwohl das Wasser erst ein paar Sekunden lief. Weniger Spüli wäre wohl besser gewesen. Er ließ das Weinglas mit dem angetrockneten roten Bodensatz in den Schaum gleiten; es schlug klirrend irgendwo an. Michael schob den Ärmel hoch und tauchte eine Hand in den Schaum. Seine Finger tasteten nach dem Glas und griffen in eine Scherbe.

»Au!«

Er starrte missmutig auf die Schnitte in Zeige- und Mittelfinger und spülte sie unter kaltem Wasser ab. Der Schaum stieg höher.

Mit der unverletzten Hand griff er nach der Kette und zog den Stopfen heraus.

Den Abwasch würde er später erledigen.

Michael setzte sich auf die Bettkante und starrte von dort nach draußen auf das gegenüberliegende Haus. Hinter der weißen Gardine eines Badezimmers bewegte sich ein Schatten.

Er versuchte, sich in Gedanken zu der seltsamen Anfrage von der Frau aus Tegel zu flüchten. Stattdessen kam ihm nur *tote Kegel* in den Sinn. Kind und Kegel – richtiges und uneheliches Kind. Ein heimliches Kind nebenher, dann stirbt es. Wieder dachte er an Ina.

Es ist nicht meine Schuld, sagte er sich. Jeden Tag bringen sich Leute um. Es ist völlig normal, sich zu trennen. Wir waren nicht mal verheiratet. Eine Fernbeziehung, mein Gott. Es war doch alles längst vorbei. Drei Monate her. Ein Vierteljahr.

Er ballte die Hände für einen kurzen Moment zu Fäusten. Wenn sie doch nur mit ihm geredet hätte. Wenn er sich gestern nur zwei Minuten Zeit genommen hätte …

Das Telefon klingelte. Michael schaltete hastig den Anrufbeantworter aus und ließ es klingeln. Das hätte er von Anfang an machen sollen. Er wollte jetzt mit niemandem reden. Auch keine Nachricht hören. Schon gar nicht jemanden zurückrufen müssen.

Es klingelte lange. Michael beobachtete das Telefon. Sinnlos, natürlich, aber wenigstens tat er irgendwas. Schließlich war es still. Er zog den Stecker aus der Buchse und holte den Staubsauger. Gleichgültig schob er ihn durchs Zimmer. Der Sauger ließ einen schmalen Streifen hinter sich, geringfügig heller als der Rest des Teppichs. Er umkurvte die Füße des Betts und schob den Sauger darunter, bis er gegen etwas stieß. Michael hielt inne, dann schaltete er das Gerät aus und schob es zur Seite.

Weitersaugen konnte er später immer noch.

Er kniete sich auf den Teppich vor seinem Bett und holte nacheinander einen unförmigen Packbeutel mit seinem Schlafsack und einer Isomatte hervor, einen alten Geigenkasten ohne Geige (aber mit bröselndem Kolophonium, einem Metronom und seinen ersten Klassikkassetten darin), einen Karton mit seinem Plattenspieler und einen alten Koffer voller Noten. Schließlich fand er den Schuhkarton, den er vor ein paar Monaten in der hintersten Ecke verstaut hatte.

Er schob die anderen Sachen wieder unter das Bett und setzte sich auf den Teppich.

Obenauf im Karton lag ein kleiner hölzerner Rahmen, etwa so groß wie eine Zigarettenschachtel. Darin auf dunkelrotem Tonpapier kleine goldene Sterne und eine blonde Haarlocke. Eine Streichholzschachtel, mit Blumenpapier beklebt und darin ein Zettel: *Du, Michael?* Und auf der anderen Seite: *Ich liebe Dich.* Ein Umschlag mit Fotos: Ina auf dem Sofa, in einem Türrahmen, Ina am Strand, Ina in knapper Unterwäsche. Schade, dass sie nie die richtig sexy Sachen anziehen wollte. Ich zieh keine Fick-mich-Sachen an, hatte sie dazu gesagt. Ina, wie sie aus der Dusche kommt, ein Handtuch um sich geschlungen. Ein Stück Stoff von dem Top, das sie getragen hatte, als er sie zum ersten Mal besuchte. Sie hatte eine Gänsehaut gehabt, aber nicht wegen ihm, wie er schnell merkte, sondern weil es in ihrer Wohnung trotz Heizung für so ein Kleidungsstück mitten im Winter zu kalt war. Als das Top nach Jahren in Fetzen ging und Ina es wegwerfen wollte, hatte Michael ein postkartengroßes Stück Stoff herausgeschnitten und aufgehoben. Eine CD mit Musik. Die Zugfahrkarten aus ihrem ersten gemeinsamen Urlaub, in der Camargue bei den Flamingos, ein Foto von Aigues-Mortes, der steinernen Festung, die wie ein vergessener, unzerstörbarer Rest aus einer längst vergangenen Zeit mitten im Sumpfland aufragte. Eine Kette, die Ina ihm geschenkt und die er zu affig gefunden hatte, um sie zu tragen – ihr erstes großes Missverständnis. Postkarten. Aus den ersten, noch getrennten und aus den späten, wieder getrennten Urlauben. Eine Karte von den Kanaren mit Partymotiven. Er hatte sie nie genau gefragt, wie der Urlaub dort gewesen war, aus dem Gefühl heraus, dass er es gar nicht so genau wissen wollte. Überbleibsel von wie viel Jahren? Er rechnete nicht nach und legte die Postkarten beiseite. Dann öffnete er ein paar der Briefe, die zuunterst lagen, und überflog wahllos die Blätter.

Blaue Schrift, rote Schrift.

Ein einfacher Umschlag, das Briefpapier am Rand mit Blumen bedruckt: *Lieber Michael, Du fehlst mir sehr …*

Umschlag und Papier einfach, aber zueinander passend: *… ein Jahr sind wir schon zusammen, es war bisher mein schönstes …*

Ein schlichter weißer Umschlag, blickdicht gefüttert, darin drei eng beschriebene Seiten: *… wäre schön. Nur Fesseln kann ich mir nicht so gut vorstellen – okay?*

Der nächste Brief auf kariertem Papier, verschlungene Kritzeleien am Rand: *Wann sehen wir uns wieder?*

Eine Träne lief ihm die Wange hinab. Er ließ sich in Erinnerungen treiben. Ihre Beziehung hatte auch schöne Seiten gehabt. Ina war geradeheraus gewesen. Herzlich. Manchmal unerklärlich stur, wenn sie überzeugt war, Recht zu haben. Gut im Bett, das auch. Eine Frau für die Gegenwart.

Ein bisschen auch für die Zukunft. Und sie hatten beide immer gewusst, dass sie nicht alleine waren.

Auch wenn der andere vierhundert Kilometer entfernt war.

Er legte die Briefe wieder zurück in den Karton und schichtete langsam die anderen Gegenstände darüber. Die CD, den Rahmen mit ihrer Haarlocke, die Postkarte vom Strand ... Dieser Teil seines Lebens war nun unwiderruflich vorbei. Manchmal hatte er sich vorgestellt, Ina irgendwann mal wiederzutreffen, in Stade vielleicht, in einem Café, wie geht's dir, mir geht's gut ... ein kurzer Ausflug in gemeinsame Erinnerungen ... nicht wie mit Siri, die auch Jahre nach der Trennung für seinen Geschmack zu anhänglich war ... was machst du so, wo warst du im Urlaub; alles Fragen, die sich nun nie stellen würden. Erinnerungen, die sie nie mehr austauschen würden.

Michael stutzte plötzlich.

Erinnerungen.

Da war ein flüchtiger Gedanke gewesen. Im Hinterkopf, als er die Postkarte vom Strand angeschaut hatte. Aber was? Er bekam es nicht zu fassen, wusste nur, dass es wichtig war.

Er wühlte im Karton, bis er die Postkarte fand, nahm sie in die Hand, drehte und wendete sie. Wie war das gewesen? Nur langsam kam die Erinnerung zurück. Richtig, es war ihr erster getrennter Urlaub; sie hatte ausdrücklich nur in der Hochsaison fahren wollen, und da konnte er nicht. Sie hatten sich ziemlich gestritten, weil er einfach nicht einsah, weshalb sie auf die Hochsaison festgelegt war. Im Schichtdienst hätte sie schließlich nach Belieben ihren Urlaub legen können, dachte er damals. Aber sie hatte nicht nachgegeben. Ob aus Trotz oder weil es wirklich einen guten Grund gab, hatte irgendwann keine Rolle mehr gespielt. Schließlich war ihnen die Lust auf einen gemeinsamen Urlaub vergangen und er im Frühjahr allein in die Berge gefahren. Dort konnte man stundenlang auf verschlungenen Pfaden wandern und wusste nie, was hinter der nächsten Ecke auf einen wartete. Jeden Abend war er erschöpft, aber zufrieden ins Bett gefallen. Ina mochte keine Berge. Die schmalen Pfade, die sich zuweilen an steilen Felswänden entlangzogen, wären nichts für sie gewesen: Ihr wurde leicht schwindelig.

Das war es – jetzt hatte er den flüchtigen Gedanken von eben zu fassen gekriegt.

Er legte sich auf den Rücken, verschränkte die Hände hinter dem Kopf und betrachtete die Zimmerdecke. Die Lampe warf ihren eigenen Schatten. Der Gedanke, eben noch ungreifbar, trat klar hervor.

Ina war nicht schwindelfrei. Alles, was hoch war, mochte sie nicht. Keine Berge. Keine Aussichtstürme.

Sogar wenn sie nach Hamburg gefahren waren, hatten sie immer den Elbtunnel benutzt.

Keine Brücken.

Warum hätte sie ausgerechnet von einer Brücke springen sollen?

Es konnte kein Selbstmord sein. Sie hatte sich nicht wegen ihm umgebracht.

Was war wirklich geschehen?

Ein Unfall?

Hatte der anonyme Anrufer einen Unfall für einen Selbstmord gehalten? War also alles eine Verkettung unglücklicher Umstände?

Oder war es … Mord?

Aber wie hätte das geschehen können?

Sein Blick blieb an einem Riss im Putz hängen. Die Decke müsste mal wieder gestrichen werden. Er setzte sich auf. Ina war die Letzte, die er mit einem Verbrechen in Verbindung bringen würde. Ihr Leben war immer in geordneten Bahnen verlaufen, schon als er sie kennen gelernt hatte. Sie mochte ihre Arbeit als Krankenschwester. In ihrer Freizeit las sie gerne Bücher über alternative Heilmethoden. Sie hatte immer zufrieden mit ihrem Leben gewirkt. Nie hatte er den Eindruck gehabt, dass es irgendein Geheimnis gab.

Was auch immer vorgefallen war, es musste folglich nach ihrer Trennung passiert sein. In den letzten drei Monaten.

Er sah auf die Uhr. Fünf Uhr nachmittags. Vor Jahren hatte Ina ihm einmal die Nummer ihrer besten Freundin gegeben. Für alle Fälle. Er suchte, bis er sie in einem alten Notizbuch fand. Hoffentlich war sie noch gültig.

Fahrig rieb er sich über das Gesicht. Er stöpselte das Telefon wieder in die Buchse und schaltete den Anrufbeantworter ein.

Dann griff er zum Hörer.

11.

Es dauerte eine Weile, bis Anette sich wieder gefangen hatte. Sie war gerade von der Arbeit gekommen. »Dass meine beste Freundin so einen Scheiß baut …« Ein Zippo-Feuerzeug klickte.

»Du hast überhaupt nicht damit gerechnet?«, fragte er.

»Nie im Leben.« Er hörte, wie sie Rauch ausatmete. »Dass sich ausgerechnet Ina … Und du hast überhaupt nichts gemerkt vorher?«

»Wie denn?« Er runzelte die Stirn. »Sie hat mich ja gestern erst angerufen. Das heißt, ich hatte eine Nachricht von ihr auf dem AB.« Dass er ihren ersten Anruf abgewimmelt hatte, verschwieg er.

»Das ist allerdings merkwürdig.«

»Warum?«

Anette inhalierte tief. Musste sie es so spannend machen?

»Sie ist schon vor zwei Wochen nach Berlin gefahren.«

Verdammt. Davon hatte die Polizei nichts gesagt.

Michael ging in Gedanken rasch die letzten beiden Wochen durch: Keine Anrufe ohne Nachricht auf dem AB, keine Mails, keine SMS von ihr. Er war sich sicher, dass Ina bis gestern nicht versucht hatte, mit ihm Kontakt aufzunehmen.

»Was hat sie denn hier gemacht?«, fragte er.

Anette nahm einen tiefen Zug. »Hat sie nicht gesagt.«

»Nicht mal dir?« Das war allerdings eine Überraschung. Michael hatte nie erlebt, dass Ina irgendetwas nur mit sich selbst ausmachte. Ina war einfach nicht der Typ, der etwas in sich reinfraß.

»Nicht mal eine Andeutung«, meinte Anette. »Ich fand's auch komisch. Aber, na ja, ihr ging's nicht so gut. Da wollte ich sie nicht löchern.«

Klar. »Hast du irgendeine Idee?«

Anette stieß hörbar den Rauch aus. »Ehrlich gesagt hab ich gedacht, dass sie es noch mal mit dir probieren will.«

»Mit mir?« Das kam überraschend. »Warum?«

»Sie wusste, dass ich das nicht gut finden würde. Deshalb dachte ich, wenn sie mir was verschweigt, dann das. Sie hatte wohl keine Lust auf meine Bedenken.«

»Was für Bedenken hattest du denn?«

Anette schnaubte. »Immerhin hast du sie sitzen lassen. Wegen einer Neuen. Einfach so und ohne ihr eine Chance zu geben. Und das nach all den Jahren.«

Michael suchte vergeblich nach Worten, um das Problem zwischen Ina und ihm aus seiner Sicht in ein paar Sätzen zu erklären.

»Lass man.« Sie ersparte ihm die Mühe. »Ist halt so gelaufen, wie's ist.« Sie lachte kurz auf. »Ich hatte aber schon eine ziemliche Wut auf dich. In der ersten Zeit.«

Wer weiß, was Ina ihr alles erzählt hatte. Was Anette über ihn wusste.

»Und jetzt?«, fragte er vorsichtig.

»Ich weiß nicht.«

Sie schwiegen einen Moment.

»Wo hat sie eigentlich gewohnt?«, fragte er schließlich.

»Mitwohnzentrale, hat sie gesagt. Willst du die Adresse haben?«

»Du hast sie?«, fragte er elektrisiert.

»Sag ich ja. Ich hab ihr sogar eine Karte dahin geschickt.«

»Moment, ich schreib mit.« Er griff nach einem Schmierzettel. »Welche Mitwohnzentrale übrigens?«

»Puh, gibt's da mehrere? Keine Ahnung. Sie hat mal irgendwas von Auguststraße gesagt, ich weiß aber nicht, ob das stimmt. Warum, ist das wichtig?«

»Weiß ich noch nicht. Warum hast du ihr denn geschrieben?«

»Frauensache. Die Adresse ist Kopenhagener Straße.« Sie nannte eine Hausnummer. »Bei Kulawy.«

»Danke.« Er warf einen Blick aus dem Fenster; in der Dämmerung begannen die Konturen zu verwischen.

»Willst du rausfinden, warum sie sich umgebracht hat?«

»Ja.«

»Hat sie eigentlich keinen Brief hinterlassen?«

Er zögerte. »Doch. Sie hat einen Abschiedsbrief geschrieben. Eine Mail.«

»An wen?«

»… an mich.«

»Herrgott, was stand drin?« Anette war plötzlich ganz aufgeregt. »Lass dir doch nicht alles aus der Nase ziehen.«

»Na ja … sie schreibt, dass« – er sah keine Möglichkeit, wie er umgehen konnte, von Inas letzter Mail zu erzählen, ohne direkt zu lügen –, »sie sich wegen der Trennung umgebracht hat.«

Anette schwieg. Michael ließ ihr Zeit, die Information zu verdauen. Er hörte nur den Rauch im Telefonhörer.

»Das ist, als ob ich einen Teil von ihr gar nicht gekannt habe«, sagte sie schließlich leise. Sie klang sehr traurig. »Aber ist auch egal. Das bringt sie nicht zurück.«

»Ja. Aber, Anette?«

Sie schniefte.

»Ich glaube, sie hat sich nicht umgebracht.« Da. Das war es. Zum ersten Mal hatte er es laut ausgesprochen.

Anette lachte kurz und schrill. Ein nervöses Lachen. »Hör auf, Michael.«

»Was? Womit aufhören?«

»Ich weiß genau, was du sagen willst. Davon wird's nicht besser.«

Was meinte sie? Dann dämmerte es ihm. »Glaubst du mir nicht?«

»Nein. Ich glaub dir nicht.« Sie klang empört. »Der Privatdetektiv am Werk! Jemand hat sie umgebracht, ja? Und wer? Der Gärtner? Oder der große Unbekannte? Und warum?«

Er versuchte, den Spott zu ignorieren. »Ich weiß es nicht. Noch nicht.«

»Du hast Schuldgefühle, Michael. Red dir nichts ein. Damit musst du allein fertig werden.«

»Ich hab keine Schuldgefühle«, rutschte es ihm raus.

»Dann solltest du welche haben, verdammt noch mal! Was willst du denn noch? Eine Erklärung, vom Notar unterschrieben? Ich, Ina Detjen, erkläre hiermit, dass ich freiwillig aus dem Leben scheide, weil mein Freund mich verlassen hat?« Sie schluchzte auf. »So eine Scheiße …«

Plötzlich war nur noch ein Rascheln zu hören. Wahrscheinlich suchte sie ein Taschentuch.

Was sollte er sagen? Er würde sie nicht überzeugen können. Und er konnte es ihr noch nicht mal übelnehmen: Es schien ja auf den ersten Blick alles so eindeutig zu sein. Er hörte, wie sie den Rotz in der Nase hochzog.

»Ich mach dann mal Schluss«, sagte er verlegen. »Und danke, dass du mit mir geredet hast.«

»Mmh. Schon okay. Aber, Michael …«

»Hm?«

»Ruf mich bitte nicht mehr an.«

»… warum?«

Zu seiner Überraschung beendete ein Klicken in der Leitung das Gespräch.

Er stützte das Kinn in die Hände.

Immerhin wusste er jetzt, wo Ina in Berlin gewohnt hatte. Das war schon mal was.

Er ging im Internet auf *google maps* und gab die Adresse ein, die er von Anette bekommen hatte. Das Haus lag an der Fußgängerbrücke, von der Ina sich in den Tod gestürzt haben sollte.

Michael zog seine Jacke an und verließ das Haus. Mittlerweile war es draußen dunkel. Er wandte sich nach links, die Anklamer Straße hoch, vorbei an alten Fassaden und über die Brunnenstraße. Statt eines Eckhauses gab es hier nur eine vom Wind freigelegte, gepflasterte Fläche mit einer Bretterbude darauf. Michael ging weiter, vorbei an einer dunklen Lücke in der Häuserfront, mit einem Gittertor und einer Kette von der Straße abgetrennt – der Lagerplatz einer Kohlenhandlung. Seine Handschuhe hatte er vergessen, er steckte die Hände in die Jackentaschen, um sie zu wärmen.

Über die Seitenstraßen der Kastanienallee gelangte er zum Mauerpark. Im Sommer versammelten sich hier junge Leute mit viel Zeit und wenig Geld. Jetzt standen hier nur die Silhouetten einiger weniger kahler Bäume.

Michael ging im Schein der Laternen durch den Park und weiter die Straße entlang, an einer stillgelegten Eisenbahnbrücke vorbei. Der Gleimtunnel war ein dunkles Loch, unwillkürlich ging er schneller. Außer ihm war in dieser Gegend niemand unterwegs. Zu seiner Rechten waren Häuser mit dunklen Fassaden, zu seiner Linken eine drei Meter hohe Mauer. Schließlich konnte er am Ende der Straße die Fußgängerbrücke sehen, die sich hoch über einem kalten Abgrund spannte: ein zweihundert Meter langer eiserner Steg, hell erleuchtet von Laternen links und rechts am Geländer. Darunter lag weites Brachland, nur von ein paar Gleisen durchschnitten.

Trotz des Schnees klangen seine Schritte hohl, als er die schmale Brücke betrat. Die Laternen leuchteten die wenigen Fußspuren auf dem Weg aus. Ein einsamer Ort. Ganz schwach zeichneten sich unter dem Neuschnee alte Spuren ab: Er erkannte Fahrradreifen und eine breite Furche, wie sie Kinder hinterlassen, wenn sie sich mit den Schuhen durch den Schnee pflügen. Hinter einer Gittertür führte eine Wendeltreppe nach unten, für Arbeiter wahrscheinlich. Ungefähr in der Mitte blieb er stehen. Auf einer Breite von zwei Metern hatte jemand den Schnee vom Geländer und den Querstreben gefegt.

Ob dies die Stelle war?

Michael versuchte, sich Ina auf dieser Brücke vorzustellen. Mitten in der Nacht. Es war kein Ort, der zu ihr passte.

Was hatte sie hier zu suchen gehabt?

War sie ihrem Mörder zufällig begegnet? Im Vorbeigehen?

Hatte sie hier gewartet?

Aber auf wen?

Eine Frau, allein unterwegs, würde sich in einer Winternacht hier wohl kaum unnötig lange aufhalten.

War sie wirklich allein gewesen?

Michael sah zum anderen Ende der Brücke. Es stieß an eine Autostraße.

Die Brücke war einsam. Ideal für einen sicheren Tod.

Ein Treffen, das aus dem Ruder gelaufen war? Ein Unfall?

Er konnte sich keine entsprechende Szenerie vorstellen.

Michael legte eine Hand aufs Geländer. Das Metall

reichte ihm bis zur Brust. Probehalber setzte er einen Fuß zwischen die Verstrebungen. Es wäre ein Leichtes hinüberzuklettern.

Er sah sich nach beiden Seiten um, dann lehnte er sich mit dem Brustkorb auf das Geländer und ließ Kopf und Arme nach unten baumeln. Wenn ihm jetzt jemand die Füße wegzöge und noch ein wenig nachhalf, würde er fallen.

Er stützte sich wieder auf und sah sich nach Spuren um. Nichts.

Noch immer war er allein. Im Westen spannten sich die spitz geschwungenen Bögen einer Autobrücke zwischen den Lichtern. Ein paar Schneeflocken fielen durch das Licht der Laternen und in seine Fußspuren. Er wandte sich ab und ging zurück.

Das Haus würde er sich tagsüber ansehen.

Als er das Ende der Brücke erreichte, fegte ein kalter Windstoß über das Gelände. Er senkte den Kopf. Ein Geldstück glitzerte im Schnee. Michael hob es auf.

Es war kein Geldstück, sondern eine stilisierte kleine silberne Maske. Die Mundwinkel waren nach unten gezogen; sie weinte. Michael drehte sie zwischen den Fingern. Hinten war ein winziger Verschluss angelötet, und an der Seite spürte er eine raue Bruchstelle. Ein Teil einer Brosche. Vorsichtig ließ er sie in seine Jackentasche gleiten. Plötzlich liefen Tränen über seine Wangen. Er ließ sie fließen, weinte leise. Es sah ja niemand.

12.

Dass die Kopenhagener Straße nur schwach beleuchtet war, kam ihm gelegen. Als er die Schönhauser Allee erreichte, wischte er sich mit dem Handrücken übers Gesicht. Er musste lange auf eine Tram warten, aber ihm fehlte die Kraft weiterzugehen. Als sie endlich kam, war er durchgefroren. Er setzte sich auf einen einzelnen freien Sitz am Fenster und sah hinaus auf die hell erleuchtete Straße; aber nichts von dem, was er sah, nahm er richtig wahr.

Am Anrufbeantworter blinkte die Lampe. Bevor Michael ihn abhören konnte, klingelte das Telefon.

Verflixt – er hatte Anke gar nicht mehr gesprochen! Er warf einen Blick auf das Display.

Sein Onkel.

Michael hob den Hörer ein paar Zentimeter ab und legte gleich wieder auf. Dann hörte er den Anrufbeantworter ab.

»Michael? Anke hier. Schade, ich erreich dich nirgends. Der Wagen ist ziemlich hinüber, in ein paar Tagen weiß ich mehr. Morgen früh muss ich noch zum Arzt. Danach würde ich nicht so gern U-Bahn fahren … Kannst du mich abholen? Halb zehn am U-Bahnhof Heidelberger Platz. Ich versuch's später noch mal.«

Er wählte ihre Handynummer.

»Jaa?« Sie klang müde. »Wo steckst du?«

Hatte sie schon geschlafen? Er war sich nicht sicher, ob

Ärger oder Besorgnis in ihrer Stimme lag. Dafür hatte er kein gutes Gespür.

»Ich kann dich morgen abholen. Was ist denn los?«

»Hmm. Nicht so wild.«

»Soll ich dich nicht lieber direkt in der Praxis abholen?«

»Da kann man schwer parken. Ich steh dann am U-Bahn-Eingang.«

»Ach so.« Er schwieg.

»Ist alles in Ordnung?« Anke hingegen hatte ein gutes Gespür.

»Ina ist tot. Sie … sie war in Berlin. Ist von einer Brücke gesprungen.«

»O nein.«

Was sollte er sagen?

»Woher weißt du davon?«, fragte sie vorsichtig.

»Die Polizei war heute bei mir. Ich bin ja der Exfreund.«

»Haben sie gesagt, warum sie sich umgebracht hat?«

Er hörte, wie sie taktvoll ein Gähnen zu unterdrücken versuchte.

»Es war kein Selbstmord.«

»Sondern?«, fragte sie verwirrt.

»Mord.«

»Wieso denn Mord?«

»Ina war nicht schwindelfrei.«

»Was sagt die Polizei dazu?«

»Die weiß davon nichts.« Es war nicht nötig, ihr von Inas Abschiedsmail zu erzählen; das würde Anke nur auf falsche Gedanken bringen. »Sie sind froh, dass sie den Fall abschließen können.«

»Was hat Ina denn hier gemacht?«

»Genau das frage ich mich die ganze Zeit. Selbst ihre beste Freundin wusste nicht, was sie hier wollte.«

»Und hast du eine Idee?«

»Noch nicht. Ich meine: Warum fährt man heimlich in eine andere Stadt? Ohne jemandem Bescheid zu sagen? Doch nur, wenn man eine Affäre hat. Und selbst dann nur, wenn man die vor jemandem verbergen will. Aber Ina war solo.«

»Wieso bist du dir da sicher?«

»Ihre Freundin hat gedacht, dass sie's noch mal mit mir probieren will.«

Anke schien nachzudenken. Gut, dass sie nicht zum eifersüchtigen Typ gehörte.

»Soll ich vorbeikommen?«, sagte sie.

»Danke, das ist lieb. Brauchst du aber nicht.« Besser allein sein. Nicht darüber reden.

Sie gähnte. »'tschuldigung. Und was willst du jetzt machen?«

»Ich weiß es noch nicht.« Es war zu früh, ihr irgendetwas zu sagen.

Das Gespräch war zu Ende.

Jetzt fing die Arbeit an.

Aber wo sollte er ansetzen? Michael schaltete die Schreibtischlampe an. Dann schüttete er den Karton auf dem Schreibtisch aus und verteilte die Reste von Inas Leben auf der Tischplatte. Noch einmal nahm er einen Gegenstand nach dem anderen in die Hand. Diesmal versuchte er, sie rational zu betrachten.

Jetzt bereute er den klaren Cut nach der Trennung. Ina hatte ihren eigenen Freundeskreis und würde schon damit fertig werden. Hatte er gedacht.

Aber ihre Freunde waren ihr keine Hilfe gewesen.

Anette hatte Recht.

Es gab eine Seite an Ina, die im Dunkeln lag.

Das Telefon klingelte; er überließ den Anruf dem AB. Ankes Stimme bat ihn ranzugehen.

Er rührte sich nicht.

Michael starrte weiter die Bruchstücke und Überbleibsel seines Lebens mit Ina an. Den einen oder anderen Gegenstand nahm er in die Hand und betrachtete ihn, als würde er durch ihn etwas Neues über Ina erfahren. Mit einem Kugelschreiber notierte er einzelne Gedanken und versuchte, eine klare Linie zu finden. Alles, was er zustande brachte, waren sinnlose Stichwörter.

Er konnte sich nicht konzentrieren.

Zu wenig Abstand.

Michael warf den Kugelschreiber auf die Tischplatte, zog sich seine Jacke an und ging hinaus in die Nacht.

Auf der Grenze zwischen Kreuzberg und Neukölln, im Schatten einer Kirche, lag das *Mrs Lovell's*, ein Pub mit gemütlicher Wohnzimmeratmosphäre, der von einem zauseligen Engländer geführt wurde.

An den Tischen vor der Bar verteilten sich ein paar Leute, alle hatten große Gläser vor sich stehen. Für die meisten war es ganz offensichtlich nicht das erste Bier des Abends. Aber die Leute hier waren vom Typ her sehr angenehme Trinker. Im *Mrs Lovell's* herrschte die Tendenz, sich zu Musik in aller Ruhe zu betrinken.

Michael ging durch ins Hinterzimmer; dort fand er einen kleinen Tisch für sich alleine.

Als er Ina kennen gelernt hatte, war er erst kurze Zeit wieder aus Irland zurück gewesen. Damals war auf seiner persönlichen Getränkekarte der Whisky gerade durch den wesentlich billigeren Wodka ersetzt worden. Das Getränk hatte ihre gemeinsame Zeit begleitet. Entsprechend bestellte er auch jetzt einen doppelten. Der Wirt runzelte die Stirn. »Wozu sind Sie hier, wenn Sie Wodka bestellen?« Er sprach mit einem schweren Akzent. In seinen weißen Bart hatte er ein paar Glasperlen geflochten.

»Aus nostalgischen Gründen.«

»Ah.« Das schien er zu verstehen. »Kommt sofort. Mit oder ohne Eis?«

»Mit Eis, bitte.«

Kurz darauf brachte der Wirt zwei Gläser. Ein großes Glas mit Wasser, ein kleineres mit Wodka. Aus dem Wodka ragte ein etwa fingerlanger Eiszapfen, der umgekehrt im Glas stand. So eine merkwürdige Form hatte Michael noch nie gesehen. Er schaute auf.

»Was hat es mit diesen Eiswürfeln auf sich?«

Der Wirt grinste breit. »Nun, es gab im siebzehnten Jahrhundert in London eine Mrs Lovell. Sie war berühmt für ihre Pasteten – wir haben übrigens auch welche, die sind sehr gut zu Wodka.«

»Nein, danke.« Michael lächelte und schielte zum Glas.

»Nun, eines Tages fand man einen Zahn in einer Pastete, und Mrs Lovell wurde öffentlich enthauptet. Ihre Opfer soll sie mit einem langen Dorn getötet haben. Daran erinnert dieses Stück Eis. Zum Wohl.«

»Wozu ist übrigens das Wasser?«

»Die meisten wissen, dass zu einem Espresso ein Wasserglas gehört. Nur wenige wissen, dass das auch für Wodka gilt.« Der Wirt deutete eine Verbeugung an und verschwand.

Michael betrachtete nachdenklich seinen Wodka. Das Eis sackte langsam tiefer.

Vom Hauptraum drangen halblaute Gespräche herüber. Er verstand nichts. Michael prostete in Gedanken der unbekannten Mrs Lovell zu und leerte das Glas in einem Zug.

Wie konnte er rausfinden, was Ina in Berlin gemacht hatte?

»Hallo?« Er hielt das Glas hoch. »Noch einen. Ohne Eis.«

Der Wirt brachte das neue Glas. »Du willst wirklich keine Pastete? Wir haben heute frische gemacht.«

»Wirklich nicht.«

»Schade.«

Michael merkte, wie der Alkohol zu wirken begann. Er hatte zu wenig gegessen.

Wer konnte etwas wissen? Wenn nicht einmal Inas beste Freundin Bescheid wusste? Oder tat sie nur so? Um ihm eins auszuwischen?

Seine Gedanken drehten sich im Kreis. Er hatte keine Anhaltspunkte. Wie sollte er weiterkommen?

Ina war ermordet worden. Die Polizei und Inas beste Freundin waren davon überzeugt, dass sie sich umgebracht hatte.

Aber er war sich sicher.

Wenn er das beweisen wollte, würde er einen klaren Kopf und seine ganze Kraft brauchen.

Die Tische neben ihm waren leer; um diese Zeit versammelten sich die restlichen Gäste vorne an der Bar. Er konnte das Klirren der Gläser hören. Der Wirt sah kurz zu seinem Tisch herüber und registrierte, dass Michaels Glas noch voll war.

Michael stand auf, um zur Toilette zu gehen, stolperte und fing sich zwischen zwei Stühlen ab.

Die Erkenntnis kam unerwartet.

Alleine war er überfordert.

Schließlich würde auch niemals ein Polizist in eigener Sache ermitteln. Nur – an wen konnte er sich wenden? Die Polizei arbeitete nicht mit Privatdetektiven zusammen. Sie würden ihm auch nicht zuhören. Er galt als Auslöser von Inas Selbstmord. Jeder würde ihm ein schlechtes Gewissen unterstellen. So wie Anette. Er musste eine andere Lösung finden.

Er zog sich die Jacke an und ging aufs Klo. Das unberührte Glas ließ er stehen. Auf dem Rückweg zahlte er am Tresen. Auf einem Tisch baute ein dürrer Mann in Lederweste und Cowboystiefeln eine große Blechdose auf. In der hinteren Tasche seiner Jeans steckten zwei Jazzbesen. Ein zweiter Mann stimmte seine Gitarre.

»War es nur ein kurzer nostalgischer Grund?«, fragte der Wirt mit einem verständnisvollen Lächeln.

»Ja. Jetzt ist es wieder gut. Der Rest ist für Sie.«

Michael verließ die Bar. Hinter ihm begann das Duo, auf Gitarre und Blechdose ziemlich gekonnt eine alte Rock-'n'-Roll-Nummer zu spielen: »Heartbreak Hotel«. Michael lief bis zur Kreuzung vor und winkte ein Taxi heran.

Mittwoch, 28. Januar

13.

Am nächsten Morgen hatte Michael Kopfschmerzen. In der Nacht war er immer wieder aufgewacht, und wenn er schlief, war es mehr eine Art Halbschlaf gewesen. Er schlich zum Fenster und öffnete es mit fahrigen Bewegungen; eisige Winterluft strömte in die muffige Wohnung.

Michael atmete die kalte Luft tief ein. Es half nur mäßig. Er zog sich an und verließ das Haus.

Draußen pfiff ein kalter Wind. Eine grauweiße Wolkenschicht verdeckte den Himmel; von der Sonne keine Spur. Michael ging die Anklamer hoch. Auf dem kleinen Platz Ecke Brunnenstraße wirbelten ein paar Schneeflocken über blankgefegte Steinplatten. Die Bretterbude sah im Tageslicht noch trostloser aus als bei Nacht.

Michael ging weiter bis zum Zionskirchplatz. Die wenigen Menschen, die in der Kälte über den Platz hasteten, umgingen die Kirche weiträumig. Eine alte Frau in einem schwarzen Fellmantel tastete sich mit einem Krückstock den Gehweg entlang.

Er lief bis zum Haus Nummer 21b. Vor der Tür vergewisserte er sich mit einem kurzen Blick, dass das Handy ausgeschaltet war.

Er wollte jetzt nicht gestört werden.

Und wenn Sie mal auf einen Kaffee vorbeikommen möchten, Sie wissen ja, wo Sie mich finden, hatte Erwin Czeska zum Abschied gesagt.

Hoffentlich war er nicht umgezogen.

Czeskas Name stand noch immer am Klingelbrett.

Michael zögerte. War es richtig, einfach so vorbeizukommen? Vielleicht hätte er vorher anrufen sollen; Czeska stand bestimmt im Telefonbuch.

Die alte Frau im Fellmantel kam näher.

»Is Ihnen jemand weggezogen?« Ihre Stimme war zittrig.

»Nein, er wohnt noch hier. Herr Czeska.«

»Die Tür ist auf«, sagte sie.

Michael probierte die Klinke der schweren Haustür. Tatsächlich. Es war nicht abgeschlossen. Überrascht sah er die alte Frau an. »Woher wussten Sie das?«

»Die Tür ist immer auf.« Die Alte versuchte ein Lächeln. »Ich wohne hier gleich um die Ecke. Das Schloss ist irgendwann kaputtgegangen. Noch vor der Wende.«

Unsicher blieb er vor der Tür stehen. »Ich hab vorher nicht angerufen«, sagte er, um sein Zögern zu erklären. Irgendwie wollte er seine Verlegenheit überbrücken.

Die Alte lachte leise. »Sie sind aus dem Westen, nicht wahr?«

»Ja und?«

»Wenn wir unseren Besuch immer angekündigt hätten, wären wir einsam geblieben.«

Michael sah sie fragend an.

»Vor der Wende hatte hier kaum einer Telefon.«

»Ach so.« Er drückte die Tür auf und ging hinein. Der Torbogen war dämmerig. Vergeblich suchte er nach einem Lichtschalter. Die Tür fiel hinter ihm ins Schloss.

Im Hof war niemand. Ein schmaler freigeschaufelter Pfad führte zur Kellertür; der Schnee zu beiden Seiten war mit feinem schwarzem Kohlenstaub gepudert. Neben der Tür stand ein Fahrrad angekettet; der Vorderreifen hatte eine Acht.

Er sah an der Fassade hoch. In den meisten Fenstern brannte kein Licht. Auch Czeskas Wohnung war dunkel. In der alten Wohnung von Rolf Neumann hatte jemand die Gardinen zugezogen. Ob es neue Mieter gab? Würde ihnen irgendjemand von dem Selbstmörder erzählen?

Michael drückte die Tür zum Hinterhaus auf. Das Holz war verzogen und kratzte über die Steinfliesen. Er drückte den Lichtschalter an der Wand, aber das Treppenhaus blieb dunkel.

Merkwürdig. Ob Czeska nicht mehr als Hausmeister arbeitete? Bei ihrem ersten Zusammentreffen hatte er sehr akkurat gewirkt; eine kaputte Birne hätte er doch sofort ersetzt.

Michael stieg die abgetretenen Stufen hinauf. Selbst bei dem geringen Licht bemerkte er die zahlreichen Risse im blassroten Linoleum. Im zweiten Stock blieb er stehen. Er atmete einmal tief durch und klingelte.

Nichts rührte sich.

Gerade als er wieder umkehren wollte, hörte er auf der anderen Seite der Tür Schritte. Ein Schlüssel wurde im Schloss umgedreht, dann öffnete sich die Tür so weit, wie es die vorgelegte Kette zuließ.

»Ah! Herr Dallinger!« Erwin Czeska verzog das Gesicht in einem Hustenanfall. Aber er schien durchaus erfreut.

»Passt es Ihnen gerade?«, fragte Michael vorsichtig.

Aber da war die Tür schon wieder zugezogen; er hörte, wie die Vorlegekette ausgehakt wurde.

»Schön, dass Sie mich mal besuchen kommen. Treten Sie ein.«

Michael schüttelte erleichtert die ausgestreckte Hand. Der Blick des ehemaligen Hauptmanns der Mordkommission war immer noch kalt und klar; nur das Gesicht war leicht gerötet. Trotz seines Alters hielt er sich sehr gerade. Er hätte genauso gut fünfundfünfzig wie fünfundsechzig sein können.

»Danke. Ich hoffe, ich störe nicht?«

»Zeit habe ich genug. Kaffee?«

»Gerne.«

»Gehen Sie schon mal in die Küche. Ich komme gleich nach.«

Michael erinnerte sich noch an die einfache Wohnung. Seit seinem ersten, kurzen Besuch letzten Herbst hatte sich nichts verändert. Er blieb im Flur stehen, während Erwin Czeska im Bad verschwand. Michael hörte eine kleine Schranktür klappern. Gleich darauf kam Czeska mit einem Fläschchen in der Hand zurück.

»Sie hätten ruhig schon reingehen können.« Er führte ihn in die kleine Wohnküche. Resopaltisch, zwei Stühle, Kühlschrank, Küchenschrank, Gasherd. Es war kühl.

»Nehmen Sie Platz.« Czeska nahm einen Teelöffel, ließ einige Tropfen darauf fallen und schluckte rasch die Medizin. »So. Das hält den Husten für die nächste Stunde unten«, sagte er zufrieden.

»Sind Sie krank?«, erkundigte sich Michael besorgt – sowohl um Czeska als auch um seine eigene Gesundheit. Nicht vor dem Urlaub noch eine Grippe einfangen.

»Nur eine Erkältung«, erwiderte Czeska. Er klang immer noch ein wenig heiser. »Diesmal ist sie besonders hartnäckig.«

Er stellte einen Kessel Wasser auf den Gasherd und bereitete den Filter vor. Michael beobachtete seine sparsamen und präzisen Bewegungen. Er war nahe daran, die kalte Temperatur in der Küche zu kommentieren. Kein Wunder, dass Czeska sich erkältet hatte. Dann fiel ihm ein, dass der alte Mann vielleicht nicht genug Geld hatte, um die ganze Wohnung durchzuheizen.

»Danke, dass Sie Zeit haben«, sagte er stattdessen.

»Ich bitte Sie. Schließlich habe ich Sie im Herbst ja eingeladen.« Löffel klirrten auf Untertassen. Er öffnete den Kühlschrank und stellte eine Milchtüte auf den Tisch. Dazu eine Zuckerdose und zwei Tassen mit blauem Muster. Der Kessel begann zu pfeifen. Erwin Czeska füllte zuerst etwas Wasser in die Kaffeekanne, um sie anzuwärmen. Dann verstopfte er die Tülle mit einem Pfropfen aus Papier. Erst jetzt goss er langsam und gleichmäßig das restliche Wasser durch den Filter.

»Interessante Methode«, bemerkte Michael. »Ich bin selbst ein großer Kaffeetrinker, aber das kannte ich noch nicht.«

»Hat meine Großmutter immer so gemacht. Milch, Zucker, bedienen Sie sich.«

»Ich probiere ihn erst mal so.«

Der Kaffee war ausgezeichnet.

»Sie sind wahrscheinlich nicht gekommen, um mir zu erzählen, was aus Rolf Neumann geworden ist?«

Czeska hatte Michael die Wohnung gezeigt, in der Neumann gestorben war. Dabei hatte Michael das entscheidende Puzzlestück gefunden, das ihm für die Lösung seines damaligen Falls noch fehlte. Er wusste, dass Czeska den Fall und nicht den Toten meinte.

Michael lächelte schuldbewusst. »Tut mir leid. Ich habe versucht, die ganze Angelegenheit so schnell wie möglich zu vergessen.«

»Warum?«

Die Frage hatte Michael nicht erwartet.

»Sein Bruder hat einen Mord begangen und einen zweiten versucht«, fing er an.

Czeska nickte, während er Milch in seinen Kaffee goss. Dann rührte er Zucker hinein. »Wissen Sie, warum?«

»Aus Rache.«

»Das hat schon viele Menschen unglücklich gemacht.«

Statt etwas zu sagen, trank Michael noch einen Schluck. »Der Kaffee ist hervorragend.«

»Seit 89 ist es leichter geworden, guten Kaffee zu kochen.«

Michael wusste nicht genau, was er darauf erwidern sollte; er gab ein unbestimmtes Brummen von sich.

Czeska nahm den Faden wieder auf. »Ein recht gewöhnlicher Fall, scheint mir. Warum haben Sie versucht, ihn zu vergessen?«

»Tja ...« Sollte er ausweichen? Das wäre die einfachste Möglichkeit. Aber Michael wollte die Hilfe des alten Polizisten. Und er hatte das Gefühl, dass Czeska ihn durchschauen würde. Dennoch: Er kannte Czeska kaum und wollte ihm nicht zu viel erzählen.

»Wen hat der Bruder denn versucht umzubringen?«, erkundigte sich Czeska mit neutraler Stimme.

»Meinen Onkel.« Für einen Moment meinte er, wieder die Wellen des Wannsees ans Ufer schlagen zu hören. Er rieb sich mit der Hand übers Gesicht. Wenn er doch nur wieder schlafen könnte.

»Sie waren vor Ort?«

Mehr eine Feststellung als eine Frage.

»Ja.«

»Haben Sie ihn umgebracht?«

Michael sah hilflos von einer Wand zur anderen. »Ja.«

Czeska nickte bedächtig. »Aber Sie sind nicht darüber hinweg.«

»Nein.«

»Können Sie etwas dagegen tun?«

»Ich war … ich bin in Behandlung.« Michael erzählte nur mit Widerwillen. »In Therapie.«

»Hilft es?«

Czeskas Fragen haftete seltsamerweise keine Neugier an, sie klangen auch nicht hart. Sie wirkten ganz selbstverständlich.

»Tja, was soll ich sagen: Ich schlafe weniger schlecht. Was zurzeit nicht viel heißen will.«

»Ich verstehe.« Czeska lehnte sich etwas zurück. »Sie haben Ihren Fall gelöst. Hätten Sie das auch getan, wenn Sie vorher den Preis gekannt hätten?«

Die Frage hatte Michael sich schon oft gestellt. Die Antwort blieb immer gleich. »Ja. Das ist mein Job.«

Plötzlich lächelte Erwin Czeska. »Und jetzt möchte ich gern wissen, warum Sie zu mir gekommen sind.«

Der abrupte Themenwechsel überraschte Michael. »Ich brauche Hilfe«, sagte er nur.

Czeska wiegte bedächtig den Kopf. »Erzählen Sie.«

»Eine Freundin von mir – nein, das stimmt nicht – meine Exfreundin. Sie hat sich umgebracht. Aber es war Mord.«

Der alte Polizist seufzte. »Herr Dallinger – so geht das nicht.«

»Wie?«, fragte Michael verblüfft. »Was geht nicht?«

»Wir reden über einen Fall. Sie erzählen verworren. Bitte: Wer, wann, wo, wie, warum. Das weiß sogar die westdeutsche Polizei.«

Michael erinnerte sich, dass Czeska ein zwiespältiges Verhältnis zur alten west- und nunmehrigen gesamtdeutschen Polizei hatte. Wahrscheinlich das Misstrauen dessen, der nicht dabei sein darf. Aber Czeska war Fachmann – Michael hatte begriffen.

»Ina Detjen, ich habe mich letzten Herbst von ihr getrennt«, referierte er. »Wegen einer anderen. Gestern musste ich Inas Leiche identifizieren.« Er sah Czeska fragend an.

»Sehr gut. Weiter.«

»Okay. Sie ist vorgestern, nein: Sie soll vorgestern von der Fußgängerbrücke nördlich vom Mauerpark gesprungen sein. Die Fußgängerbrücke heißt *Schwedter Steg*.«

Czeska nickte nachdenklich; Michael hatte seine volle Aufmerksamkeit.

»Sie hat eine Abschiedsmail hinterlassen, an mich adressiert, die Kopie wurde von der Polizei im Mailprogramm auf ihrem Laptop gefunden. Sie schreibt, dass sie die Trennung nicht verkraftet und sich deswegen umbringt.«

Czeskas Miene war unbewegt. »Hat die Mail Sie erreicht?«

»Ja. Am nächsten Tag.«

»Haben Sie einen Ausdruck mit?«

»Nein.« Er ärgerte sich, dass er daran nicht gedacht hatte.

»Warum denken Sie, dass es Mord war?«

»Ina war nicht schwindelfrei.«

»Ist das alles?«, fragte Czeska verblüfft.

»Reicht das nicht? Ich nehme an –«

Czeska unterbrach ihn. »Nehmen Sie nie etwas an.«

»Wie meinen Sie das?«

»Gehen Sie immer von dem aus, was Sie wissen.«

»Wenn Sie es so sehen: Ich weiß nur, dass sie nicht schwindelfrei war.«

»Was war sie von Beruf?«

»Krankenschwester.«

»Hm. Normalerweise würde man von Selbstmord mit Hilfe von Medikamenten ausgehen.«

»Warum?«

»Menschen neigen auch beim Selbstmord dazu, das für

sie Naheliegende zu tun. Ein Jäger wird sich eher erschießen, als von einer Brücke zu springen, weil er sich mit Waffen auskennt. Menschen aus Heilberufen greifen meistens zu Gift – beziehungsweise zu Medikamenten.«

»Ach du Scheiße.«

»Das vielleicht nicht gerade. Aber zumindest ein Argument für Ihre Theorie. Möchten Sie noch Kaffee?«

»Ich … Nein, danke.«

»Hat sie jemals von Selbstmord gesprochen? Vor der Trennung.«

»Nein. Ina ist … war nicht der Typ dafür.«

»Darüber zu reden oder sich umzubringen?«

Michael musste anerkennen, dass er schon wieder bei einer Nachlässigkeit ertappt worden war. »Sich umzubringen.«

Czeska goss sich noch etwas Kaffee nach. »Wissen Sie, was … wie hieß sie, Ina De…«

Michael nickte. »Ina Detjen.«

»Was also der Einfachheit halber Ina in Berlin gemacht hat?«

»Nein.«

»Wie oft ist sie in Berlin gewesen?«

»Keine Ahnung. Wir waren sechs, sieben Jahre zusammen. Mal bin ich zu ihr gefahren, mal ist sie hergekommen. Wir haben die Wochenenden immer zu zweit verbracht.«

»Haben Sie Anhaltspunkte, was Ina in Berlin getan haben könnte?«

»Nein.«

»Keinen einzigen?«

»Ich habe mit ihrer besten Freundin gesprochen. Die hat gedacht, dass Ina zu mir zurückwill.«

»Ah ja. Warum dachte sie das?«

»Ina hat ihr nicht gesagt, was sie in Berlin vorhat.«

»Kann die Freundin einen Grund gehabt haben, Sie anzulügen?«

Michael nahm seine Tasse und kippte sie leicht, wie um zu überprüfen, wie viel noch drin war. »Tja, also, sie war wohl ziemlich sauer auf mich. Weil ich mich … weil ich Ina wegen einer anderen hab sitzen lassen.«

»Womit wir wieder der Rache als möglichem Motiv begegnen.«

»Ist das nicht reine Spekulation?«

Czeska gestattete sich ein feines Lächeln. »Nein, Herr Dallinger. Als Detektiv sollten Sie den Unterschied zwischen Spekulation und Schlussfolgerung eigentlich kennen.«

Michael war versucht, darauf mit irgendeinem Spruch zu antworten, aber er hatte das Gefühl, dass Erwin Czeska kein Freund von Sprüchen war.

»Ich weiß einfach nicht, wie ich weiterkommen kann«, sagte er stattdessen. »Die ganze Zeit frage ich mich, was Ina in Berlin gemacht hat. Aber ich habe das Gefühl, mich immer nur im Kreis zu drehen.«

»Das macht nichts. Eine klare Problemstellung ist sehr viel wert. Sie wissen nicht, zu wem Ina in Berlin Kontakt hatte. Überlegen Sie also, wem sie vielleicht etwas erzählt haben könnte: ihren Eltern? Eltern wissen hin und wieder erstaunlich gut über ihre Kinder Bescheid, auch wenn sie das nicht immer zeigen.«

Michael dachte an seine eigenen Eltern, mit denen er vielleicht dreimal im Jahr telefonierte: Ostern, Weihnachten und an seinem Geburtstag. Nun gut, Ausnahmen bestätigen die Regel – aber was war die Ausnahme?

»Ihr Arbeitgeber?«, fuhr Czeska fort. »Sie hat möglicherweise Urlaub einreichen müssen. Vielleicht hat sie einen Grund für ihre Reise genannt.«

»Sie kann ihm einen falschen Grund gesagt haben.«

»Auch das würde uns helfen. Wer einen falschen Grund nennt, hat etwas zu verbergen. Drittens, und das ist vielleicht am wichtigsten: ihr Vermieter. Wo hat sie gewohnt? Privat oder im Hotel?«

»In einer Privatwohnung, über die Mitwohnzentrale vermittelt«, sagte Michael rasch. Er war inzwischen schon froh, überhaupt etwas beitragen zu können. »Ich habe die Adresse.«

»Das wissen Sie woher?«

»Hat ihre Freundin gesagt.«

»Müssen Sie überprüfen.«

»O Mann«, sagte Michael, mehr zu sich selbst. Ein Haufen Arbeit. Aber endlich hatte er einen Punkt, wo er ansetzen konnte.

»Ich denke, das war's fürs Erste«, sagte Czeska und trank den letzten Rest aus seiner Tasse. »Jetzt brauchen Sie Ergebnisse. Abhängig davon sehen wir weiter.«

Michael stand auf. »Dann werde ich mich mal an die Arbeit machen.«

»Halten Sie mich auf dem Laufenden.«

»Ich rufe Sie an, sobald ich was weiß.«

»Das wird schwierig werden. Ich habe kein Telefon.«

»Tja ... dann komme ich vorbei.«

»Jederzeit.«

Michael gab Czeska die Hand. »Auf Wiedersehn. Und vielen Dank.«

Der Wind hatte nachgelassen. Sogar die Mittagssonne war herausgekommen. Sie wärmte zwar nicht, aber die Straßen sahen freundlicher aus. Das Eis auf den Drähten der Tram glitzerte in ihrem Licht. Auch die von Abgasen verdreckten Mauern der Zionskirche in der Mitte des Platzes wirkten auf einmal weniger trostlos. Michael schloss die Augen und hob das Kinn Richtung Sonne.

Das Gespräch war besser gelaufen, als er vorab gehofft hatte. Czeska hatte ihm einen Weg gezeigt. Michael beschloss, zu Fuß ins Büro zu gehen. In Gedanken machte er eine Liste, die er abarbeiten würde. Er lief die Veteranenstraße hinunter. Jetzt, wo das Laub an den Bäumen fehlte, konnte man den Weinbergspark bis zur nächsten Straße überschauen. Wo im Winter wohl die Drogenhändler blieben? Im Sommer verteilten sich die verschiedenen Anbieter zwischen den Bäumen und Hecken. Jetzt rodelten Kinder auf Plastiktüten den Hang hinab. Michael blieb stehen und sah ihnen zu. Bei einer ähnlichen Gelegenheit hatte er Ina kennen gelernt.

14.

Michael war im Spätherbst aus Irland zurückgekehrt – nur noch der Form halber an der Musikhochschule eingeschrieben und mit dem Geigenstudium gescheitert. Er fragte sich, was er in Zukunft machen sollte.

Ein Schulfreund aus Hamburg hatte Gitarrenbauer gelernt und war nach Kehdingen gezogen. Sie hatten sich ein wenig aus den Augen verloren. Doch dann hatte Michael eine E-Mail von ihm bekommen mit der Einladung, ihn im Winter zu besuchen. Froh über die Gelegenheit, Berlin für ein paar Tage hinter sich lassen zu können, war Michael an einem Donnerstag im Dezember mit dem Bus von Berlin nach Hamburg gefahren, von dort aus weiter mit dem Zug nach Stade. Obwohl er sich schon nicht mehr als Musiker sah, hatte er für die Reise aufs Land schwarze Stiefeletten, schwarze gefütterte Lederhandschuhe und einen weißen Seidenschal eingepackt.

Sein alter Mitschüler, in Daunenparka und Wanderstiefel gekleidet, hatte ihn vom Bahnhof abgeholt. Er schien froh, seinen alten Schulfreund wiederzusehen.

»Wir beide sind die Einzigen aus unserem Jahrgang, die was mit Musik machen«, sagte er, als er das Auto aufschloss.

»Ja.« Michael setzte sich auf den Beifahrersitz.

Der Wagen sprang nach dem dritten Versuch an. »Du müsstest doch bald fertig sein mit dem Studium, oder?«

»Ja.« Michael sah aus dem Fenster. Gerade fuhren sie am

Hafen vorbei. Ein alter Ewer lag an der Kaimauer vertäut. Im Wasser dümpelten Eisschollen.

Sein Freund lachte. »Und, schon Zukunftspläne?«

»Tja ... noch nicht so richtig.«

»Verstehe. In welchen Formationen spielst du denn zurzeit?«

»Ja ... also, meine Rockband.«

Sein Freund war überrascht. »Kein Orchester? Hast du nicht mal was von ’nem Quartett erzählt?«

»Nur meine Band.«

»Ich dachte, du bist seit Herbst zurück?«

»Bin ich auch.«

»Und wovon lebst du? Tanzmusik?«

Das Gespräch nahm eine für Michael unangenehme Wendung. »Ich mach grad nicht so viel Musik.«

»Seit wann?«

»Seit ich zurück bin.«

Darauf folgte ein längeres Schweigen. Sie fuhren an schneebedeckten Weiden vorbei.

»Verstehe.«

Als sie am Ziel ankamen, war die Enttäuschung seines Freundes ebenso groß wie vorher die Begeisterung.

Das Wochenende wurde langen Spaziergängen auf dem Elbdeich gewidmet. Auf der schmalen Deichkrone konnte man meistens nicht nebeneinandergehen und brauchte infolgedessen auch nicht viel zu reden. Kinder rodelten den Außendeich hinunter, manche auf hölzernen Schlitten, andere auf Plastiktüten. Nur selten kamen ihnen Spaziergänger entgegen. An einer Stelle, wo eine verschneite Bank oben auf dem Deich stand, begegneten ihnen zwei junge Frauen, dick eingehüllt in Daunenmäntel und lange Schals. Wegen der Kälte blieb keine Gruppe stehen, um die andere vorbeizulassen, sondern man ging, einer hinter dem anderen, aneinander vorbei. Da rutschte eine der Frauen, als sie sich an Michael vorbeidrückte, auf einer hartgefrorenen Unebenheit unter dem Schnee aus. Sie fiel hin und geriet ins Rutschen. Michael erwischte sie gerade noch am Handgelenk. Nachdem er ihr wieder auf die Beine geholfen hatte, hielt er sie immer noch fest, und sie war so verwirrt, dass sie vergaß, ihm ihre Hand zu entziehen.

»Alles klar?«, fragte er. »Hast du dir weh getan?«

»Geht schon. Danke fürs Festhalten. Ich bin übrigens Ina.« Sie wechselte das Standbein. »Au!«

»Setz dich mal hin.« Er führte sie zu der Bank, die der Auslöser für das unglückselige Ausweichmanöver war. »Tut mir leid, dass ich dich angerempelt habe.« Sie sagte nichts dazu, dass von Anrempeln eigentlich keine Rede sein konnte. Michael kniete sich vor sie in den Schnee und schob vorsichtig ihr Hosenbein über den Knöchel.

»Hm«, murmelte er, während er durch ihre Wintersocke den Knöchel betastete, »vielleicht solltest du dir lieber was drummachen. Warte mal …«

Bevor sie protestieren konnte, hatte er sich mit ein paar raschen Bewegungen den Schal vom Hals gewickelt und ihr fest um den Knöchel geschlungen. »So. Das müsste halten, bis du zu Hause bist.«

»Danke.« Ina stand betont vorsichtig auf. »Wenn du mir deine Adresse gibst, schick ich ihn dir zurück.«

»Ich kann ihn auch gern abholen. Wo wohnst du denn?«

»In Gräpel.«

Michael sah sie ratlos an. »Wo ist das denn?«

Sie lachte. »Du bist wohl nicht von hier?«

»Ich lebe in Berlin.«

»Komisch, du klingst gar nicht so.«

»Ich bin in Hamburg zur Schule gegangen.«

»Und dann weißt du das nicht?« Sie sagte das amüsiert,

nicht ärgerlich. »Gräpel liegt an der Oste, Mensch. Hat eine ziemlich schöne Fähre. Und ein Gasthaus.«

»Dann sollte ich den Ort wohl endlich mal kennen lernen.« Michael schaute sie fragend an. »Vielleicht bei einem zweiten Frühstück?«

Ina lachte. Sie tauschten Adressen und Telefonnummern aus. Ihre Begleiter waren schon ungeduldig ein paar Schritte in die verschiedenen Richtungen vorausgegangen. Sie trennten sich. Ina verfiel erst nach ein paar Schritten in ein deutliches Humpeln.

»Und gute Besserung für deinen Knöchel!«, rief er ihr nach.

»Wird schon!« Sie drehte sich um und winkte ihm zu. Dass sie Krankenschwester war, erfuhr er erst später.

15.

Unten am Hang, wo der Park flach auslief, löste sich ein Polizeiwagen von seinem Parkplatz vor der Wache auf der anderen Straßenseite. Die Kinder kreischten fröhlich, wenn sie aneinanderstießen oder im Schnee landeten. Das blaue Licht flackerte die Straße entlang, dann war es verschwunden.

Michael ging weiter, an der Ackerhalle und einem Musikgeschäft vorbei. Im Schaufenster lagen ein paar ausgebleichte Instrumente. Am Nordbahnhof wartete eine größere Gruppe schweigend und mit eingezogenen Köpfen auf die nächste Tram.

Der Gedanke, mit Inas Eltern reden zu müssen, behagte ihm ganz und gar nicht. Inas Chef nach Informationen zu fragen würde wesentlich leichter sein. Nur bezweifelte Michael, dass ihr Chef wusste, warum Ina nach Berlin gefahren war. Warum sollte er auch? Ina hatte nie näher von ihren Vorgesetzten gesprochen, überhaupt sehr wenig von ihrer Arbeit. Das hatte Michael immer etwas gewundert, aber so richtig interessiert hatte es ihn auch nicht.

Vielleicht hätte er doch öfter mal nachfragen sollen.

Im Nachhinein ließ sich das immer leicht sagen.

Vom Vermieter ihrer Berliner Wohnung versprach er sich nichts. Aber Czeska hatte Recht – er durfte keine Spur außer Acht lassen.

Der Wagen einer Wartungsfirma verließ gerade den Hof, als er das Treppenhaus betrat. Die Fahrstuhltür stand offen. Michael betrat die Kabine und drückte auf den dritten Knopf.

Die Tür blieb offen.

Er versuchte es noch einmal. Nichts rührte sich. Die Wartungsfirma war offenbar überfordert gewesen. Er nahm die Treppe. Im zweiten Stock hing Zigarettenrauch auf dem Treppenabsatz; wahrscheinlich hatte gerade wieder jemand aus einem der Büros eine Pause eingelegt. Es war seltsam mit diesen Leuten. Manchmal war das Haus tagelang wie ausgestorben und er traf keinen einzigen Menschen, obwohl in den Büros Licht brannte. Jetzt roch er sie zumindest. Vielleicht machten die Leute im Winter öfter eine Raucherpause? Um sich innerlich aufzuwärmen? Oder sie mussten erst seit neuestem dafür vor die Tür.

Er lief die Treppe hoch. Die letzte Stufe erwischte er nicht richtig. Sein Fuß knickte weg. Ein stechender Schmerz durchfuhr seinen linken Knöchel. Er versuchte vorsichtig aufzutreten; es ging, aber es tat weh.

Wütend über sich selbst schloss er sein Büro auf und humpelte den langen, schmalen Flur entlang. So kurz vorm Urlaub den Fuß verknacksen, das fehlte noch.

Er ignorierte die blinkende Lampe am Anrufbeantworter. Als er vor Jahren in den alten Räumlichkeiten sein Büro eingerichtet hatte, war unter den Einrichtungsgegenständen auch ein Feuerlöscher und ein Verbandskasten gewesen. Der Feuerlöscher hing im Flur, wo er niemanden störte. Aber wo war der Verbandskasten? Michael humpelte durch den Flur zu einer kleinen Kammer. In der Ecke hinter der Tür stand ein Staubsauger, den er selten benutzte. Sonst gab es hier noch ein Regal aus Metall und einen Kleiderschrank aus Pappe. Darin bewahrte Michael ein paar nützliche Kleidungsstücke wie einen Blaumann auf oder eine Garnitur, die an die Uniform eines Paketboten erinnerte. Niemand wusste mehr, wie die Uniformen der unterschiedlichen Zustellerfirmen aussahen. In den Kartons im Regal lagerten verschiedene Sachen, von denen er bei ihrer Anschaffung geglaubt hatte, dass sie einmal nützlich sein würden. Ganz unten im Regal fand er den Verbandskasten. Eine kleine Plastikkiste, noch eingeschweißt, wie man sie überall fürs Auto kaufen konnte. Er trug sie zum Schreibtisch und riss die Folie ab. Der Inhalt lag ordentlich sortiert vor ihm. Er wühlte zwischen den Sachen, bis er eine elastische Binde und eine Salbe gefunden hatte. Sie war seit zwei Jahren abgelaufen. Er wickelte den Verband extra fest um seinen Knöchel.

Dann hörte er den Anrufbeantworter ab. Es war nur eine Nachricht.

Ankes Stimme. »Michael? Wo steckst du? Ich bin ganz schön sauer.«

Scheiße. Er hatte vergessen, sie abzuholen.

Michael schaltete sein Handy ein. Zwei Anrufe in Abwesenheit, beide ohne Nachricht. Das Display zeigte beide Male Ankes Nummer.

Was jetzt? Zurückrufen? Oder abwarten?

Irgendwann würde er sie sowieso sprechen. Also lieber zurückrufen. Vielleicht sollte er besser nicht durchblicken lassen, dass er sie für eine Ermittlung hatte hängen lassen. Er bewegte nervös die Finger. Dann wählte er ihre Nummer.

»Und?«, fragte sie kühl.

»Tut mir leid, Anke. Ich hab's verschlafen. War eine beschissene Nacht. Wegen Ina.«

Sie schwieg kurz. »Du hättest wenigstens zurückrufen können.«

»Ich hab irgendwann eine Tablette genommen. Als ich wach geworden bin, war's viel zu spät. Tut mir leid.«

»Ist jetzt auch egal.« Sie klang versöhnlich. »Ich mach dann mal weiter.«

Erleichtert legte Michael auf. Manchmal war es doch besser, nicht die ganze Wahrheit zu sagen.

Er setzte erst mal einen Kaffee auf. Die Kaffeemaschine roch komisch nach Plastik, dabei hatte er sie erst vor ein paar Monaten im Sonderangebot gekauft. Wahrscheinlich deswegen. Langsam rührte er Milch und Zucker in einer Tasse zusammen und füllte mit frischem Kaffee auf.

Schließlich blieb ihm nichts anderes übrig: Er rief Inas Eltern an. Es klingelte lange. Nicht einmal ein Anrufbeantworter meldete sich.

Gerade wollte er erleichtert auflegen, da wurde der Hörer abgenommen.

»Detjen.« Die Stimme war langsam und schwer. Niedersächsischer Akzent.

»Guten Tag, Herr Detjen, hier ist Michael.«

Ein paar schwere Atemzüge.

»Herr Detjen?«

Michael hörte nur ein Klicken im Hörer.

16.

Michael rief die Auskunft an und ließ sich die Nummer des Krankenhauses in Stade geben.

»Elbe Klinikum Stade, guten Tag?« Die Stimme klang jung und unerfahren.

»Dallinger. Eine Ihrer Schwestern, Ina Detjen, ist kürzlich verstorben. Ich bin von der Familie mit Privatermittlungen zum Hintergrund der Todesumstände beauftragt. Ob ich bitte mit Frau Detjens Vorgesetztem sprechen könnte?«

»O Gott. Das ist ja furchtbar. Ja … warten Sie … Ich schau eben nach …«

Er hörte das Klackern von Computertasten.

»Hallo? Hören Sie?«

»Ja?«

»Die Chefin war bis vor kurzem Frau Dr. Erminghoff.«

Er schrieb den Namen mit. »War?«

Vor seinem inneren Auge erschien eine ältere Frau, die ihren wohlverdienten Ruhestand mit einer langen Reise in warme, unerreichbare Gegenden einläutete.

»Frau Dr. Erminghoff hat uns zum Jahresende verlassen und eine neue Stelle angetreten.«

Das klang besser. »Sie wissen nicht zufällig, wo?«

»An der Charité in Berlin«, antwortete sie mit Bewunderung.

»Ah ja.« Das lief ja bestens. Vielleicht würde er sogar

persönlich mit ihr sprechen können, da fand man meistens mehr raus als am Telefon. »Wer ist denn ihr Nachfolger?«

»Das wäre Dr. Feindt. Soll ich verbinden?«

»Bitte.«

Er wurde in die Warteschleife geschickt. Niemand meldete sich. Er wollte schon auflegen, als sich eine dröhnende Stimme meldete. »Feindt.«

»Dallinger. Danke, dass Sie mir Ihre Zeit widmen, Dr. Feindt.«

»Mir wurde gesagt, es geht um Frau Detjen. Kommen Sie zur Sache.«

Entweder war er gestresst oder nervös.

»Wie Sie vielleicht wissen, ist Frau Detjen gestorben. Die Umstände sind nicht eindeutig. Ihre Eltern haben mich mit Privatermittlungen beauftragt. Hatten Sie den Eindruck, dass sie in letzter Zeit Probleme hatte?«

»Nein. Das will aber nichts heißen. Ich habe zum Jahreswechsel hier angefangen und kenne meine Mitarbeiter noch kaum.«

»Oh …«

»Sonst noch was? Ich habe zu tun.«

»Nicht direkt …«

»Sehr gut. Dann auf Wiederhören.«

Bevor Michael noch etwas sagen konnte, war die Verbindung unterbrochen.

Irritiert wählte Michael die Nummer der Charité.

»Frau Dr. Erminghoff macht Mittag. In einer Stunde ist sie wieder zu erreichen.«

»Gut, danke. Ich melde mich wieder.«

Wieder kein Glück. Er beschloss, ebenfalls etwas essen zu gehen. Dafür war es sowieso höchste Zeit.

Auf dem Treppenabsatz zögerte er, dann entschied er sich angesichts seines Knöchels dafür, mit dem Fahrstuhl noch einen Versuch zu machen. Zu seinem Erstaunen kam er sofort. Etwas misstrauisch betrat er die Kabine. Nachdem er sich mit einem raschen Blick vergewissert hatte, dass der Notknopf nicht mit Kaugummi verklebt war, drückte er den Knopf fürs Erdgeschoss.

Der Fahrstuhl setzte sich in Bewegung.

Michael neigte nicht zu Panik in engen Räumen; selbst als er im vorigen Jahr bewusstlos geschlagen und in einen Schrank eingesperrt geworden war, hatte er die Ruhe bewahren können. Dennoch: Er war froh, als die enge Kabine ihn im Erdgeschoss in den Hausflur entließ.

Das nächstgelegene Lokal war das chinesische Restaurant ein paar Häuser weiter. Michael dachte zuerst an Sushi, entschied sich dann aber doch dagegen: Wer wusste schon, wie lange der Fisch bereits auf dem Trockenen war. Stattdessen bestellte er für fünf Euro von der Mittagskarte und trank ein alkoholfreies Bier. Der erste Bissen schmeckte eigenartig; als er sich beim Kellner nach den Gewürzen erkundigte, war die Antwort nur ein freundliches Lächeln. Er winkte ab und aß die Hälfte auf, bevor er die Rechnung verlangte. Als er das Restaurant verließ, rumorte es in seinem Magen.

Wagemutig vertraute er sich wieder dem Fahrstuhl an. Auch diesmal wurde er nicht enttäuscht.

Er nahm das als ein gutes Zeichen und wählte erneut die Nummer des Krankenhauses. Diesmal wurde er zur Ärztin durchgestellt.

»Ich kannte Frau Detjen nicht sehr gut«, sagte Dr. Erminghoff. Sie hatte eine freundliche, schöne Stimme, die kein Alter preisgab. Vielleicht um die vierzig, plus/minus fünf, sechs Jahre, schätzte Michael.

»Persönlich, meine ich. Man bekommt natürlich ein Gespür, wie es den Schwestern geht, aber die Gründe kennt man selten.«

»Verstehe.« Also nichts.

Dr. Erminghoff schien zu zögern. »Wenn Sie möchten, können wir uns auch gern auf einen Kaffee treffen, aber ich weiß ehrlich gesagt nicht, ob Ihnen das was bringt.«

Kaffeetrinken mit einer freundlichen Ärztin. Wenn man gar nicht damit rechnete, konnte eine Ermittlung plötzlich kleine angenehme Seiten entwickeln. Und vielleicht fiel ihr ja noch was Brauchbares ein.

»Gerne.«

Sie schien zu überlegen. »Wissen Sie was, Herr … ähm … Verzeihung … Wenn Sie mir Ihren Namen noch einmal sagen?«

»Michael Dallinger«, antwortete er freundlich.

»Tja, also, wenn es Ihnen passt, warum treffen wir uns nicht heute Abend irgendwo in einer netten Kneipe? Wissen Sie, ich bin neu in Berlin und könnte ein wenig Abwechslung ganz gut vertragen.«

Das ging ja schneller als erwartet. »An mir soll's nicht scheitern.«

»Sagen wir um acht? Ich verlasse mich gern auf Ihre Empfehlung.«

»Ich weiß nicht recht – wollen Sie auch was essen?«

»Eine Kleinigkeit würde reichen.«

Michael überlegte. Die Oranienburger Straße war zwar voll von Touristen, aber immer noch gut, um abends ein Bier zu trinken. In der *Assel* – einer der gemütlichen, alten Kellerkneipen? Aber der Name weckte vielleicht falsche Assoziationen.

»Dann würde ich das *Meilenstein* vorschlagen. Oranienburger Straße, in der Nähe vom Hackeschen Markt. Wenn Sie von der Arbeit kommen, fahren Sie wahrscheinlich über die Torstraße …?«

»Oh, ich nehme ein Taxi. Wie erkenne ich Sie?«

Gute Frage. Was sollte er sagen? Er sah vollkommen durchschnittlich aus. Keine besonderen Merkmale, weder Bart noch Brille. Unter dem Pullover war nicht einmal sein Bauchansatz besonders auffällig. Praktisch für einen Detektiv, für ein Treffen weniger.

»Ich lege einfach zwei Bierdeckel links und rechts von meinem Glas hin.«

Sie lachte. »Bis dann.«

Bis acht Uhr blieben ihm noch ein paar Stunden Zeit für Czeskas dritten Punkt: Inas Vermieter. Er suchte nach dem Zettel, auf dem die Notizen aus seinem Gespräch mit Anette standen. Die Mitwohnzentrale. Er sah im Internet nach. Tatsächlich, es gab eine in der Auguststraße. Früher waren Mitwohnzentralen üblicherweise in billigen Büroräumen untergebracht gewesen. Entweder liebten sie es heutzutage repräsentativ, oder sie hatten die Besucher der Galerien im Auge.

Blieb noch die Frage: anrufen oder hingehen? Er mochte bei Recherchen die Anonymität eines Telefonanrufs, denn an Gesichter erinnerte man sich leichter als an Stimmen. Außerdem war es draußen kalt. Andererseits war es manchmal besser, sich einen persönlichen Eindruck von seinem Gesprächspartner zu verschaffen. Wenn das Gespräch eine unerwartete Wendung nahm, fiel es dann leichter, darauf zu reagieren. Und er hatte Zeit.

Das Auftreten ging schon wieder recht gut, wahrscheinlich war es nur ein kurzes Umknicken gewesen. Trotzdem vertraute er sich noch einmal dem Fahrstuhl an – warum den Fuß unnötig belasten. Vorsichtshalber kaufte er in einer Apotheke eine frische Salbe gegen Prellungen.

Die Mitwohnzentrale hatte große Fenster und war, obwohl es Nachmittag war, innen hell erleuchtet. Selbst von außen waren die großen modernen Gemälde an den Wänden gut zu erkennen. Die Schreibtische standen wie in einer Bank hinter einem langen Tresen, im Hinterzimmer konnte er dicke Mäntel an Garderobenhaken erkennen. Drei Plätze waren besetzt: zwei jüngere Frauen um die dreißig und eine ältere. Michael beobachtete sie eine Weile von draußen. Welche wäre einem Plausch am wenigsten abgeneigt? Die eine feilte gelangweilt ihre Nägel, allerdings so, dass die anderen es nicht sahen. Die ältere starrte mit gerunzelter Stirn auf ihren Bildschirm; die dritte tippte konzentriert und in hohem Tempo.

Er betrat den Raum so langsam, dass es gerade nicht auffiel, und stellte sich in der Nähe der älteren Frau an den Tresen. Sie hatte Zeit genug gehabt, ihn zu bemerken, und stand sofort auf, offenbar froh, ihrer komplizierten Aufgabe für einen Moment entfliehen zu können.

»Ich möchte mich für einen Freund nach einer Wohnung in Berlin erkundigen, für ein bis zwei Wochen.«

Sie warf ihm einen wohlwollenden Blick zu. »Da sind Sie hier richtig, junger Mann.«

Michael wusste, dass er zwar unscheinbar, aber nicht mehr jung aussah. »Dieser Freund würde gern im Prenzlauer Berg wohnen.«

»Wer will das nicht«, äußerte sie Verständnis.

»Wenn es geht, gern in der Gegend um den Mauerpark. Nicht Kastanienallee. Kopenhagener Straße vielleicht? Eine Freundin hat ihm von einer Wohnung in der Kopenhagener, Ecke Schwedter erzählt.«

»Lassen Sie mich mal nachsehen …« Sie zog ihren Computer zu Rate. Michael wartete geduldig, während sie sich offenbar durch irgendeine Datei klickte. »Tut mir leid, aber da haben wir nichts im Angebot. Nur Kopenhagener, Nähe Schönhauser. Das ist genau am anderen Ende – hat die Dame vielleicht dieses Haus gemeint?«

Wieso am anderen Ende? Anettes Auskunft war eindeutig gewesen.

»Tja, da bin ich jetzt überfragt. Vielleicht hat er es wirklich falsch verstanden. Wissen Sie was, ich erkundige mich noch mal genau. Bevor ich ihm jetzt was Falsches besorge. Oder ist die Wohnung vielleicht schon wieder aus dem Angebot raus?«

»Das könnte natürlich sein.« Sie machte sich noch einmal am Computer zu schaffen. »Tja, also tut mir leid. In den letzten zwölf Wochen haben wir dort nichts gehabt.«

»Oh. Dann muss das wohl ein Missverständnis gewesen sein.«

»Wahrscheinlich. Ich hätte die Wohnung sonst in unserer Datei gefunden.«

»Dann erst mal vielen Dank. Ich muss ihn noch mal fragen, was er da gemeint hat.«

Sie schlurfte enttäuscht an ihren Platz zurück. Michael lief vor bis zur Großen Hamburger. In der Konditorei an der Ecke bestellte er einen Kaffee. Er schwankte zwischen einem Käsebrötchen und einer Johannisbeerschnitte. Die Schnitte gewann, weil der Zucker besser zum Kaffee passte. Zumindest sind in den Früchten auch Vitamine drin, beruhigte er sich. Obwohl es ein paar kleine Tische mit Stühlen gab, aß er hastig und im Stehen. Die Johannisbeerfüllung tropfte an seinen Fingern entlang, während er aus dem Fenster auf die Kreuzung starrte.

Hatte Anette ihn angelogen? Warum hätte sie das tun sollen?

Auf der gegenüberliegenden Straßenseite beugte sich ein junger Mann in einem Dufflecoat vor, um die Zettel an einer Straßenlaterne zu studieren. Michael las sie oft, wenn er an einer Ampel warten musste. Meist waren es Mitwohngesuche. Oder Angebote. Hatte Anette sich einfach nur in der Mitwohnzentrale geirrt?

Oder hatte Ina ihre Unterkunft auf ganz andere Weise bekommen?

17.

Die Tram brachte ihn vom U-Bahnhof Weinmeisterstraße in den Prenzlauer Berg, vorbei an den Kneipen der Kastanienallee und weiter die Schönhauser Allee hoch, bis zum S-Bahnhof. Die Kopenhagener Straße ging direkt von dort ab. Diesmal ließ er sich mehr Zeit und betrachtete in Ruhe die Häuser, um sich einen Eindruck von der Straße zu verschaffen.

Es war eine Wohnstraße, abseits des Durchgangsverkehrs, die Häuser teils mit frischer Fassade, teils unsaniert, aufgelockert durch kleine Geschäfte: Copyshops, Fotoateliers, ein, zwei Kneipen. Ina hatte ihre letzte Wohnung in einem ruhigen Umfeld gehabt. Zufall oder Absicht?

Nach ungefähr achthundert Metern hatte er das Ende der Straße erreicht. Er verglich die Hausnummern mit seinem Notizzettel. Es war das letzte Haus auf der Ecke zur Schwedter Straße. Schräg gegenüber wölbte sich ein Bauarbeiterzelt über einer Grube. Der Putz war von Abgasen grau gefärbt, einige Rollläden hingen schief vor den Fenstern. Unter den maroden Balkonen waren Stützen aus Eisenrohr in die Wand geschraubt. Das Haus sah nicht danach aus, als würden hier Leute wohnen, die Ina zu ihrem Bekanntenkreis gezählt hätte.

Michael prüfte die Klingelschilder. Der Name Kulawy stand nirgendwo dran. Er probierte die Klinke. Die Haustür war offen.

Die Glühbirne im Hausflur war sehr schwach. Neben

der Treppe standen ein paar alte Fahrräder, die Briefkästen waren teilweise aufgebogen. Werbeflyer lagen davor auf dem Boden.

Er lauschte ins Haus hinein. Oft waren im Hausflur Geräusche zu hören, die etwas über die Bewohner verrieten: Babygeschrei, Musik, das Klappern von Töpfen. Hier war es sehr ruhig.

Die Treppe knarrte, als er hinaufging. An den Wohnungstüren hingen handgeschriebene Namensschilder, sofern sie überhaupt vorhanden waren.

Auf dem zweiten Treppenabsatz war das Licht kaputt. Ein Typ Anfang zwanzig mit einem Kohleneimer in der Hand trat aus einer Wohnung hinaus auf den Treppenabsatz. Schwarze Klamotten. Als er nach der Klinke griff, um die Tür zu schließen, fiel das Licht aus der Wohnung auf ein offenes, freundliches Gesicht.

»Hallo. Sag mal, ich suche die Wohnung von der Mitwohnzentrale. Kulawy oder so.«

»Kulawy ist gleich hinter dir. Aber Mitwohnzentrale gibt's hier nicht.« Er zog die Tür hinter sich zu und erstarrte im selben Moment. »Au Scheiße.« Er schlug mit der Hand schwach gegen die Tür. »Jetzt hab ich den Schlüssel drinnen gelassen.«

»Zeig mal, vielleicht kann ich helfen.«

»Echt? Das wär cool.« Der Typ trat hoffnungsvoll beiseite. Michael registrierte, dass das Namensschild fehlte. Er musterte das einfache Zylinderschloss. Zwischen Futter und Tür war genug Platz. Er nahm eine dünne Plastikkarte aus seinem Portmonee und drückte gegen die Tür, während er mit der Karte den Schnapper manipulierte. Die Tür war offen.

»Mensch, danke.« Der Typ war sichtlich erleichtert. Dass Michael ohne Schwierigkeiten seine Tür öffnen konnte, war für ihn offenbar kein Grund zur Beunruhigung. »Das wär jetzt zu blöd gewesen.«

»Schon in Ordnung«, winkte Michael ab. »Sag mal, du meintest, Mitwohnzentrale gibt's hier nicht?«

Der Typ langte nach drinnen und nahm einen Schlüssel von einem Nagel in der Wand, bevor er die Tür wieder schloss. Sie blieben im Dämmerlicht des Treppenhauses stehen. »Kulawy ist weg und hat untervermietet. Aber nicht über die Mitwohnzentrale.«

»Da bist du sicher?«

Der Typ lächelte schwach. »Na ja, ich wohne hier schon fünf Jahre. Hier hat noch nie jemand was über die Mitwohnzentrale vermietet. Im ganzen Haus nicht.«

»Ihr kennt euch wohl alle untereinander.«

»Eigentlich schon. Die meisten zumindest.« Der Typ zog ein zerknautschtes Päckchen Tabak aus der Hosentasche und nahm eine fertig gedrehte Zigarette nebst Feuerzeug heraus. Bevor er sie zwischen die Lippen steckte, hielt er Michael das Päckchen hin. »Willst du dir eine drehen?«

»Danke. Ich hab vor ein paar Jahren aufgehört.« Tatsächlich hatte er nie geraucht – außer gelegentlich zur Tarnung.

Das Zündrädchen kratzte über den Feuerstein.

»Gibt's denn hier viele Untermieter?«, fragte Michael nebenbei. »Oder wohnen hier seit fünf Jahren dieselben Leute?«

»Schon dieselben Leute, aber der eine oder andere ist immer mal weg. Dann findet sich halt jemand im Bekanntenkreis, der die Wohnung solange übernimmt.«

Klar. Da war keine Mitwohnzentrale nötig.

»Was wolltest du denn von Kulawy?«

»Ach, eine Freundin hat mich gebeten, mal vorbeizuschauen und Grüße auszurichten.«

»Verstehe.«

»Kümmerst du dich um die Post? Kann ich vielleicht einen Zettel dalassen?«

»Da wohnt ein Mädel. Hab sie aber jetzt schon ein paar Tage nicht gesehen. Sehr ruhig.«

»Das war wohl Barbara – eine lustige Dicke mit dunklen Locken?«, improvisierte er.

»Nee, blond, so 'ne Kleine.«

»Ach so.«

»Ich hab ihr nur einmal beim Feuermachen geholfen. Sie war ziemlich zurückhaltend. Klang so ein bisschen norddeutsch, wie sie gesprochen hat, weißt du? Aber viel gesagt hat sie nicht. War wohl nur kurz hier. Keine Ahnung, ob sie schon wieder weg ist. Wird wohl. Kulawy kommt irgendwann Donnerstagnacht zurück.« Ina war also tatsächlich hier gewesen. In diesem Punkt hatte Anette ihm die Wahrheit gesagt. Nur dass sie auf anderen Wegen an die Wohnung gekommen war.

Vielleicht hatte Ina ja Anette angelogen?

Michael versuchte, unauffällig nach dem Schloss an Kulawys Wohnungstür zu schielen. Der Zigarettenrauch breitete sich langsam im Treppenhaus aus. Der Typ machte keine Anstalten, in den Keller zu gehen. Ganz so dumm ist er wohl nicht, dachte Michael. Er durfte nicht ewig hier stehen bleiben, wenn er keine Aufmerksamkeit erregen wollte. »Na dann – muss ich wohl 'nen Zettel in den Briefkasten schmeißen.«

»Mach das. Ich geh auch gleich mal Kohlen holen.« Er sog an seiner Zigarette. Michael nickte ihm zu und ging laut auftretend die Stufen hinunter. Dabei hatte er das unbestimmte Gefühl, der andere würde ihn nicht aus den Augen lassen. Unten blieb er stehen, ungefähr so lange, wie es dauern würde, eine kurze Nachricht zu schreiben. Dann hob er die Klappe an einem der Briefkästen hoch und ließ sie geräuschvoll fallen. Schließlich öffnete er die Haustür und sah zu, wie sie langsam wieder ins Schloss fiel.

Gleich darauf hörte er auch schon rasche Schritte die Treppe herunterkommen. Er tat, als würde er in seinen Taschen etwas suchen. Auf dem Treppenabsatz erschien der Typ von eben. Er hatte keinen Kohleneimer in der Hand. Ihre Blicke trafen sich; Michael lächelte ihn unschuldig an, zog ein Taschentuch hervor und rieb sich umständlich die Nase. Der Typ machte kehrt und ging wieder nach oben.

Michael verließ nachdenklich das Haus.

Ina hatte sich hier also unauffällig verkrochen, und sie oder Anette hatten es für nötig gehalten, die Geschichte mit der Mitwohnzentrale zu erfinden. Aber warum?

Und was hatte es mit ihrem seltsamen Nachbarn auf sich? Der sich freundlich gab, aber ungewöhnlich misstrauisch war? Hatte er wirklich nicht mehr von Ina mitbekommen? Oder hatte er nur so getan, als würde er sie kaum kennen?

Michael schlenderte Richtung Mauerpark. So etwas passte nicht zu Ina. Lügen. Geheimniskrämerei. Es passte überhaupt nicht. Er erinnerte sich an eines der wenigen Male, als sie ihm wirklich ein Rätsel gewesen war.

18.

Ihre Beziehung hatte sich recht schnell entwickelt. Aus dem späten Frühstück war ein One-Night-Stand geworden, daraus eine unverbindliche Affäre. Sie hatten sich alle paar Wochen gesehen. Schließlich, mit dem Frühjahr, war ihre Affäre in eine immer ernstere Fernbeziehung übergegangen.

Michael wusste im Nachhinein nicht mehr zu sagen, was sie damals eigentlich verbunden hatte. Sympathie, das ja. Und Ina nahm ihre Arbeit genauso ernst wie er seinen Job – mit dem Unterschied, dass Ina für ihre Arbeit echte Leidenschaft zu empfinden schien. Darum hatte er sie manchmal ein wenig beneidet. Im Bett hatten sie auch nach den ersten zwei Jahren noch Spaß miteinander – auch wenn Ina nicht so experimentierfreudig war, wie er es gern gehabt hätte. Sie hatten sich selten wirklich gestritten. Und an den gemeinsamen Wochenenden verband sie das Bedürfnis, es ruhig angehen zu lassen.

Er versuchte, weitere Gemeinsamkeiten zu finden.

Mehr fiel ihm nicht ein.

War das alles?, fragte er sich. Reichen ein paar Gemeinsamkeiten für eine Beziehung? Ein kleinster gemeinsamer Nenner?

Offenbar ja. Immerhin waren sie zusammengeblieben.

Zum Rätsel war sie an dem zweiten Weihnachten, das sie zusammen feierten, geworden.

Aus dem Fenster von Inas kleiner Wohnung konnte man direkt auf den Fluss sehen. Sie telefonierte gerade mit ihren Eltern. Er selbst rief Weihnachten nie zu Hause an. Wahrscheinlich würden seine Eltern Grüße auf dem Anrufbeantworter in Berlin hinterlassen. Während sie sprach, sah er den Eisschollen zu, die die Oste hinuntertrieben.

»Schöne Weihnachten soll ich ausrichten, von meiner Mutter«, sagte sie, nachdem sie aufgelegt hatte. »Unbekannterweise.«

»Danke. Hat dein Vater was gesagt?«

Sie grinste. »Nee. Der will dich erst kennen lernen.«

Er hatte einer besonders großen Scholle zugeschaut. Kleinere Eisstücke trieben an ihr vorbei, manche stießen an, blieben einen Moment dort hängen, als ob sie sich ausruhen würden. Dann lösten sie sich wieder und schwammen weiter. »Irgendwann vielleicht.«

Sie stellte sich neben ihn und legte einen Arm um seine Schulter. »Komm, sei doch nicht so. Ich hätte zum Beispiel nichts dagegen, deine Eltern mal zu treffen. Willst du sie noch anrufen?«

Er schüttelte kurz den Kopf. »Lass uns den Sekt aufmachen.«

Sie stießen über den kleinen Tisch weg an; in ihren Augen spiegelte sich das Licht der Kerzen.

»Sag mal, Ina ...«

»Hm?«

»Könntest du dir vorstellen, nach Berlin zu ziehen?«

Sie setzte sich gerade auf. Das Kerzenlicht brach sich im Sekt, der in ihrem Glas schwappte. »Nein«, sagte sie bestimmt.

»Warum eigentlich nicht?« Er prostete ihr zu und trank einen Schluck. Sie rührte ihr Glas nicht an.

»Mir gefällt's hier«, sagte sie entschieden. »An der Oste ist es schön.«

Vielleicht wäre es besser gewesen, das Thema zu wechseln. Aber ihre Reaktion hatte ihn verwundert. Und dazu herausgefordert, nachzuhaken.

»Arbeit könntest du auch in Berlin finden. Andersrum ist es schwierig. Wer braucht hier draußen schon einen Detektiv?«

»Meine Freunde sind hier.«

»Anette?« Er hatte Inas Begleiterin vom winterlichen Elbdeich erst zwei- oder dreimal wiedergesehen, und das auch nur kurz. Von anderen Freunden hatte Ina nie gesprochen.

»Anette auch, ja«, sagte sie zurückhaltend.

Für einen Moment schwiegen sie. Draußen begann es zu schneien.

»Ich dachte nur, weil eine Fernbeziehung auf Dauer auch ganz schön anstrengend werden kann«, versuchte er es noch einmal.

»Ich gehöre nun mal hierher«, hatte sie gesagt und ihn dabei böse angesehen.

»Und warum?«

»Das ist nun mal so.«

Er spürte, dass sie kurz davor stand, ernsthaft wütend zu werden. Er wollte sich nicht vorwerfen lassen, Weihnachten versaut zu haben. Also sagte er nichts mehr.

Aber er hatte ihre Gründe nie verstanden. Und sie hatte auch nie versucht, sie ihm richtig zu erklären. Sie wollte nicht aus ihrer Gegend weg – das musste genügen.

Manchmal fragte er sich im Stillen, ob es ein Geheimnis in ihrem Leben gab, das sie sorgfältig vor ihm verbarg.

Aber dafür gab es nie einen Anhaltspunkt.

Er beschloss zu akzeptieren, dass sie nicht aus ihrer Gegend wegziehen wollte, dachte sich irgendwann nichts mehr dabei und fing in Berlin an, anderen Mädchen nachzuschauen.

Ina war vielleicht eigensinnig, aber sie war nicht der Typ für Geheimnisse.

Oder hatte er etwas übersehen?

19.

Michael sagte sich, dass Inas Weigerung, aus Gräpel wegzuziehen, nichts mit dem Fall zu tun hatte. Diesmal ging es nicht darum, ob er ihren Standpunkt verstand oder nicht. Diesmal ging es darum, die Widersprüche ihrer letzten Reise zu klären. Dann würden auch die Umstände ihres Todes klarer werden. Ein erster Schritt, den Mörder zu finden.

Als er das Ende des Mauerparks erreicht hatte, klingelte sein Handy. Auf dem Display war Ankes Nummer zu sehen.

»Hey.«

»Ich hab schon versucht, dich auf dem Festnetz anzurufen.« Sie klang besorgt. »Geht's dir wieder besser?«

»Besser? Wieso?« Er wollte nicht darüber reden.

»Na, wegen Ina.«

Er blieb an der Bernauer Straße stehen und wartete zwei Autos ab. »Mir geht's gut.«

Er überquerte die Straße und ging am ehemaligen Mauerstreifen entlang Richtung Ackerstraße.

»Ich freu mich auf den Urlaub, Michael.«

Er hörte an ihrer Stimme, dass sie das nicht sagte, um ihn abzulenken, sondern es genau so meinte. Jetzt hatte sie es geschafft, dass er lächelte. Zumindest ein bisschen.

»Ich mich auch.«

»Ich fahr gleich noch ein paar Sachen kaufen«, sagte sie. »Brauchst du irgendwas?«

»Nein. Ich brauche nichts.« Eine Tram fuhr vorbei.

»Alles in Ordnung bei dir? Du klingst so komisch.«

Der kurze Moment der gemeinsamen Vorfreude war vorbei. »Das liegt am Lärm hier. Alles in Ordnung.« Der Schnee knirschte unter seinen Schuhen.

Anke schien nach Worten zu suchen.

»Sehen wir uns heute noch?«, fragte sie schließlich.

»Ich hab noch zu tun. Ein Treffen mit Inas alter Chefin. Sie arbeitet seit Januar in Berlin. Kann spät werden.«

»Was habt ihr denn zu besprechen?« Sie klang nicht enttäuscht. Nur interessiert.

»Nichts Konkretes. Ich hoffe, sie kann mir irgendwas über Ina erzählen. Aber ich weiß nicht, wie lange es dauert, bis sie auftaut.«

»Und du meinst, ihr braucht sehr lang?«

»Wie gesagt, ich weiß es nicht.«

»Kannst trotzdem gern noch vorbeikommen.«

Jetzt konnte er ihre Enttäuschung spüren.

20.

Michael war viel zu früh am Treffpunkt. Er mochte die Kneipe. Die Möbel und Wände waren schlicht gehalten, ohne irgendwelchen Schnickschnack, und die Bedienung hatte in der Regel alles gut im Blick. Meistens wurde es erst später am Abend voll. Natürlich hatte sich das Publikum geändert, in den letzten Jahren waren viele Touristen dazugekommen. Aber im Gegensatz zu früher war es mittlerweile wieder ein wenig ruhiger geworden. Die Zeit, als die Gegend zwischen Oranienburger, Rosenthaler und Torstraße Nacht für Nacht von Besuchern überschwemmt war, hatte zum Glück nur zwei, drei Jahre gedauert.

Er sah aus dem Fenster hinüber zur anderen Straßenseite. Den langfristigen Wandel merkte man an den Geschäften. Der kleine Lebensmittelladen, wo er Wein und Oliven für Anke gekauft hatte, hatte früher seine Räume schräg gegenüber vom *Meilenstein* gehabt, bevor er in eine Seitenstraße umgezogen war. Ein Geschäft mit Haushaltswaren für den täglichen Bedarf war längst geschlossen. Stattdessen standen jetzt Lederschuhe in abwegigen Farben und mit sehr dünnen Sohlen im Schaufenster.

Michael hatte gehofft, sich vor dem Treffen noch ein wenig sammeln zu können, aber seine Unruhe nahm zu, je länger er wartete. Würde Frau Erminghoff ihm weiterhelfen können? Er hatte keine genaue Vorstellung, welchen Umgang Ärzte und Schwestern miteinander pflegten.

Alle paar Minuten sah er auf die Uhr. Als sie um zehn

vor halb neun schließlich kam, hatte er schon zwei Gläser getrunken und die beiden Bierdeckel an den Rändern eingerissen.

»Entschuldigen Sie bitte die Verspätung, Herr Dallinger.«

Vor ihm stand eine sportliche Frau mit einem offenen Gesicht und einem lockigen Pferdeschwanz. Sie gab ihm die Hand. Jung sieht sie aus, dachte Michael. Sie musste sehr schnell studiert haben und ziemlich gut gewesen sein.

»Schon in Ordnung. In Berlin ist eigentlich niemand pünktlich.«

»Normalerweise gehört das nicht zu meinen Gewohnheiten.« Lächelnd nahm sie Platz. »Freut mich, dass ich durch Sie etwas von der Stadt zu sehen bekomme.«

»Freut mich, dass Sie so spontan Zeit haben.«

Sie musterte rasch die Karte und bestellte einen Kräutertee. »Ich bin ein wenig angeschlagen«, bemerkte sie. »Der Umzug, die neue Arbeit, Sie verstehen?«

Er nickte.

»Also, Sie sagten, Sie ermitteln im Auftrag der Eltern.«

»Ja.«

»Gibt es irgendeinen Grund, an der Selbstmordtheorie zu zweifeln? Ich frage das auch aus beruflichem Interesse.«

»Sind Sie Pathologin?«

Er musste wohl etwas entsetzt ausgesehen haben, jedenfalls lächelte Frau Erminghoff beruhigend. »Suizidenten sind ein Fall für den Gerichtsmediziner, nicht für den Pathologen. Aber mich interessieren mehr die Lebenden als die Toten. Ich bin Neurologin.«

»Oh.«

»Das sagt Ihnen wahrscheinlich nichts, und das muss es auch nicht. Sehen Sie, ich habe nach Dienstschluss den Kollegen noch schnell angerufen. Frau Detjens Tod ist von ihm als Selbstmord eingestuft worden. Er ist natürlich nur für die Ergebnisse zuständig, nicht für die Interpretation. Aber seiner Meinung nach passt alles zusammen: ein Beruhigungsmittel im Blut, um den, Sie verzeihen, sicheren Sprung von der Brücke vorzubereiten; keinerlei Spuren, die auf Gewaltanwendung hindeuten. Außer den Verletzungen durch den Sprung hatte sie nur ganz leichte Abschürfungen an den Beinen, sie stammen vermutlich vom Überklettern des Geländers.« Sie schlug die Hand vor den Mund. »Mein Gott, so viel dürfte ich Ihnen eigentlich gar nicht erzählen. Berufen Sie sich bloß nicht auf mich!«

»Ich werde es für mich behalten«, versicherte er. »Der Punkt ist: Frau Detjen war nicht schwindelfrei.«

»Oh.« Sie krauste die Stirn. »Verstehe. Und die Eltern glauben nun …« Sie ließ den Satz in der Luft hängen und nippte an ihrem Tee.

Michael antwortete nicht, sondern wartete, dass sie den Satz zu Ende bringen würde.

»Sie können – oder wollen – sich nicht mit dem Gedanken abfinden, dass ihre Tochter, wie sagt man so schön, freiwillig aus dem Leben geschieden ist?«

Michael gab sich zögerlich. »Möglicherweise wollen die Eltern einfach nur Gewissheit haben.«

»Sicher, das ist verständlich.« Sie nickte nachdrücklich. »Wenn sonst nichts weiter auf Fremdeinwirkung hindeutet …«

Michael überlegte. Eigentlich sprach nichts dagegen, ihr mehr zu erzählen; vielleicht konnte sie ihm weiterhelfen.

»Sie hatte sich in Berlin für zwei Wochen eine Wohnung gemietet. Niemand scheint zu wissen, warum.«

Frau Erminghoff verschränkte die Finger. »Das ist ja seltsam. Hatte sie denn keine Freunde in der Stadt?«

Michael war versucht, ein wenig auf den Busch zu klopfen, um ihre Reaktion zu sehen. »Ihr Exfreund soll hier leben – so viel habe ich bereits rausgekriegt.« Es war merkwürdig, von sich selber in der dritten Person zu sprechen.

Sie blickte versonnen über den Tisch. »Ihr Exfreund? Wäre das nicht ein klassischer Grund, sich umzubringen? Unglückliche Liebe?«

Sein Plan ging nach hinten los. Nun fing sie auch noch damit an.

»Es gibt bisher keine Hinweise, die auf einen Zusammenhang hindeuten«, sagte er steif. »Sie haben sich schon vor längerer Zeit getrennt.«

»Verstehe. Da haben Sie ja schon einiges rausgefunden.« Sie trank von ihrem Tee. »Lassen Sie uns auf Ihr eigentliches Anliegen zurückkommen: Warum glauben Sie, dass ich Ihnen helfen kann?«

»Sie kannten Frau Detjen. Deshalb wollte ich Sie sprechen. Vielleicht haben Sie etwas bemerkt, eine Veränderung, über die Jahre – oder in den letzten Monaten ...«

Sie starrte mit gerunzelter Stirn in ihre Teetasse. »Nein, nicht dass ich wüsste«, sagte sie langsam. »Im Herbst ging es ihr eine Zeitlang sehr schlecht, glaube ich ...«

»Wissen Sie, warum? Oder haben Sie eine ungefähre Ahnung?«

»Ich kann Ihnen nur sagen, was ich bemerkt habe: rotgeweinte Augen. Gewichtsverlust. Warum, weiß ich nicht.«

Er schon: Gerade zu der Zeit hatte er sich von Ina getrennt.

»Sie hat sich nach ein paar Wochen gefangen«, fuhr sie fort. »Im Dezember schien sie dann wieder sehr verschlossen zu sein, unglücklich – den ganzen Dezember hindurch. Fragen Sie mich nicht, warum. Ich weiß es nicht. Es war auch nur ein allgemeiner Eindruck.« Sie spielte mit dem Teelöffel.

Michael wartete.

»Doch, ich glaube, ich weiß, warum«, fuhr sie fort. »Sie hat weniger geredet. War einsilbiger. Mir ist es aufgefallen, weil es die ganze Zeit so ging und sie eigentlich eher eine fröhliche Natur war. Natürlich habe ich in meinen letzten Wochen auch die Übergabe vorbereiten müssen, der Wechsel nach Berlin – in so einer Situation bleibt nicht so viel Aufmerksamkeit für die Mitarbeiter, wie es eigentlich sein sollte.«

»Im Dezember – das ist interessant.« Er lehnte sich ein wenig vor. »Und Sie haben keinen Anhaltspunkt? Keine Vermutung?«

»Nein, tut mir leid. Ich habe keine Ahnung.« Sie zögerte, schien weiter in ihrem Gedächtnis zu suchen. »Einmal kam ich zufällig ins Schwesternzimmer; es muss Mitte Dezember gewesen sein. Frau Detjen war auch dort, mit einer Kollegin. Sie hat sehr geweint. Ich bin unauffällig wieder gegangen.«

Zwei Wochen Trauer im Herbst, dann scheinbar wieder gefangen – im Dezember musste irgendetwas vorgefallen sein. Vielleicht etwas ganz Banales; aber Michael glaubte nicht an Zufälle.

»Ich fürchte, weiter kann ich Ihnen nicht helfen.«

»Sie haben mir schon sehr geholfen.«

»Man weiß nie, warum sich ein Mensch das Leben nimmt. Wobei, in diesem Fall ...« Sie sah ihn gedankenverloren an. »Es scheint ja wahrscheinlich doch Selbstmord aus Liebeskummer zu sein, nicht wahr? Wenigstens ist das nachvollziehbar. Auch wenn das für die armen Eltern kein Trost sein dürfte.«

Michael antwortete nicht. Ihm war äußerst unwohl.

So wie sie es sagte, klang es ausgesprochen plausibel.

Er machte dem Kellner ein Zeichen, dass er zahlen wollte.

»Zusammen oder getrennt?«

»Zusammen«, sagte er, und zu Frau Erminghoff: »Das geht auf mich. Danke, dass Sie sich heute Abend Zeit genommen haben.«

»Es war mir ein Vergnügen, Herr Dallinger.«

Als sie sich vor dem *Meilenstein* verabschiedeten, hielt sie seine Hand eine Sekunde länger, als nötig gewesen wäre. Er sah ihr nach, wie sie zum Taxistand am Anfang der Straße ging.

Alter Sack, schalt er sich. Die eine Freundin tot, die andere für den Abend nach Hause geschickt, und trotzdem einen Blick für fremde Hintern. Andererseits: Warum auch nicht? Schließlich tat das niemandem weh, und es merkte ja auch keiner.

Sie drehte sich noch einmal um und winkte ihm zu, bevor sie ins Taxi stieg.

Er hob verlegen die Hand zu einem flüchtigen Gruß und ging rasch davon.

Zum ersten Mal seit Beginn seiner Nachforschungen kamen ihm Zweifel.

Hatte Ina sich vielleicht wirklich aus Liebeskummer umgebracht?

War das die Erklärung für das Beruhigungsmittel? Um ihre Höhenangst auszuschalten?

Ina war es im Dezember also schlechtgegangen. Trennungsschmerz? Möglich. Sogar wahrscheinlich. Ein Rückfall. So was kam vor.

Er fühlte sich mies.

In einem Schaufenster lagen dicke Wollsocken, Mützen aus Tweed und Schachteln mit Tee. Er starrte durch die Scheibe des kleinen Ladens. Hier wurde ein Irland verkauft, das es längst nicht mehr gab. Vielleicht war es mit Beziehungen ähnlich? In der Erinnerung sahen sie meistens anders aus, als sie in Wirklichkeit gewesen waren. Das Gedächtnis präsentierte keine Bilder eines verramschten Lebens. Sein Handy klingelte. Auf dem Display leuchtete Ankes Nummer.

»Na?« Sie klang müde. »Ich wollte nur wissen, ob du noch kommst?«

Er hatte den Entschluss bereits gefasst. »Nein, lieber nicht. Ich muss noch ein bisschen allein sein.«

»Na, solange du wirklich allein bist …«

Die Bemerkung kam für ihn aus heiterem Himmel. »Was soll das denn jetzt?«

Sie hatten sich nie darüber unterhalten, ob sie ihre Beziehung monogam führen wollten oder nicht. Anke hatte mal erwähnt, da hatten sie noch nichts miteinander angefangen, dass sie zurzeit nicht so auf Verbindlichkeiten stand. Letzten Herbst war das gewesen. Er hatte sich deshalb später entschlossen, keine schlafenden Hunde zu wecken und das Thema außen vor zu lassen.

Merkwürdig, dass jetzt sie es war, die Anflüge von Eifersucht zeigte.

»Nichts. Ich bin nur … ich hab keinen guten Tag gehabt. Also, bis morgen. Und schlaf gut.«

»Ja. Morgen wird es besser.« Er legte auf.

Hinter den kahlen Büschen um den Koppenplatz zeichnete sich das einzige Denkmal ab, das ihm gefiel: ein Tisch, in dunkle Bronze gegossen, daran ein Berliner Stuhl, ein zweiter war zu Boden gerissen. Einer bleibt sitzen, der andere geht. Oder wird abgeholt. Michael ging das erste kurze Stück der Ackerstraße entlang, auf die Kreuzung Torstraße zu. Er spürte seine Blase. Die Ampel stand auf Rot.

21.

Mit Ina hatte er nie über die Möglichkeit von Affären geredet, obwohl das bei einer Fernbeziehung eigentlich nahelag. Nur einmal hatten sie das Thema überhaupt angesprochen, das heißt, er hatte es getan.

An einem warmen Frühsommerabend. Sie hatten sich in Gräpel getroffen. Ihr Verhältnis war gerade dabei gewesen, sich von einer Affäre zu irgendetwas Verbindlicherem zu entwickeln – was genau das werden sollte, konnte allerdings keiner von ihnen so genau sagen. Er war Freitagmittag in Berlin losgefahren, in einen Stau geraten und erst am späten Abend angekommen. Sie hatte viel früher mit ihm gerechnet und sich den Tag frei genommen, deshalb war sie nicht in der allerbesten Laune. Übers Wochenende legte sich die gereizte Stimmung wieder. Es war Sonntagabend, am nächsten Morgen hatte Ina Frühdienst; es war geplant, dass er mit ihr aufstehen und dann fahren würde. Noch hatte Ina ihm keinen Schlüssel für die Wohnung angeboten.

Sie lagen k. o. im Bett, die Decke bis zu den Hüften nach unten geschoben. Von draußen schien der Vollmond durch das Fenster. Auf ihrem Unterarm, den sie über seine Brust gelegt hatte, konnte er sogar die feinen Härchen erkennen.

»Schade, dass du morgen Frühdienst hast.« Er strich ihr sanft über den Arm. »Kannst du dich nicht einfach krankschreiben lassen?«, fragte er scherzhaft.

»Geht nicht.« Sie legte ihre Wange an seine Schulter. »Wir sind im Moment sowieso schon unterbesetzt.«

Er blieb bei seinem scherzhaften Ton. »Siehst du, die anderen haben sich schon krankschreiben lassen.«

Sie ging nicht darauf ein. »Von der einen Kollegin ist die Mutter gestorben. Und die andere ist schwanger. Sie hatte Komplikationen. Deshalb kommt sie morgen nicht.«

Gut, dass der Arzt am Arbeitsplatz ist, hatte er gedacht. Seine nächste Frage war reine Gedankenlosigkeit gewesen, er wusste hinterher selbst nicht, wie er auf diesen Gedankensprung gekommen war. »Gibt es eigentlich viele Affären zwischen Ärzten und Schwestern?«

Im Nachhinein wusste er natürlich, dass er besser nicht gefragt hätte, aber hinterher ist man immer klüger.

Sie hatte den Arm von seiner Brust genommen und sich aufgestützt. »Wie meinst du das jetzt?«

Er drehte sich um. Ina sah ihn kühl an. Michael versuchte ein unverbindliches Grinsen. »Das ist doch so ein Klischee – Krankenschwester fängt was mit Chefarzt an. Oder umgekehrt«, sagte er, schon etwas verunsichert.

»Nur dass du's weißt: Ich habe noch nie was auf Arbeit angefangen.« Sie funkelte ihn wütend an. »Und seit wir zusammen sind, auch außerhalb nicht.«

Danach hatte sie sich umgedreht und kein Wort mehr mit ihm gesprochen.

22.

Die Ampel sprang auf Grün. Michael überquerte die Torstraße und ging die Ackerstraße hoch. Vor dem Schokoladen, einem abgasfarbenen Haus, stand trotz der Kälte eine größere Menschenmenge. Jedes Mal, wenn jemand rein- oder rausging, dröhnte Musik über die Straße. Die meisten hatten eine Bierflasche in der Hand, ein paar rauchten. Ab und zu stach ein schrilles Lachen aus ihren Gesprächen hervor. Wahrscheinlich irgendein Konzert. Er ging schräg über die Straße auf die andere Seite. Ein Pärchen löste sich aus der Menge und folgte ihm schwankend.

Nach dem kurzen Wortwechsel mit Ina waren Affären nie mehr ein Thema gewesen. Natürlich hatte er sich im Lauf der Jahre auch andere Frauen angesehen, vielleicht eine mal ein paar Sekunden länger als nötig umarmt. Ein paarmal war auch etwas mehr als nur eine Umarmung passiert. Aber er war nie mit einer anderen ins Bett gegangen. Zugegebenermaßen – einmal lag es daran, dass er zu betrunken gewesen war. Das zweite Mal hatte eine Verkäuferin, die er beim wiederholten Diebstahl von Kosmetika ertappt hatte, ihm ein eindeutiges Angebot gemacht. Er hatte darauf nichts gesagt, sondern das Angebot in seinem Abschlussbericht erwähnt. Soweit er wusste, war sie entlassen worden.

Seine Blase drückte stärker. Das Pärchen war immer noch hinter ihm. Er hielt Ausschau nach einem geeigneten Platz. In dem Torbogen eines lachsfarbenen Hauses stand das Gittertor vor einem dunklen Durchgang offen. Als er erleichtert hineinhuschte, ging automatisch das Licht an: Im Durchgang hingen kugelförmige Lampen. Er beeilte sich, in den Hinterhof zu kommen. Jenseits des breiten Weges lag der Hof im Dunkeln. Die Lampen setzten sich wie eine Perlenkette in einem weiteren Torbogen zum nächsten Hof fort. Er drückte sich in eine dunkle Ecke und pinkelte rasch im Schatten der Mülltonnen.

Etwas raschelte. Unter der Mülltonne kam ein unglaublich dicker grauer Kater hervorgekrochen. Michael zischte zu ihm hinüber, aber der Kater musterte ihn nur abfällig aus kalten gelben Augen. Hastig zog er den Reißverschluss wieder hoch und ging zurück zur Straße. Erst jetzt bemerkte er die kleine Messingtafel am Haus: ackerhoefe.de. Es hatte eine eigene Webseite. So weit war es in dieser Gegend also schon gekommen. Scheiße.

Das Pärchen stand ein paar Häuser weiter vor ihm und sah sich die schwach beleuchtete Auslage eines Antiquariats an. Einen Moment dachte er, das Mädchen zu kennen, dann merkte er, dass ihn Licht und Schatten getäuscht hatten.

Ina hatte er nie etwas erzählt. Seiner Meinung nach waren Kleinigkeiten nicht weiter erwähnenswert. Dagegen hatte er, wenn er bei Ina war, anfangs noch misstrauisch nach Anzeichen für einen anderen Mann Ausschau gehalten. Fündig geworden war er nie.

Vielleicht hatte sie ja nach der Trennung jemanden kennen gelernt, das wäre nur normal. Jemanden, mit dem sie sich trösten wollte, zum Beispiel. Oder war es doch etwas Ernsteres?

Aber warum hatte sie dann unbedingt mit ihm sprechen wollen?

Donnerstag, 29. Januar

23.

Am nächsten Morgen war Michael noch im Halbschlaf, als das Telefon klingelte. Er schwang sich aus dem Bett und schlurfte, nur in Unterhose, zum Telefon.

»Hmja?« Er ließ sich auf einen Stuhl fallen.

»Oh, hab ich dich geweckt? Tut mir leid.« Es war Anke.

Er sah auf die Uhr. »Ich muss sowieso aufstehen.«

»Wollte nur hören, wie's dir geht.«

»Na ja. Geht schon.«

»Wie war's gestern Abend?«

»Ganz okay.«

»Ist irgendwas bei rausgekommen? Dass dir weiterhilft?«, ergänzte sie schnell.

»Tja … schwer zu sagen. Nichts Konkretes. Ina ging es wohl nicht so gut in letzter Zeit. Aber ich suche immer noch ein Mordmotiv.«

»Willst du die Polizei informieren? Oder hast du das schon gemacht?«

»Nein.« Er gähnte.

»Oh.« Mehr sagte sie nicht.

»Was, oh?«

»Na ja … Ich dachte … wenn's Mord ist … Sollte die Polizei nicht davon wissen?«

»Nicht nötig.« Er ahnte, worauf sie hinauswollte.

»Michael?«

»Was?«

»Du versuchst doch keinen Alleingang, oder?«

»Die Polizei arbeitet nicht mit Privatdetektiven zusammen.«

»Sie sollen doch nicht mit dir *zusammenarbeiten.* Aber meinst du nicht, sie sollten informiert werden? Du hast dir die Mordtheorie doch nicht ausgedacht –«

»Sie würden mir nicht glauben.«

Anke sagte nichts. Michael kannte das schon; sie dachte nach. Meistens sehr schnell und sehr gründlich. Dann sagte sie leise: »Sie haben einen Grund, dir nicht zu glauben, oder?«

Jetzt ging es wohl nicht anders. »Sie hat einen Abschiedsbrief hinterlassen. Eine Mail, um genau zu sein. Verstehst du? Wenn ich sage, dass es Mord war, denken die doch nur, ich will nicht der Grund für ihren Selbstmord sein.«

Anke schwieg wieder. Michael war nicht gerade scharf auf eine Fortsetzung des Gesprächs.

»Warum hast du mir das gestern nicht erzählt?«

Er fühlte sich nicht wohl in seiner Haut. »Ich weiß auch nicht.«

»Du dachtest, ich würde dasselbe denken, oder?«

»Nein. Doch ... Ja. Dachte ich wohl.« Jetzt war es raus.

»Und?«

»Was, und?«

»Was denkst du?«

»Ich weiß noch nicht. Vielleicht war's ja kein Selbstmord. Bist du dir sicher, dass du dir nichts einredest?«

Tolle Frage. »Ja. Ich bin mir sicher.«

Was sollte er auch sonst darauf antworten?

»Und vor Weihnachten ging's ihr schlecht?«

»Sagte ich doch schon.« Er wusste, worauf sie hinauswollte. Ihn durch reine Logik von der Wahrscheinlichkeit eines Selbstmords überzeugen.

»Mach dich damit nicht verrückt, Michael.« Sie klang

wieder mitfühlend. »Du kannst nichts dafür. Wenn sie sich wirklich umgebracht hat, war das ihre Entscheidung. Nicht deine.«

»Ich weiß.« Eben nicht. Gestern Abend hatte er für einen Moment nicht mal mehr gewusst, ob er wirklich an Mord glaubte. Außerdem wurde ihm langsam kalt. »Das wird schon.«

»Wenn wir erst mal weg sind.«

»Ja.« Wenn.

»Was machst du heute noch?«

»Sachen packen. Aufräumen. Und du?«

»Ich hab den ganzen Tag an der Uni zu tun. Nachbereitung. Und vor der Abreise noch was fertigmachen.« Sie zögerte. »Ob du dich heute um was zu essen kümmern könntest? Und wir uns bei dir treffen? Das würde mir sehr entgegenkommen.«

»Klar. Mach ich.«

Was zu essen ... die Abreise ... Michael kochte sich einen starken Kaffee, duschte kalt und frühstückte im Stehen. Bevor er sich die Schuhe anzog, schmierte er rasch frische Salbe auf seinen Knöchel und wickelte die schon etwas klebrige Binde darum herum. Ihm blieb nicht mehr viel Zeit. Entweder er wusste bis übermorgen, was mit Ina passiert war, oder er würde ...

Ja – was?

In Urlaub fahren und Ina einfach vergessen? Zwischen unsinnigen Schuldgefühlen und Zweifeln an Inas Selbstmord zerrieben werden? Sich und Anke damit den Urlaub versauen? Sie allein in den Flieger steigen lassen? In letzter Minute krank werden und weiterermitteln?

Wie auch immer er sich entscheiden würde – es wurde höchste Zeit, dass er weiterkam.

Aber wie?

Die Freundin ahnungslos, die Eltern wütend, die Chefin keine Hilfe, der Vermieter nicht da.

Wer könnte ihm jetzt noch etwas über Ina sagen?

Michael lief, so schnell es ihm möglich war, die Anklamer Straße hoch. Der Himmel war blankgefegt, aber die Sonne hatte keine Kraft, sie wärmte nicht. Die Tür von Nummer 21b war immer noch offen. Sobald er oben geklingelt hatte, hörte er auch schon Czeskas Schritte.

»Störe ich?«

»Ach was. Kommen Sie rein.«

»Was macht Ihr Husten?«

»Na ja. Fragen Sie lieber nicht.« Wie beim letzten Mal kochte Czeska Kaffee. »So. Und nun erzählen Sie mal.«

Michael berichtete über seine Nachforschungen. Czeska hörte konzentriert zu.

»Es könnte also durchaus sein, dass sie sich selbst umgebracht hat?«, fasste er schließlich zusammen.

Michael betrachtete das Muster der Resopalplatte. Feine Linien längs und feine Linien quer. »Ich weiß es nicht. Ich weiß sowieso noch viel zu wenig. Aber Ina und Selbstmord passt nicht zusammen. Schon gar nicht, dass sie von einer Brücke springt.«

»Herr Dallinger.« In Czeskas Stimme lag eine Spur Ungeduld. »Bitte nicht so ungenau!«

Michael presste kurz die Lippen aufeinander. »Die Ärztin hat eine Erklärung dafür geliefert, dass Ina von der Brücke gesprungen ist. Beruhigungsmittel zum Überwinden ihrer Angst vor Höhe. Und ich habe bisher keinerlei Idee, warum jemand sie umgebracht haben sollte. Ich sehe kein Motiv.«

Alles, was er gesagt hatte, sprach gegen einen Mord.

»Was also lässt Sie an der Selbstmordtheorie zweifeln?«

»Es passt einfach nicht.«

»Sie haben nichts. Kein Mordmotiv, keine Theorie. Nur ein unerklärliches Gefühl.«

»Ziemlich dünn, oder?« Michael versuchte ein schiefes Lächeln.

»Ja. Sie sagen es. Ziemlich dünn.«

Sie nippten zeitgleich an ihren Kaffeetassen. Czeska hustete ein paarmal in die geschlossene Faust. Es klang rau und kratzig. Das Schweigen dehnte sich. Michael fragte sich, was er eigentlich erwartet hatte. Eine herbeigezauberte Lösung? Einen Masterplan, den er nur abzuarbeiten brauchte? Da saß er nun in Czeskas Küche, der ihm wahrscheinlich nur aus purer Langeweile zuhörte.

»Ich glaube, ich werd dann mal gehen.«

Czeska sagte nichts.

Michael sah ihn verwirrt an und wartete auf eine Reaktion.

»Was haben Sie nun vor, Herr Dallinger?«

Michael zuckte mit den Schultern. »Ich will wissen, was Ina hier in Berlin gemacht hat. Es gibt noch eine letzte Möglichkeit.« Er sah in seine leere Tasse. Kein Kaffeesatz. Nur ein dünner, hellbrauner Ring. »Danach werde ich wohl aufgeben müssen.«

»Sie lassen sich schnell entmutigen.«

»Wie gesagt: Vielleicht finde ich noch etwas. Danach werde ich entscheiden.«

»Von was für einer Möglichkeit sprechen Sie?«, fragte Czeska interessiert.

Michael überlegte kurz; er erinnerte sich an die Abneigung des alten Hauptmanns gegen die neue gesamtdeutsche Polizei. Warum eigentlich nicht. Zu verlieren hatte er nichts.

»Ich will in Inas Wohnung einbrechen.«

Zu Michaels Erstaunen nickte Czeska langsam. »Sie wollen nachsehen, ob Sie irgendeinen Hinweis finden, den die Kollegen übersehen haben.«

»Ja. Genau.«

»Und wie genau wollen Sie in die Wohnung reinkommen?«

»Mir wird schon was einfallen.« Den Nachbarn nach einem Schlüssel fragen, unter dem Vorwand, dass er sich vom Hauptmieter ein Buch ausleihen durfte? Hatte der Typ von nebenan überhaupt einen Schlüssel? Die Tür aufbrechen? Sich als Monteur tarnen? Marode genug hatte das Haus ausgesehen. Er verfluchte seine geringen Kenntnisse. Eine Tür, die einfach nur ins Schloss gefallen war, bekam er ohne weiteres auf. Eine abgeschlossene Tür war etwas anderes.

»Wissen Sie was – ich helfe Ihnen.«

Michael suchte in Czeskas Gesicht nach Anzeichen für Ironie. Aber da war nichts.

»Was ist? Sie müssen in eine Wohnung – ich kann sie Ihnen öffnen. Sind Sie immer so langsam?« Ein kurzer Hustenanfall schüttelte ihn.

Plötzlich lächelte Michael und stand auf. »Allzeit bereit.«

»Lassen Sie mal«, sagte Czeska und ging seine Jacke suchen.

Michael tat es sofort leid. Es schien nicht die Sorte Witz zu sein, für die der Alte etwas übrighatte.

Sie standen im Hausflur, Czeska hatte schon die Hand auf der Klinke.

»Eine Frage noch.«

»Ja?« Czeskas Hand blieb auf der Türklinke liegen.

»Warum helfen Sie mir eigentlich?«

Der alte Polizist sah ihn merkwürdig an.

Michael wurde verlegen; er wünschte, er hätte nicht gefragt. Wer weiß, was Erwin Czeska für Motive haben mochte. Hauptsache, er half ihm. Warum, war eigentlich gar nicht so wichtig.

»Vielleicht erzähle ich Ihnen das mal«, sagte Czeska schließlich und öffnete die Tür. »Nach Ihnen, Herr Dallinger.«

Auf Michaels Vorschlag nahmen sie in der Kastanienallee eine Tram, die sie zum S- und U-Bahnhof Schönhauser Allee brachte. Von da gingen sie den Rest zu Fuß. Es roch nach Braunkohle. Nicht überall waren die Kachelöfen und Allesbrenner durch Zentralheizungen ersetzt worden. Während sie die Kopenhagener entlanggingen, fasste Michael in knapper Form seine Beziehung mit Ina zusammen. Er stellte beruhigt fest, dass der frühere Polizist aufmerksam zuhörte und ihn nicht unterbrach.

»Wie konnten Sie nur auf die Entfernung zusammenleben«, sagte Czeska. Eine Feststellung, keine Frage. »Jahrelang. Ohne Aussicht auf Veränderung.«

»Jeder hatte genug Freiraum«, verteidigte sich Michael. So viel Freiraum, dass der Beruf fast immer Vorrang gehabt hatte. Er dachte beklommen an die Streitereien, die allmählich von ihren Telefonaten auf die wenigen Wochenenden, an denen sie sich sahen, übergegriffen hatten. »Und wenn man sich sieht, hat man wenigstens Zeit füreinander«, ergänzte er.

»Gequirlte Scheiße«, brummte Czeska. »Glauben Sie den Mist eigentlich selber?«

»Wieso? In einer gleichberechtigten Partnerschaft …«

»Partner halten sich den Rücken frei«, unterbrach Czeska. »Man lässt den anderen nicht hängen. Niemals.

Aber wie wollen Sie das machen, wenn der andere hunderte von Kilometern weit weg ist?«

Darauf hatte Michael keine Antwort. Hatten Ina und er daran gedacht, sich den Rücken freizuhalten?

24.

»Hast du am Wochenende Zeit, Michael?« Ina klang anders als sonst.

»Ich arbeite am Samstag noch für das Kaufhaus«, meinte er bedauernd. »Der Kosmetikdieb.«

Anfang der Woche war der Auftrag des Kaufhauses reingekommen. Man wollte wohl sichergehen, dass der eigene Detektiv nicht mit den Angestellten unter einer Decke steckte. Der Auftrag brachte nicht viel, aber das Kaufhaus gehörte zu einer großen Kette. Vielleicht würde es Folgeaufträge geben.

»Kannst du nicht trotzdem rüberkommen?«, bat sie.

Michael war die letzten beiden Wochenenden schon die Strecke gefahren. Sechs Stunden am Freitagnachmittag einschließlich zweier Staus.

»Es hat doch keinen Sinn, wenn ich Samstagabend fahre. Vor Mitternacht wäre ich nicht da. Und du musst Montag auch wieder arbeiten.« Außerdem war sie jetzt mal wieder dran, zu ihm zu kommen. Wenn sie denn unbedingt wollte.

Ina sagte nichts.

»Wenn du möchtest, kannst du aber gern kommen«, fügte er hinzu.

»Ich möchte dich hier haben, Michael«, sagte sie leise.

»Was ist denn los?«

»Nichts.«

»Ist irgendwas passiert?«

»Nein. Warum?«

»Du klingst so komisch.«

»Nein, alles in Ordnung.«

Offensichtlich war *nicht* alles in Ordnung. »Wenn du willst, nimm doch am Freitag nach Dienstschluss einen Zug. Dann sehen wir uns Freitag. Und wir haben noch Samstagabend und den Sonntag.«

»Ach, schon gut.«

Sie hatten das Gespräch bald beendet.

Gesehen hatten sie sich an dem Wochenende nicht.

Am Samstagnachmittag stellte er die Kaufhausdiebin: Eine der Verkäuferinnen in der Kosmetikabteilung nutzte regelmäßig die Stoßzeiten, um hochwertige Parfüms und Cremes verschwinden zu lassen und den Verlust auf Ladendiebe zu schieben. Neue Aufträge wurden ihm nicht in Aussicht gestellt.

Am Sonntag hatte er ein paarmal bei Ina angerufen, sie aber nicht erreicht. Anfang der Woche sprachen sie sich wieder. Ina plauderte munter drauflos. Keiner von ihnen erwähnte das Wochenende.

25.

Ob sie ihn damals gebraucht hatte? Aber weswegen? Sie hatte nichts gesagt. Keine Schwierigkeiten erwähnt. Wenn sie ihn um Hilfe gebeten hätte, wäre es etwas anderes gewesen.

Stattdessen hatte sie drum herumgeredet. Natürlich musste er annehmen, dass es nichts Wichtiges war.

Jetzt, wenn er so darüber nachdachte, hatte Ina allerdings nie über wirklich ernste Probleme geredet.

Es hatte ihn nie gestört.

Aber seltsam war es eigentlich doch.

Sie erreichten das letzte Haus in der Straße.

»Hier ist es«, sagte Michael. »Zweiter Stock.«

Er ging hinüber auf die andere Straßenseite und betrachtete die Fassade. In der unteren Nachbarwohnung brannte Licht. Czeska nickte anerkennend.

Die Tür war offen. Sie betraten das Haus, als würden sie jemanden besuchen wollen.

Im Treppenhaus rührte sich nichts. Es roch nach Essen. Mittagszeit. Rasch gingen sie die Stufen hinauf. Czeska warf einen Blick auf das Türschloss und nahm ein kleines Gerät aus dem Anorak. Er manipulierte kurz am Schloss. Es summte, und die Tür war offen.

Rasch schlüpften sie in die Wohnung; Michael zog die Tür leise hinter sich zu. Sie standen in einem schmalen, dämmerigen Flur. Die Zimmertüren waren offen, blasse Lichtflecke fielen auf die Dielen. An der Wand war ein Spiegel befestigt, daneben eine einfache Garderobe. Nur ein Schal hing daran. Michael erkannte ihn wieder: Er hatte ihn Ina vor Jahren zu Weihnachten geschenkt. Die Polizei musste ihn für ein Kleidungsstück des Hauptmieters gehalten haben. Sie streiften sich die Schuhe von den Füßen, damit man ihre Schritte nicht hören würde.

Michael lauschte in die Wohnung hinein. Da war ein leises, fernes Geräusch.

Wahrscheinlich nur ein Kühlschrank. Oder eine Wasserleitung.

Die erste Tür links führte in ein schmales Bad. Klo, Badewanne, ein kleiner Badezimmerschrank vom Flohmarkt. Darunter hing an einem Haken ein Handtuch. Kein Waschbecken, kein Mülleimer, stattdessen ein Badeofen. Kohlenbeheizt. Michael hatte nicht gewusst, dass solche Dinger immer noch in Gebrauch waren. Auf dem Schränkchen lag eine angebrochene Tube Zahnpasta.

Das Schlafzimmer auf der anderen Seite des Flurs war ähnlich spartanisch eingerichtet: ein schmaler Schrank, ein Futonbett mit einer schweren Tagesdecke darüber. Eine einfache Kommode mit drei Schubladen. Daneben, in der Ecke, ein kleiner Rucksack.

Michael und Czeska drückten sich aneinander vorbei. Am Ende des Flurs lag das Wohnzimmer: Auch hier abgetretene Dielen, teilweise von einem alten Tibetteppich bedeckt, ein billiges Sofa an der Wand, eine Stehlampe, über Eck ein einfacher, zugeklappter Sekretär. Blaue Gardinen. Die Fenster gingen direkt auf die Brücke.

In den letzten Tagen hatte ich immer einen Ausweg vor Augen. Es überlief ihn kalt. Diesen Satz hatte Ina wörtlich gemeint.

Zwei alte, aber schöne Stühle standen um einen Holztisch. Ein dritter Stuhl war etwas weggerückt, so als ob jemand eilig den Tisch verlassen hatte. Die kleine Küche, die vom Wohnzimmer abging, enthielt nur das Notwendigste. Geschirr und Besteck waren in einem offenen Regal verstaut. Der Deckel eines kleinen Emailleeimers hielt mühsam den überquellenden Müll zurück. An der Seite hing der Faden eines Teebeutels herunter. Es roch süßlich nach faulendem Obst.

Nachdem sie sich einen ersten Überblick verschafft hatten, trafen sie sich im Flur wieder. Kein Grund, Licht anzumachen, in den Räumen war es hell genug.

»Sie nehmen die Schränke im Schlafzimmer«, sagte Czeska leise. »Falls sie ihren Koffer ausgeräumt hat. Ich erkenne ihre Sachen nicht. Inzwischen fange ich in der Küche an.«

Michael nickte und ging ins Schlafzimmer. Aus der Küche hörte er das Klappern des Mülleimers. Er öffnete die unterste Schublade der Kommode. Darin lagen lediglich zwei Wolldecken, eine kariert, die andere hellblau. In der mittleren war Bettwäsche, auch ein paar Handtücher, alles in schlichtem Weiß. Nicht Inas Farben, sie mochte lieber Pastelltöne. Weiß hatte sie schon genug im Krankenhaus.

Die obere Schublade war leer.

Er ging zum Bett und hob die Decke, auch hier: weiße Bettwäsche. Offenbar war die Nutzung in der Miete inbegriffen.

Er kniete sich auf den Boden und schaute unter das Bett. Staub. An der Wand lag etwas Metallisches. Michael zog es hervor. Es war ein Stück Kette. Meterware. Vier kleine Karabinerhaken waren anscheinend willkürlich in einzelne Kettenglieder eingehakt. Das Ding war ungefähr zwei Meter lang. Was hatte das hier im Schlafzimmer zu suchen? Ein Spielzeug? Aber nahm man dafür normalerweise nicht einfach Handschellen? Er hatte es selbst nie ausprobiert. In ihrer ersten Zeit hatte er einen Versuch in diese Richtung gestartet, aber Ina hatte dafür nichts übriggehabt.

Hatte der Hauptmieter die Kette unter dem Bett liegenlassen?

Das schien noch das Wahrscheinlichste zu sein.

Czeska stand in der Tür, die Hände hinter dem Rücken verschränkt, ohne dass Michael ihn hatte kommen hören.

»Was gefunden?«

»Nur das hier.«

Während Czeska die Kette nachdenklich durch seine Hände gleiten ließ, öffnete Michael den Kleiderschrank.

Auf dem oberen Brett lagen zwei Wollpullover, an der Kleiderstange hingen leichte Sommerhemden und eine Jeans. Auf dem Boden stand ein Karton, mit Packband zugeklebt; wahrscheinlich hatte der Hauptmieter darin etwas Kleinkram verstaut.

Czeska wandte sich ab – und hielt mitten in der Bewegung inne.

»Was ist?«, fragte Michael.

Czeska drehte den Kopf Richtung Wohnungstür. Sein Gesicht war gerötet, er atmete flach. Mit einer Handbewegung gebot er Michael zu schweigen.

Im selben Moment hörte Michael es auch.

Ein metallisches Kratzen. Jemand versuchte, die Tür aufzuschließen.

Czeska trat rasch ins Zimmer zurück und suchte hektisch in seiner Jacke. Michael machte sich bereit, aus der Wohnung zu laufen. Notfalls auf Socken. Czeska hatte gefunden, was er suchte. Rasch schüttete er sich ein paar Tropfen in den Mund. Sein Gesicht entspannte sich.

Michael begriff.

Beinah hätte er sie durch einen Hustenanfall verraten. Einen großen Unterschied hätte das allerdings nicht gemacht. Das Schloss gab nach. Das Zimmer würde sie nur noch ein paar Sekunden verbergen.

Langsam ging die Wohnungstür auf. Jemand betrat den Flur.

Und blieb plötzlich stehen.

Michael und Czeska wechselten einen Blick.

Dann schlug die Tür mit einem Knall zu. Jemand rannte die Treppe hinunter. Michael stürzte in den Flur und riss die Tür auf. Niemand war mehr zu sehen. Unten fiel die Haustür ins Schloss.

»Zwecklos«, sagte Czeska.

Michael lief in die Küche, riss das Fenster auf und lehnte sich hinaus. Er sah nur die letzten Meter der Schwedter Straße und die Brücke. Leer.

Czeska war hinter Michael getreten. »Ist durch die Kopenhagener abgehauen.«

Michael schloss das Fenster wieder.

»Und jetzt machen wir, dass wir hier wegkommen«, murmelte Czeska.

»Wie hat er nur was gemerkt?«, meinte Michael.

Czeska deutete kommentarlos auf die Wasserlachen, die sich um ihre Schuhe ausgebreitet hatten. Michael nickte: Es war für den Eindringling wirklich nicht schwierig gewesen zu bemerken, dass noch jemand in der Wohnung war.

So rasch wie möglich gingen sie die Straße entlang, die Brücke in ihrem Rücken, einen anderen Weg, als sie gekommen waren. Gerade langsam genug, dass es nicht wie eine Flucht aussah. Sie sahen sich kein einziges Mal um.

Erst hinter der nächsten Straßenecke blieben sie stehen. Czeska strich sich nachdenklich über das Kinn und sah Michael an. Der zuckte ratlos mit den Schultern. »Der Hauptmieter ist noch nicht zurück«, stellte Czeska fest.

»Wer auch immer das war, hat sehr schnell geschaltet. Ich frage mich, was der in der Wohnung wollte.«

»Vielleicht dasselbe wie wir.«

»Etwas suchen? Und warum?« Michael seufzte. »Dabei haben wir nicht mal was gefunden.«

Wortlos ließ Czeska die Hand im Anorak verschwinden. Als er sie wieder hervorzog und Michael entgegenstreckte, lag ein kleiner goldener Gegenstand darin. Viereckig und von winzigen Linien durchzogen. Michael runzelte die Stirn und nahm ihn vorsichtig zwischen die Finger. »Ein Chip?«, sagte er verblüfft. »Wo haben Sie ihn her?«

»Aus dem Mülleimer.«

»Warum sollte jemand einen Speicherchip wegwerfen?«

Czeska runzelte die Stirn. »Können die Dinger kaputtgehen? Für was benutzt man so was heutzutage?«

»Ich kenn die nur aus Handys. Ob sie kaputtgehen können – keine Ahnung. Wenn das Handy ins Wasser fällt vielleicht. Aber dann kann man wahrscheinlich das ganze Gerät wegschmeißen. Wem der wohl gehört?«

Er holte sein eigenes Handy heraus und nahm die hintere Abdeckung ab. »Mal sehen, ob was passiert.«

Die beiden Chips, der, den Michael in der Hand hielt, und der in seinem Handy, sahen tatsächlich gleich aus. Michael tauschte sie aus. Dann schaltete er sein Gerät ein und wartete.

»Und? Ist es ein Handychip?«, erkundigte sich Czeska.

»Ich weiß es nicht.« Michael starrte auf das Gerät. Nichts passierte. Das Display blieb dunkel.

Dann kam er darauf. Der Akku war leer.

»Scheiße.« Michael tauschte die Chips wieder aus. »Kann ich den behalten?«

»Nur zu. Können Sie denn was damit anfangen?«

»Ich glaube, ja.«

»Ich hatte nicht den Eindruck, dass Sie technisch besonders begabt sind. Offenbar habe ich mich geirrt.«

»Sie haben sich nicht geirrt. Aber ich kenne jemanden, der von diesen kleinen Dingern Ahnung hat.«

Sie gingen vor bis zur Schönhauser Allee.

»Ich hol meinen Wagen und fahre runter nach Dahlem«, sagte Michael. »Danke für Ihre Hilfe.«

»Dann gehe ich mal nach Hause.« Czeska trat einen Schritt zurück und hob die Hand zum Abschied. »Kommen Sie gelegentlich ruhig vorbei. Erzählen Sie mir, wie es ausgegangen ist.«

Er drehte sich um und ging die Schönhauser hinunter. Michael sah ihm nach: ein alter Mann, der niemandem auffiel. Nur dass er sich für sein Alter sehr gerade hielt.

26.

Erst in der Tram registrierte Michael, dass er Hunger hatte. Er stieg an der Brunnenstraße aus und holte sich bei einem Bäcker ein belegtes Brötchen.

»Einpacken?«

»Einfach so auf die Hand.« Er aß es im Gehen, während er nach seinem blauen Renault Ausschau hielt. Ob er sich ankündigen sollte? Lieber nicht. Vor dem Urlaub hatte sie wahrscheinlich genug zu tun. Wenn er vor ihr stand, würde sie ihn nicht so leicht vertrösten können.

Der Motor sprang gleich beim ersten Versuch an. Der Wagen hatte schon länger keine Probleme mehr gemacht. Vielleicht hielt er ja noch ein Jahr.

Er hatte sie noch nie auf der Arbeit besucht. Das Institut lag in einem unansehnlichen Betonbau. Ratlos stand Michael in der Eingangshalle. Es gab weder einen Pförtner noch einen Lageplan. Aus einem Korridor kam eine Frau mit einem Stapel Papiere in der Hand. »Eine Treppe hoch, dann den Gang bis zum Ende durch, letzte Tür links«, sagte sie. »Ich glaube, Frau Beck ist gerade aus der Pause zurück.«

Er fand Anke in einem winzigen Büro, das mit Büchern und elektronischen Geräten vollgestopft war.

»Hey! Was machst du denn hier?« Ihre Miene wechselte zwischen Freude und Sorge. »Ist was passiert?«

Er gab ihr einen flüchtigen Begrüßungskuss. »Ich brauche deine Hilfe.«

»Jetzt sofort?«

»Ja.«

Sie musterte ihn nachdenklich. »Was ist denn los?«

Er hielt ihr den Speicherchip hin. »Kannst du rausfinden, ob da was drauf ist? Und was?«

Sie nahm den Chip zwischen die Finger und hielt ihn gegen das Licht. »Hm. Möglich. Jedenfalls scheint er nicht mechanisch beschädigt zu sein. Wo hast du ihn her?«

»Gefunden.«

»Und das ist wichtig?«

»Kannst du's versuchen? Bitte. Es eilt.«

Neugierig drehte sie den glitzernden Chip zwischen den Fingern. »Na schön.« Sie lächelte. »Wenn's dir hilft, guten Gewissens in den Urlaub zu fahren ...«

»Ja.« Er hätte zu allem Ja und Amen gesagt. Sein Glück, dass sie zu viel zu tun hatte, um genauer nachzufragen.

»Mal sehen ...«, murmelte sie halb zu sich selbst. »Der müsste eigentlich zu einem Handy gehören. Aber das hast du wahrscheinlich schon ausprobiert?«

»Mein Akku ist leer.«

Sie holte ihr eigenes Handy hervor, tauschte die Speicherchips und probierte ein paar Tasten.

»Es ist tatsächlich ein Handychip.«

Michael war verblüfft. »Wie hast du so schnell die Sperre geknackt?«

»Glück. Es war einfach viermal die Eins – das ist am leichtesten zu drücken.« Anke prüfte die Ruflisten und die SMS-Anzeigen. »Komisch. Jemand hat alles gelöscht.«

»Alles?«

»Rufnummern, ein- und ausgegangene Anrufe, SMS – alles weg.«

»Dann verstehe ich nicht, warum der Chip auch noch weggeworfen wurde.«

»Weil er nicht gefunden werden sollte.«

Wenn der seltsame Besucher in Inas Wohnung den Chip gesucht hatte – genützt hätte er ihm jedenfalls nichts mehr. Michaels Enttäuschung war groß. »Da ist also überhaupt nichts mehr drauf«, murmelte er halb zu sich selbst.

Sie lächelte. Ein leiser Anflug diebischer Freude lag um ihren Mund. »Das stimmt nicht ganz.«

»Wie meinst du das?«

»Da ist schon noch was drauf. Man kann es nur nicht mehr lesen.«

»Aber dann ist es weg.«

»Es sei denn, man hat ein Lesegerät für Speicherchips. So wie dieses hier.« Sie tätschelte ein kleines flaches Gerät auf ihrem Schreibtisch. Dann legte sie den Chip ein und verband das Gerät mit ihrem Computer.

»Wie ich mir gedacht habe ... Einfach gelöscht und dann weggeworfen.«

»Ist das jetzt schwierig?«

»Überhaupt nicht. Mit dem richtigen Programm geht alles.« Sie tippte auf ihrer Tastatur. »So. Das war's.« Sie gab Michael den Chip zurück. Der Drucker surrte leise.

»Ist jetzt alles wieder drauf. Ich druck dir eben noch die Daten aus.«

»Das ging ja schnell. Danke.«

»Kein Problem. Da war wohl jemand in Eile. Ich hätte den Chip ja richtig zerstört. Dann hätte niemand die Daten retten können.« Sie überflog den Ausdruck, bevor sie ihn über den Tisch reichte. Plötzlich sah sie auf. Michael griff nach dem Papier.

»Wo genau hast du den Chip gefunden?« Sie hielt den Ausdruck fest.

»Das ist doch jetzt egal.«

»Der Chip war mal in Inas Handy, oder?« Sie schien verletzt, dass er ihr die Wahrheit verschwiegen hatte.

»Im Ernst?« Er war völlig baff.

Anke sah ihn an, als würde er sie verarschen.

»Ich hatte keine Ahnung«, versicherte Michael hastig.

»Und ... *gefunden* hast du ihn wo?«

»Im Müll.« Michael hoffte, sie würde jetzt nicht fragen, wo genau der Müll denn gewesen war.

Widerstrebend ließ Anke den Ausdruck los. »Ich warne dich, Michael. Mach keinen Scheiß. Nicht dass du dir jetzt noch Ärger einhandelst.«

»Jaja.« Er faltete das Blatt Papier zusammen und steckte es ein. Er versuchte, möglichst kleinlaut auszusehen. »Es wird keinen Ärger geben. Versprochen.« Er beugte sich vor und gab ihr einen Kuss.

»Dann ist ja gut.« Sie war immer noch misstrauisch, schien aber fürs Erste einigermaßen beruhigt. »Bis heute Abend!«, rief sie ihm nach.

Er lief rasch aus dem Institut, als ob er Angst hatte, dass Anke es sich anders überlegen und ihm seine Beute wieder abnehmen würde.

Im Büro schloss er als Erstes sein Handy ans Ladegerät an. Dann ließ er Kaffee durch die Maschine laufen, zog die Schuhe aus und legte die Füße auf den Schreibtisch. Er spielte mit der zusammengefalteten Liste in seinen Fingern.

Inas Handy also.

Warum hatte niemand den Chip finden sollen?

Er dachte daran, dass er selbst, wenn er im Netz auf Erotikseiten gestöbert hatte, immer etwas verlegen das Verzeichnis seines Browsers löschte. Für den unwahrscheinlichen Fall, sein Computer würde erst bei einem Einbruch gestohlen und danach von der Polizei wiedergefunden und untersucht werden.

Man löschte Daten, um Spuren zu verwischen. Oder weil man sie nicht mehr brauchte. Es ging also um eine verräterische Nummer oder um eine Mitteilung. Und da alles gelöscht war, wahrscheinlich um beides. Jemand hatte mit ihr telefoniert und SMS ausgetauscht.

Jemand hatte dadurch Spuren gelegt.

Natürlich konnte es auch Zufall sein, dass Ina selbst erst ihre Handydaten gelöscht hatte und dann von der Brücke gestürzt war.

Nur hatte sie keinen Grund, den gesamten Speicher zu löschen und dann in den Müll zu werfen. Außerdem glaubte er nicht an Zufälle.

Er ließ den Chip in einen kleinen Plastikbeutel gleiten und legte ihn in eine Schublade. Dann faltete er rasch das Blatt mit den ausgedruckten Daten auseinander.

Ein paarmal tauchte seine eigene Telefonnummer auf. Dann noch Nummern aus der Stader Gegend. Es war kein Problem, sie mit Hilfe seiner Notizen und ein paar Online-Telefonbüchern zuzuordnen. Ina hatte in den letzten zwei Wochen öfter ihre Eltern angerufen. Sechs, sieben Mal – das war erstaunlich oft. Anettes Festnetznummer tauchte ebenfalls mehrfach auf: einmal vor fünf Tagen, das andere Mal wesentlich früher.

Dann hatte sie noch vier weitere Nummern angerufen: zwei Festnetz- und drei Handynummern.

Er stellte rasch fest, dass die eine Festnetznummer zu einem Taxiunternehmen gehörte und die zweite zu einem Anschluss in der Kopenhagener Straße, in dem Haus, wo sie gewohnt hatte. Das Telefon war auf den Namen Selbmann angemeldet. Die erste Handynummer hatte sie zwei Tage später gewählt; sie war nirgendwo verzeichnet. Mit derselben Nummer hatte sie auch einige SMS ausgetauscht. Immer nur sehr kurz: Ort und Zeit, ohne Anrede oder Namen. Verabredungen.

Mit wem?

Die nächste Nummer war wieder mit Namen in der Adressenliste abgespeichert: Erminghoff. Ihre frühere Chefin, die jetzt an der Charité arbeitete. Ina hatte sie am Samstag angerufen.

Zwei Tage bevor sie gestorben war.

Er verglich wieder die Kalenderdaten.

Die Nummer tauchte noch einmal in der Liste auf. Anruf in Abwesenheit. Offenbar ein Rückruf.

Danach hatte sie von ihrem Handy aus nur noch eine einzige Person angerufen. Am Tag vor ihrem Tod. Anette.

Hatte sie von der Ärztin etwas erfahren, mit dem sie nicht fertig werden konnte?

War es also doch Selbstmord gewesen?

So viele offene Fragen. So viele Möglichkeiten.

Es war zum Verzweifeln.

Er schaltete die Schreibtischlampe an. Blieb noch die letzte Handynummer. Sie gehörte zu einem Telefon, von dem aus Ina angerufen worden war. Sie selber hatte die Nummer nie gewählt. Und es gab nur diesen einen Anruf.

Es war das allerletzte Gespräch, das sie vor ihrem Tod geführt hatte.

Das konnte gar nichts bedeuten.

Oder alles.

Kein Mörder, kein Motiv und eine Liste mit Telefonnummern. Michael fragte sich, ob es nicht von Anfang an ein Fehler gewesen war, in diesem Fall zu ermitteln. Er suchte im Büroschrank nach etwas Trinkbarem und fand eine Flasche Orangensaft. Nach einem Blick auf das Haltbarkeitsdatum schraubte er sie auf und trank direkt aus der Flasche. Für einen Moment dachte er an Anke und die geplante Reise.

Er war einfach zu dicht an diesem Fall dran. Das hinderte ihn, klar zu denken. Er brauchte Abstand.

Aber er hatte keine Zeit. Und er war schon zu weit gegangen, um jetzt noch aufzuhören.

Also die Anrufe. Wenn Ina etwas Wichtiges erfahren hatte von der Ärztin – dann hatte sie es möglicherweise Anette erzählt. So würde die Reihenfolge der Nummern einen Sinn ergeben.

Aber dieser allerletzte Anruf – mit wem hatte Ina kurz vor ihrem Tod noch gesprochen?

Wen kannte sie hier?

Er dachte an eines ihrer letzten schönen Wochenenden zurück – bevor die Streitereien letzten Herbst endgültig die Oberhand gewonnen hatten. Ina war in Berlin gewesen, an einem der letzten warmen Tage des Jahres.

27.

Sie waren auf dem Flohmarkt an der Museumsinsel gewesen und schlenderten noch am Wasser entlang über den angrenzenden Kunstmarkt.

»So was gibt es bei uns nicht«, meinte Ina bewundernd und deutete auf einen Stand, an dem silbergefasster Bernstein in allen möglichen Formen angeboten wurde. Michael lächelte nachsichtig. Er fand Kunst- und Trödelmärkte uninteressant; dort gab es nichts, was er gebrauchen konnte. Aber wenn es Ina glücklich machte …

Sie zog ihn weiter. »Schau mal, die hübschen Tücher. Du, ich glaube, das ist Seide.«

Er sah gerade hinüber auf die andere Straßenseite, wo die Fassade vom Palast der Republik im Licht der Spätsommersonne glänzte. Amüsiert wandte er sich zu Ina. »Möchtest du eins haben?«

»Ooh, ja! Meinst du, das Rot steht mir?«

»Wie wär's mit Blau? Das passt gut zu deinen Augen.«

Sie lachte. »Das blaue.«

Arm in Arm gingen sie weiter. Unter den Linden entlang, zwischen den Bäumen auf dem Mittelstreifen, Richtung Brandenburger Tor.

»Hast du Lust, heute Abend ins Kino zu gehen?«, fragte er.

»Ach nö.« Sie kuschelte sich an ihn. »Lass uns lieber bei dir bleiben.«

Die Tische unter den Sonnenschirmen auf dem Bürgersteig waren voll besetzt. Die Leute tranken Kaffee oder Limonade, hier und da stand ein Bier. Manche lasen Zeitung, die meisten unterhielten sich angeregt, ein paar hielten mit geschlossenen Augen ihr Gesicht in die Sonne.

»Oder irgendwo was trinken gehen?«

»Warum denn?« Sie lachte unbeschwert. »Wir haben noch Sekt im Kühlschrank. Und uns. Da brauchen wir doch nicht auszugehen.«

Natürlich fühlte er sich geschmeichelt.

So war es meistens. Allmählich machte er seine Vorschläge immer seltener. Dass sie sich nur noch mit sich selbst beschäftigten, fiel ihm nicht auf.

28.

Michael fragte sich, wie Ina jemanden aus Berlin hatte kennen lernen können. Ihren Vermieter zum Beispiel. Und wen auch immer sie abends ein paarmal getroffen hatte. In all den Jahren hatte sie seines Wissens nie Kontakte geknüpft.

Das musste sie in der kurzen Zeit nach ihrer Trennung getan haben.

Aber zu wem?

Es gab eine einfache Möglichkeit, das rauszufinden. Michael kopierte die beiden unbekannten Handynummern auf einen Zettel. Den originalen Ausdruck von Anke faltete er zusammen und ließ ihn auf dem Schreibtisch liegen. Dann schloss er das Büro ab und ging nach unten. Erleichtert stellte er fest, dass er keine Probleme mehr beim Auftreten hatte.

In einem Zeitungsladen schräg gegenüber der U-Bahn kaufte er eine Telefonkarte. Dann machte er sich auf die Suche nach einer Telefonzelle. Gar nicht so leicht – wer achtete schon noch darauf, wo sie standen? Und die graue Farbe der modernen Zellen machte es nicht einfacher. Wann hatte er das letzte Mal eine gelbe Telefonzelle gesehen? Auf der Straße nach Schwanenwerder, auf dem Weg zu seinem Onkel.

Von dort aus hatte er telefoniert, als …

Er verscheuchte den Gedanken und bog in eine Seitenstraße ein, die zu der riesigen Brachfläche am Nordbahnhof führte, dort, wo sich vor dem Krieg der Stettiner Bahnhof erstreckt hatte. Seit den fünfziger Jahren existierte nur noch der unterirdische S-Bahnhof und ein altes Empfangsgebäude, das dem Verfall preisgegeben war. Ein schwacher Wind strich über das verlassene Gelände.

Hundert Meter vor sich sah er einen kleinen rosa Fleck in der Dämmerung – die Spitze einer Telefonsäule. Er wischte den Schnee von dem Apparat, stellte sich mit dem Rücken gegen den Wind und wählte die erste Nummer.

Im Hörer ertönte das Freizeichen. Michael wartete. Schließlich sprang die Mailbox an. Statt einer Ansage war ein tiefer musikalischer Ton zu hören. Dann setzte eine Kirchenglocke ein. Und dann ein Lachen.

Schließlich kam der Piepton.

Michael drückte mit der freien Hand die Gabel herunter. Komischer Anschluss. Es half ihm nicht weiter.

Er wählte die zweite Nummer. Es klingelte lange. Dann kam die automatische Ansage der Mailbox. Eine professionelle Stimme. Die ab Werk eingestellte Standardansage. Michael legte auf, ohne eine Nachricht zu hinterlassen.

Er merkte, dass seine Finger kalt wurden, und wählte Anettes Nummer.

Auch hier: nur der Anrufbeantworter.

»Leg bitte nicht auf, wenn ich dich noch mal anrufe. Hier ist Michael. Ina hat vor ihrem Tod ihren Handyspeicher gelöscht. Und irgendjemand hat versucht, in ihre Wohnung einzudringen. Ich muss dringend mit dir reden.«

Er legte auf, ohne sie extra um Rückruf zu bitten. Sie würde sich fragen, woher er Inas Handy hatte. Ihre Neugier war hoffentlich stark genug.

Michael grub die Hände tief in die Jackentaschen und überlegte. Frau Erminghoff hatte keinen Grund, ihm zu verraten, worüber sie mit Ina gesprochen hatte. Und wie sollte er ihr erklären, dass er von dem Telefonat wusste? Andererseits … Was hatte er schon zu verlieren?

Er erreichte sie sofort.

»Oh, Herr Dallinger. Was haben Sie diesmal auf dem Herzen?«

»Ich hatte gehofft, dass ich Sie noch etwas fragen kann. Aber es ist gewissermaßen heikel.«

»Etwas anderes wäre bei Ihnen auch ein kleines Wunder«, sagte sie lachend. »Darf ich Ihren Anruf als Einladung auffassen?«

Es ging leichter, als er gedacht hatte.

»Haben Sie heute auch um acht Schluss? Sollen wir uns wieder im *Meilenstein* treffen?«

»Ich hatte gehofft, Sie würden mir noch etwas mehr von der Ausgehkultur hier zeigen.«

»Kein Problem. Ich schlage die *Assel* vor oder das *Café Cinema*.« Beides waren traditionelle Kneipen in der Gegend, gemütlich, wenn auch verraucht.

Sie lachte wieder. »Dann lassen Sie uns doch die *Assel* nehmen. Der Name verspricht zumindest nichts, was er nicht halten kann.«

Sie beendeten das Gespräch. Im Gehen zerriss er den Kassenbon zufrieden in kleine Stücke.

Keine Spuren hinterlassen.

Er dachte schon genauso wie Ina.

Oder wie ihr Mörder.

Langsam schlenderte er zurück. Der Wind kam jetzt von hinten und traf ihn im Nacken. Er schlug den Kragen hoch.

Da war etwas, das er bisher nicht berücksichtigt hatte.

Was wäre eigentlich, wenn Frau Erminghoff etwas mit Inas Tod zu tun hatte?

Michael dachte an das letzte halbe Jahr vor ihrer Trennung zurück und versuchte sich zu erinnern, was Ina von der Arbeit und ihrer Chefin erzählt hatte.

29.

»Ich hab uns Torte mitgebracht. Für morgen. Wir können uns eine Thermoskanne mitnehmen und uns ans Ufer setzen.« Er war erst gegen Mitternacht an der Oste angekommen. »Aus einer der besten Konditoreien Berlins.«

Ina zog den Bademantel vor der Brust zusammen. »Du wolltest heute Morgen losfahren.« Ihre Laune war auf dem Tiefpunkt.

»Es ging nicht anders.« Das stimmte nicht ganz.

»Für morgen ist Regen angesagt.« Das stimmte auch nicht ganz. »Kaffee und Kuchen am Fluss kannst du da vergessen.«

Er trat hinter ihr durch die Tür. Sein Blick blieb an ihrem Hintern hängen, während sie vor ihm die Treppe zu ihrer Wohnung hinaufging. Hoffentlich besserte sich ihre Laune noch.

Oben stellte er die Tortenschachtel auf den Küchentisch. »Dann eben übermorgen.«

»Was war denn diesmal los?«

»Eine Kellnerin hat zu tief in die Kasse gegriffen.«

»Was für eine Kellnerin?«, fragte sie misstrauisch.

»Das hat doch nichts mit dir zu tun.«

»Was für eine Kellnerin?«

Er atmete betont seufzend aus. »Wenn du es unbedingt wissen willst: eine studentische Aushilfe.«

»Wo?«

»In einer Konditorei mit Café.«

»In der da?« Sie tippte auf das schön gestaltete Firmenlogo auf der Schachtel.

»Ja, in der.«

»Ich wette, sie haben dir die Torte umsonst mitgegeben.«

»Nein, wo denkst du hin.« Widerwillig bewunderte er ihren siebten Sinn. Die Tortenstücke hatte er in der Tat als kleines Geschenk mit auf den Weg bekommen.

»O Mann, du bist echt blöd, Michael.« Sie öffnete die Schachtel und verzog angewidert den Mund.

»Was ist denn jetzt schon wieder?«

Sie sagte nichts und trat beiseite. Er zögerte, schaute dann aber in die Schachtel.

Die Tortenstücke waren in der Hitze völlig zerlaufen.

»Tut mir leid, Ina. Wie hätte ich den Karton im Auto denn kühlen sollen?«

Sie sagte nichts.

»Na gut, ich hab einfach nicht dran gedacht. War wohl doch ein bisschen zu viel Arbeit.«

»Zu viel Arbeit? Weißt du eigentlich, was bei uns auf Station los ist? Nachts ist eine einzige Schwester da. Die Erminghoff fährt nächste Woche zu einem Kongress und hilft trotzdem, wo es nur geht. Aber sie kann auch nicht überall gleichzeitig sein. Und –«

»Ina ...«

»Neulich hat sie mir extra einen Tee gebracht. Weil ich so müde war. Obwohl sie selber Ringe unter den Augen hatte.« Sie ließ sich nicht beruhigen. »Und du erzählst mir was von zu viel Arbeit?« Sie klappte die Tortenschachtel zu. »Mir reicht's, Michael. Ich geh schlafen. Auf dem Sofa ist eine Wolldecke für dich. Nacht.«

Sie rauschte in ihr Schlafzimmer und knallte die Tür hinter sich zu. Er warf den Karton in den Mülleimer und machte es sich im Wohnzimmer bequem.

30.

Michael musste sich eingestehen, dass er sich nicht rechtzeitig um den Erhalt ihrer Beziehung gekümmert hatte. Ina allerdings auch nicht. Komisch, dass es keinem von ihnen aufgefallen war. Im Nachhinein kam es ihm so vor, als ob sich jeder in seine Arbeit vergraben hatte, um nicht über das eigentliche Problem zwischen ihnen reden zu müssen.

Die *Assel* war eine Kellerkneipe und meist schon früh am Abend recht voll, daher kam Michael sehr zeitig. Er stieg die Treppe hinunter. Eine Weile stand er am Tresen, bis in einer Ecke ein kleiner Tisch frei wurde. Nach links schlossen sich zwei weitere Räume an; in einer Ecke stand ein Klavier. Er setzte sich gerade noch rechtzeitig, bevor ein junges Pärchen dem Tisch zu nah kommen konnte. Demonstrativ hängte er seine Jacke über einen zweiten Stuhl.

Als Frau Erminghoff schließlich kam, war ihr Gesicht gerötet. Anscheinend hatte sie sich beeilt. Auf ihrem Mantel und im Haar schmolzen ein paar Schneeflocken.

»Schneit es wieder?«

»Nicht sehr stark. Ich muss mich entschuldigen, aber ich wurde noch aufgehalten.«

»Schon in Ordnung. Schön, dass Sie Zeit haben.« Er nahm seine Jacke von dem zweiten Stuhl und schob ihn ihr hin.

Sie nahm mit einem Seufzer Platz und strich sich eine

nasse Strähne aus dem Gesicht. »Sagen Sie – wollen wir uns nicht duzen?«

»Gern.« Er streckte ihr die Hand hin. »Michael.«

»Sonja.«

Er bestellte noch ein Bier, Sonja einen KiBa.

»Schön hier«, sagte sie.

»Heute ist es auch nicht so verraucht.«

Sie lachte. »Ich war mal eine sehr starke Raucherin. Der Qualm stört mich nicht.«

»Und warum hast du aufgehört?«

Sie zuckte mit den Schultern. »Weil mein Freund sehr viel dagegen hatte.«

Der Kellner brachte die Getränke. Michael wartete, bis er wieder weg war. »Hatte?«

»Wir haben uns vor einem knappen Jahr getrennt.«

»Oh. Verstehe.« Er hob das Glas und ließ sich Zeit beim Trinken. Vorsicht, dass er seine Geschichte nicht durcheinanderbrachte. »Meine Freundin und ich haben uns letzten Herbst getrennt.«

»Und warum?« Sie lächelte entschuldigend. »Falls meine Frage nicht zu indiskret ist.«

»Fernbeziehung ohne Aussicht. Und bei dir?«

Sonja mied seinen Blick. Von der Eingangstür kam kalte Luft herüber. Zwei junge Männer hatten die Kneipe betreten; sie redeten mit dem Barmädchen.

»Es hat einfach nicht gepasst«, sagte sie schließlich.

»Dann ist Berlin sicher ein guter Neuanfang.«

Sie nickte. »Das hätte ich schon viel früher machen sollen. Aber es war nicht leicht, hier eine Stelle zu kriegen.«

Einer der beiden jungen Leute hatte sich ans Klavier gesetzt und begann, eine Folkpunk-Melodie zu spielen. Michael glaubte, »Transmetropolitan« zu erkennen. Der andere sang.

Sonja hörte amüsiert zu.

»Was ist?«, fragte er.

»Der Text. Das ist ein Gedicht von Clemens Brentano.«

»Wer ist das? Ein Italiener?«

»Ein Romantiker. Das Gedicht heißt ›Zu Bacharach am Rheine‹.«

Im hinteren Raum verklangen eben die letzten Akkorde. Einige Gäste applaudierten.

»Witzige Idee. Und es passt wirklich gut zusammen.«

Sie öffnete ihr Portmonee; als der Sänger mit einem Hut rumging, warf sie eine Münze hinein.

»Du sagtest am Telefon, du wolltest mich was fragen?«

»Ja. Zu Ina.« Er ließ es langsam angehen. Kein Misstrauen wecken.

»Schieß los. Ich hoffe nur, du bist nicht enttäuscht.«

»Warum?«

»Weil ich dir eigentlich schon alles gesagt habe, was mir aufgefallen ist.«

»Dann hattet ihr beruflich nicht so viel miteinander zu tun?«

Sie seufzte. »Du weißt nicht, wie es in einem Krankenhaus zugeht, oder?«

»Nicht so richtig.«

»Wir, also die Ärzte, sind praktisch im Dauerstress. Für die Schwestern und Pfleger ist es oft noch schlimmer. Zu viele Patienten, zu wenig Personal. Ein wahnsinniger Kostendruck. Manchmal müssen Zivis die Arbeit von Pflegekräften machen. Obwohl sie bestimmte Sachen eigentlich nicht dürften. Aber es geht nicht anders. Niemand kommt mit der Arbeit hinterher. Einzelne Kollegen halten sich zeitweise nur noch mit Tabletten über Wasser. Du kannst dir vielleicht vorstellen, dass man sich unter solchen Umständen persönlich nicht unbedingt sehr nahekommt. Was ich dir erzählt habe – dass es ihr nicht gut ging, dass sie geweint hat –, so etwas bekommt man nur durch Zufall mit.«

Dass die allgemeine Personallage miserabel war, stand immer mal wieder in der Zeitung. Michael überlegte, welchen Grund Sonja haben konnte zu lügen.

Sie nippte an ihrem Saft.

Er sah beim besten Willen kein Motiv.

Trotzdem … das musste nichts heißen. Er stellte seine erste Frage. »Ich möchte noch einmal darauf zurückkommen, was du bei unserem letzten Treffen gesagt hast. Dass es ihr im Dezember wieder schlechter ging.«

Er wartete auf eine erste Reaktion.

»Ja?«, kam es schließlich.

»Kannst du noch mal über diese Zeit nachdenken? Hat sie irgendetwas anders gemacht als sonst? Sie hat im Schichtdienst gearbeitet, oder?«

»Ja.«

»Hat sie andere Zeiten haben wollen? In ihrem Arbeitsablauf irgendwas geändert? Ist sie gelegentlich früher oder später als gewöhnlich gegangen? Oder zur Arbeit gekommen? Das kleinste Detail kann wichtig sein.«

»Verstehe.« Sie stützte das Kinn in die Hände. Ihr Blick ging nach innen. Gelegentlich zuckte ein Muskel an ihrem Mund, als ob sie zu sich selbst spräche. Michael wartete gespannt. Schließlich schüttelte sie den Kopf. »Tut mir leid. Ich kann mich wirklich nicht erinnern.«

Jetzt war der Moment für die eigentliche Frage gekommen. Wie würde sie reagieren? Er tat, als ob er nachdenken würde, und fragte dann beiläufig: »Warum hat Ina dich eigentlich angerufen?«

Auf Sonjas Wangen zeigte sich ein roter Schimmer, der ebenso schnell verging, wie er gekommen war. Sie lehnte sich zurück und schlug die Beine übereinander.

»Jetzt würde mich erst einmal interessieren, woher du das weißt?«

»Ich würde es dir lieber nicht sagen.«

»Michael, du stellst mir eine sehr ungewöhnliche Frage«, sagte sie kühl. »Ich finde, wenn du darauf eine Antwort erwartest, solltest du mir wenigstens sagen, worum es geht. Oder?«

Er war in der Defensive. Unauffällig blickte er zu beiden Seiten. »Bleibt das unter uns?«

Sie verschränkte die Arme vor der Brust. »Erzähl erst mal.«

Er musste sich vorbeugen, um nicht zu laut sprechen zu müssen. »Der Chip aus Inas Handy war in ihrem Müll. Deine Nummer war gespeichert. Unter anderem.«

»Was die Frage aufwirft, wie du an ihren Müll gekommen bist.« Noch immer saß sie zurückgelehnt auf ihrem Stuhl. Aber jetzt lächelte sie wenigstens, wenn auch nur ganz leicht.

»Detektive wühlen schon berufsmäßig im Müll.«

»Soso. Ich akzeptiere das mal als Antwort. Aber ich verstehe immer noch nicht, warum das so wichtig sein soll.«

»Sie hat dich zwei Tage vor ihrem Tod angerufen.«

»Ja, gut, aber was heißt das?«

Er legte die Hände mit den Handflächen nach oben auf die Tischplatte. »Du warst eine der Letzten, mit denen sie vor ihrem Tod gesprochen hat. Vielleicht hat sie von dir etwas erfahren, das mir weiterhilft«, sagte er eindringlich. »Etwas, das über ihren Tod Aufschluss gibt.«

Sie lehnte sich vor. »Hast du nicht gesagt, ihre Eltern könnten sich mit dem Selbstmord nicht abfinden? Ich glaube fast, du kannst es auch nicht.«

»Ich muss einfach alle Möglichkeiten in Betracht ziehen«, verteidigte er sich.

Sie schien nachzudenken. »Du bist schon einer. Also gut. Sie hat mich tatsächlich angerufen.« Sonja trank einen Schluck von ihrem Saft.

Michael wartete gespannt.

»Sie hat mich gefragt, ob ich ihr in Berlin eine Ärztin empfehlen kann.«

»Was hatte sie denn?«

»Das kann ich dir nun wirklich nicht sagen, Michael. Hast du schon mal von ärztlicher Schweigepflicht gehört?«

»Warum ist sie denn nicht zu dir gegangen? Kannst du mir wenigstens sagen, was für eine Ärztin sie gesucht hat?«

Sonja knabberte an ihrer Unterlippe. »Sie hat eine Psychologin gesucht.«

»Warum, kannst du mir wahrscheinlich nicht sagen?«, fragte er ohne große Hoffnung.

Sie lächelte dünn. »So weit hat sie mir nicht vertraut.«

»Und sie hat nichts gesagt, was irgendwie weiterhelfen könnte?«

»Ich bin Ärztin, kein Detektiv.«

»Hat sie nur nach einer Empfehlung gefragt und dann wieder aufgelegt?«

»Natürlich nicht. Aber es war ein eher kurzes Gespräch. Wir kannten uns privat ja gar nicht. Wart mal ... Ich habe ihr einen Namen genannt.« Sie hob abwehrend die Hand. »Frag mich gar nicht erst, welchen, ich sage es dir sowieso nicht. Ich war überrascht, dass Ina in Berlin ist, deswegen dachte ich, es sei vielleicht dringend. Also habe ich sie noch darauf hingewiesen, dass die Psychologin wahrscheinlich gerade auf einem Kongress ist und erst in ein paar Tagen wiederkommt. Sie sagte dann nur noch, dass es so eilig nicht sei. Und dass sie in den nächsten zwei Tagen sowieso einen alten Freund treffen wolle.«

Ein alter Freund? Wer sollte das sein? Er selbst ja wohl nicht.

»Das könnte wichtig sein. Was genau hat sie gesagt: Dass sie einen alten Freund sehen will? Oder dass sie ihn sieht?«

Sonja brauchte nicht nachzudenken. »Dass sie ihn sieht.«

»Du bist ganz sicher?«

»Definitiv. Mehr kann ich dir aber wirklich nicht sagen. Ich hab später noch mal versucht, sie anzurufen, aber sie war nicht da.«

Schade. Das war es. Er hatte schon darauf gewartet, ob sie diesen letzten, nicht zustande gekommenen Anruf erwähnen würde. »Und weshalb?«

»Ich hatte mich umgehört und wollte ihr noch eine Alternative empfehlen.« Sie sah auf die Uhr. »Oh, verflixt. Michael, ich muss gehen.«

Sie trank rasch ihren KiBa aus und stand auf.

Verdutzt sah Michael sie an. »Warum?«

»Ich habe vergessen, eine Bakterienkultur zu füttern.« Sie klang besorgt. »Muss noch mal in die Klinik.«

»Warte, ich bring dich raus.« Er sprang auf und stieß dabei so stark gegen die Tischplatte, dass sein Bierglas schwankte.

»Lass nur.« Sie legte ihm eine Hand auf den Arm und stand auf, um an der Theke zu bezahlen. Bevor sie die Treppe hinaufging, winkte sie ihm noch einmal kurz zu.

Dann war sie verschwunden.

Michael starrte nachdenklich vor sich hin.

Eine Psychologin und ein alter Freund. Wer zum Teufel konnte das sein?

Ina wurde zu einem immer größeren Rätsel.

Er dachte noch einmal über das Gespräch mit Sonja nach. Hoffentlich hatte er den Bogen nicht überspannt. Sie war misstrauisch geworden. Auf keinen Fall durfte sie an der Geschichte zweifeln, dass er im Auftrag von Inas Eltern arbeitete. Dann wäre sie als Informationsquelle wertlos. Aber solange sie an seine Geschichte glaubte ... Musste sie sich wirklich noch um ihre Bakterien kümmern? Oder hatte sie nur nach einer Ausrede gesucht, um verschwinden zu können? Wäre bestimmt nicht verkehrt, sie noch mal anzurufen und dafür zu sorgen, dass sie den Abend in guter Erinnerung behielt. Vielleicht erreichte er sie noch in der Klinik. Er wählte auf seinem Handy ihre Büronummer. Ließ es lange klingeln.

Niemand ging ran.

Wahrscheinlich standen die Bakterien in einem anderen Raum. Aber wenigstens über ihr Handy müsste er sie erreichen können!

Er holte den Chip aus Inas Handy hervor und setzte ihn in sein eigenes Handy ein. Dann schaltete er es ein und klickte sich vor bis zu Sonja Erminghoffs Handynummer.

In diesem Moment vibrierte das Handy. Auf dem Display blinkte das Symbol für eine SMS.

Michael starrte es an.

Jemand schickte der Toten eine Nachricht.

Mit vor Erregung zitternden Fingern rief er die Nachricht auf.

alles klar?

Er stierte auf den kurzen Text. Auf einem Bierdeckel notierte er die Nummer des Absenders. Dann verglich er sie rasch mit den anderen Nummern im Speicher. Aber er wusste auch so, wer geschrieben hatte.

Inas unbekannter Kontakt in Berlin hatte geschrieben. Endlich.

Endlich eine Spur.

Michael tippte rasch: *ja.*

Er musste nicht lange warten. Nach zwei Minuten war die Antwort da.

wann?

Der Stil war vertraut, geraderaus.

War das der alte Freund?

Er rief die eingegangenen Nachrichten auf und suchte nach charakteristischen Merkmalen. Ina hatte die Verabredungen immer auf den späten Abend gelegt. Seine Finger huschten über die Tasten.

morgen 23 uhr siegessäule

Er drückte auf Senden und starrte das Display unverwandt an.

Eine Hand griff nach dem Saftglas. Er hatte die Kellnerin nicht bemerkt.

»Willst du noch eins?«, fragte sie und deutete auf sein Bierglas.

»Nein, im Moment nicht.«

Er starrte wieder auf das Handy. Würde der Unbekannte antworten?

Ein paar neue Gäste kamen die Treppe herunter und stellten sich demonstrativ neben seinen Tisch. Er ignorierte sie.

Dann vibrierte das Handy. Eine neue Nachricht.

Sie bestand aus einem zwinkernden Smiley.

Er hatte noch genau einen Tag.

31.

Als Michael die *Assel* verließ, hatten die Nutten auf der Oranienburger schon ihre Schicht begonnen. In diesem Winter trugen sie fast alle Skianzüge in Rosa und Weiß. Michael lief mit demonstrativ abgewandtem Kopf zielstrebig an ihnen vorbei und ignorierte ihre halb geflüsterten Einladungen. Er wollte nicht unhöflich sein, hatte aber auch keine Lust, stehenzubleiben und ihnen zu erklären, dass er hier wohnte. Im Schaufenster der Schokogalerie in der Großen Hamburger Straße waren rosa und weiß gestreifte Schachteln mit Pfefferminzbonbons aufgestapelt.

Verdammt. Verdammt. Verdammt.

Er hatte den Einkauf vergessen.

Und Anke gleich dazu.

Wenn er Glück hatte, schlief sie schon.

Michael ging langsamer, als ob er Anke noch etwas mehr Zeit zum Einschlafen geben wollte. Dabei war das ziemlich sinnlos, sie war ein Nachtmensch. Am Friedhof betrachtete er ausgiebig die Graffiti auf der Ziegelmauer. Mit dem Finger fuhr er einen tiefen Riss im Mauerwerk nach. Er starrte durch die vergitterte Pforte am Seiteneingang. Die Büsche und Bäume zwischen den Gräbern verschmolzen zu einem einzigen Schatten. Schließlich konnte er es nicht länger aufschieben und ging nach Hause. Im Hinterhof schaute er nach oben – Gott sei Dank, in seiner Wohnung brannte kein Licht mehr. Sie schlief schon.

Im Treppenhaus zog er die Schuhe aus und schlich sich

langsam nach oben. Vorsichtig steckte er den Schlüssel ins Schloss und öffnete Zentimeter für Zentimeter die Tür. Dahinter kam nur noch Teppichboden – er hatte es geschafft.

Als er zum Bett sah, merkte er gleich, dass etwas nicht stimmte.

Die Decke war flach.

Das Bett war leer.

Er knipste hastig das Licht an. Auf seinem Bett lag ein Blatt Papier.

Darauf stand nur ein Satz. Ohne Unterschrift.

Ich gehe zum Imbiss und dann nach Hause.

Jetzt hatte er mit Anke wirklich ein Problem. Einen Tag vor dem Urlaub.

Freitag, 30. Januar

32.

Der Wecker beendete eine viel zu kurze Nacht. Gegen Morgen hatte er lange wach gelegen. Das war, nachdem er vom Wannsee geträumt hatte. Von seinem Auto, das im Sturm an einen Baum gefahren war, und von der Telefonzelle, aus der er am nächsten Morgen Hilfe geholt hatte.

Als alles vorbei gewesen war.

Zumindest hatte er das damals gedacht. Jetzt wusste er es besser. Michael duschte kalt. Über sich hörte er Schritte; die Nachbarin mit der Geige war wieder zurück. Schade. Es war so schön ruhig gewesen.

Er trank den Kaffee im Stehen. Seine Hand zitterte leicht. Er schob es auf die Anspannung. Der letzte Tag. Er hatte noch etwas mehr als vierundzwanzig Stunden.

Und nur einen einzigen konkreten Anhaltspunkt.

Was, wenn die Spur heute Abend ins Leere lief?

Er lehnte die Stirn an die kalte Fensterscheibe. Für einen Moment überfielen ihn Zweifel. Warum machte er das eigentlich? Ina wurde nicht wieder lebendig. Und überhaupt: Sie hatten sich getrennt und keinen Kontakt mehr gehabt. Ihre Beziehung war Schnee von gestern. Er hatte jetzt Anke. Warum also stocherte er noch in Inas Leben herum?

Der Auftrag war nicht mal bezahlt.

Und bei Anke musste er sich auch noch entschuldigen.

Michael stellte die Tasse ins Spülbecken. Erst einmal abwarten, was bei dem Treffen am Abend rauskommen würde.

Was sollte er bis zum Abend bloß tun? Herumrätseln. Theorien aufstellen. Neue Gedanken entwickeln.

Aber alles, was er bisher hatte, waren vage Vermutungen.

Die Räumfahrzeuge hatten es noch nicht bis in die Anklamer Straße geschafft. Als er die Brunnenstraße überquerte, bemerkte er weiter unten an der Kreuzung Invalidenstraße einen Unfall: Ein Auto war von einer Tram beiseitegedrückt worden. Die Blinker der Tram funkelten im trüben Morgenlicht, ein paar Polizisten von der Wache an der Ecke standen im Schnee herum. Ein Krankenwagen war nicht zu sehen.

In der Nähe des Zionskirchplatzes fand Michael einen Backshop. Drinnen war niemand. Er betrachtete die Auslage hinter dem Tresenglas: Kuchenschnecken, überzogen mit rissigem Zuckerguss; kleine Teigstücke mit in Geliermittel eingeschlossenen Früchten; plattgedrückte Croissants neben krümeligen Brötchen. In einem Regal standen Schokoladentafeln, Milchdosen, Pakete mit Bohnenkaffee. Kleine Kekse in Tüten aus Cellophanpapier. Er fuhr mit dem Finger über eine Zwiebackpackung; eine feine Staubschicht blieb auf seiner Fingerkuppe haften. Von hinten kamen schlurfende Schritte. Eine dicke Frau in hochgeschlossenem weißem Kittel trug eine flache Plastikkiste mit Brötchen vor sich her und schüttete sie in einen Korb.

»Davon hätte ich gern vier«, sagte Michael.

Wortlos zog sie sich einen Plastikhandschuh über, warf vier Brötchen in eine Tüte und deutete auf die grün leuchtenden Ziffern der Kasse: ein Euro. Unhöfliche Kuh.

»Danke«, sagte er demonstrativ und reichte ihr einen Fünfer, den sie schweigend kassierte. »Bitte«, als er das Wechselgeld in Empfang nahm.

Die Frau öffnete mit gequältem Gesicht die obersten

Knöpfe ihres Kittels und zog den Stoff beiseite. Über ihren Hals zog sich ein breiter Verband aus Gaze. Wo ihr Kehlkopf gewesen war, klappte ein kleines Ventil aus Plastik im Rhythmus ihres Atems. Michael stürzte aus dem Laden.

Die Tür von Haus Nummer 21b war immer noch offen. Vom Hinterhof her hörte er das Kratzen einer Schneeschaufel.

»Guten Morgen, Herr Czeska.« Er hielt die Papiertüte hoch. »Ich habe Brötchen mitgebracht.«

Der alte Mann stützte sich auf die Schaufel. »Bin gleich fertig.«

Michael sah ihm zu, wie er mit ruhigen, gleichmäßigen Bewegungen den Rest des Wegs zum Keller freischippte. Er begann zu frösteln. Czeska stellte die Schaufel hinter die Kellertür und stapfte zu Michael. »Jetzt können wir Kaffee trinken. Kommen Sie.«

Die Wohnung lag im Halbdunkel.

»Ihre Jacke können Sie hier an die Garderobe hängen.« Er schaltete das Licht nicht ein.

»Danke – ich behalte sie erst mal an.«

»Wie Sie wollen.« Czeska ging in die Küche voran.

»Was macht Ihr Husten?«

»Besser.«

Michael setzte sich. Diesmal war die Küche geheizt. Czeska stellte Besteck und ein Glas Erdbeermarmelade auf den Tisch. Michael riss die Tüte der Länge nach auf, Czeska kümmerte sich um den Kaffee.

»Der neueste Stand?«, fragte er, während er zwei Tassen füllte.

»Ihre Eltern weigern sich, mit mir zu reden. Ihre Chefin sagt, dass es Ina vor Weihnachten nicht gut ging, warum, weiß sie nicht. Ina hat die Wohnung nicht über die Mitwohnzentrale bekommen. Keine Ahnung, wie sie sie gefunden hat, der Vermieter ist nicht da. Mehrmals hat sie spätabends eine unbekannte Person getroffen. Zwei Tage vor ihrem Tod hat sie ihre alte Chefin angerufen, um sich eine Psychologin empfehlen zu lassen. Am Tag ihres Todes hat sie mit ihrer Freundin und später mit einer unbekannten Person telefoniert.«

»Personenfeststellung«, sagte Czeska. »Wie weit sind Sie damit?«

»Die unbekannte Person treffe ich heute Abend.« Er sah die Frage im Gesicht seines Gegenübers. »Die Verabredung lief nur über SMS.«

Czeska nickte anerkennend.

»Der Vermieter soll heute zurück sein. Die Person, mit der Ina kurz vor ihrem Tod gesprochen hat, ist bisher nicht zu identifizieren. Eine Handynummer, die in keinem offiziellen Verzeichnis steht, und eine automatische Mailboxansage.«

»Eine automatische Ansage? Ab Werk eingestellt?«

»Ja.«

»Das scheint mir ungewöhnlich zu sein. Wer lässt seine Anrufer schon gern von einer unbekannten Stimme begrüßen? Man denkt ja sofort, man hat sich verwählt.«

»Sie haben Recht. Das ist auch ungewöhnlich.« Er stützte das Kinn in die Hände und betrachtete die Krümel auf dem Tisch. Wer würde ein Handy kaufen und es dann nicht für seine Bedürfnisse einstellen? Man kaufte ein Handy, legte den Speicherchip ein, lud den Akku, stellte die Ansage auf der Mailbox ein … Es sei denn …

»Was, wenn man gar keine Anrufe erwartet!«, sagte er laut.

»Wie meinen Sie das?«

»Ein Zweithandy. Jemand hat ein normales Handy für den Alltag. Und aus irgendeinem Grund noch ein zweites. Das nie angerufen wird.«

»Das ist nicht gerade der Sinn eines Handys, oder? Was Sie beschreiben, ist eine mobile Telefonzelle.«

»Im Handschuhfach!«, platzte Michael heraus. »Ein Notfallgerät! Mit einer Prepaidkarte im Auto.«

»Wäre durchaus möglich. Aber dann wäre es sicherer gewesen, von einer Telefonzelle aus anzurufen.«

»Wenn man eine findet.«

»Das stimmt«, sagte Czeska nachdenklich. »Sie sind selten geworden.«

Der Mörder hatte sie vorher angerufen. Das war entscheidend.

Ihr Tod war kein Zufall gewesen. Kein Treffen, das aus dem Ruder gelaufen war.

Aber in was für eine Geschichte war Ina dann nur hineingeraten?

Michael drückte seinen Kaffeelöffel in die Krümel auf dem Brettchen. »Ich habe das Gefühl, etwas zu übersehen. Etwas in Zusammenhang mit diesem letzten Anruf.«

»Sie dürfen nicht zu viel erwarten, Herr Dallinger. Sie müssen sich Zeit geben.«

Michael schob mit dem Finger ein paar größere Krümel auf der Tischplatte hin und her. »Das Problem ist: Zeit habe ich eigentlich nicht. Morgen Mittag will ich mit meiner Freundin in Urlaub fahren.«

Czeska strich sich sorgfältig ein Brötchen. »Wissen Sie, Herr Dallinger, manchmal muss man sich entscheiden. Was man will.«

»Wie meinen Sie das?«

»Wollen Sie Detektiv sein oder nicht?«

»Ich *bin* Detektiv«, sagte Michael überrascht.

»Dann geben Sie sich die Zeit, die Sie brauchen.« Czeska legte sein Brötchen ab. »Lassen wir das. Sie sollten an Ihre Arbeit gehen.«

Als Michael aufstand, um sich zu verabschieden, gab Czeska ihm die Hand. »Auf Wiedersehen, Herr Dallinger. Viel Glück. Und viel Erfolg.«

»Eine Frage noch …«

»Bitte.«

»Arbeitet die Polizei eigentlich immer so? Wie Sie?«

Für einen Moment glaubte Michael, auf Czeskas Gesicht ein Lächeln zu sehen.

»*Ich* arbeite immer so.« Das Lächeln verschwand. »Aber meine Art der Arbeit galt nicht unbedingt als vorbildlich.« Er zögerte einen Moment. »Nur die Ergebnisse«, ergänzte er.

Das Lächeln blieb verschwunden.

33.

Michael ging zu Fuß zurück in sein Büro. Czeska konnte leicht reden – wie sollte er sich Zeit nehmen, wenn er keine mehr hatte? Am Himmel war das morgendliche Grau einem kalt strahlenden Blau gewichen. Immerhin, er war einen Schritt weiter.

Ina hatte ihren Mörder gekannt.

An der Kreuzung war nichts mehr von dem Unfall zu sehen. Michael ging in Gedanken die Liste derjenigen durch, mit denen Ina in den letzten Tagen Kontakt gehabt hatte. Ihr Vermieter. Woher kannte sie ihn? Selbmann, dem ein Telefonanschluss im Haus gehörte. Ihr mehrmaliges Treffen mit dem Unbekannten – das würde sich heute Abend klären. Anette. Sie war in Stade gewesen. Ihre alte Chefin. Sie hatte bisher ein paar gute Hinweise gegeben. Ihre Eltern. Konnte er wohl streichen.

Michael betrat die Ackerhalle. Die gelbe Ziegelfassade war das Einzige, das noch entfernt an die alte Markthalle erinnerte, die sie vor hundert Jahren einmal gewesen war. Drinnen drückten sich kleine Verkaufsstände an die Wand: Kuchen, Wurst mit Imbiss, ein Schlüsseldienst. Der weitaus meiste Platz wurde von einem Supermarkt beansprucht, der mit halbhohen Trennwänden gegen den kleinen Rest der Halle abgegrenzt war. Über den Wänden waren Netze gespannt. In der Luft lag ein verbrauchter, billiger Geruch.

Noch war nicht sehr viel los. Er kaufte Kaffee, Orangensaft und eine große Dose Kekse, die Ration für die nächsten vierundzwanzig Stunden. An der Kasse ließ er sich eine Tüte geben; sie schlenkerte an seinem Handgelenk, während er am Nordbahnhof vorbei weiter zur Chausseestraße ging und immer wieder die Namen vor sich hersagte. Vermieter. Selbmann. Das anonyme Treffen. Sonja. Bei Sonja konnte er kein Motiv erkennen, trotzdem weigerte er sich, sie in Gedanken zu schnell von der Liste der Verdächtigen zu streichen. Das würde seinen Blick nur einengen. Genau genommen fiel ihm auch für Inas Vermieter kein Motiv ein. Ebenso wenig für die anderen beiden.

Im Coffeeshop an der Ecke drängte sich eine Gruppe Studenten. Der Plastiklöwe saß ungerührt im Schnee; vor ihm lag eine tote Taube.

Im Büro blinkte der Anrufbeantworter.

»Sie haben zwei neue Nachrichten. Nachricht eins …«

Michael griff nach einem Kuli.

»Hallo?« Die Stimme war brüchig und leise. Sie gehörte einer alten Frau. »Michael? Hier ist Frau Detjen. Schade, dass du nicht da bist. Bitte ruf mich zurück.«

Michael ließ die Mine des Stifts ein paarmal klicken. Was wollte Inas Mutter von ihm?

»Nachricht zwei …«

»Michael? Hier ist Anette. Ich weiß zwar nicht, was du für eine dringende Frage hast, aber ich versuch's später noch mal.«

Die Nachricht war zwanzig Minuten alt. Vielleicht erwischte er sie noch.

Nach dem vierten Klingeln hob sie ab. »Ich wollte gerade los. Mach's kurz.«

»Ina hat mit ihrer alten Chefin gesprochen. Frau Erminghoff. Und mit dir. Was hat sie gesagt?«

»Akzeptier's endlich: Sie hat sich wegen dir umgebracht, okay?«

»Ina hat sich nach einer Psychologin erkundigt.«

»Wer sagt das?« Anette war offensichtlich überrascht.

»Frau Erminghoff.«

Anette zögerte. Er hörte ihr Feuerzeug klicken.

»Ich weiß nicht, ob dich das was angeht.«

»Anette, irgendwas stimmt an ihrem Tod vorn und hinten nicht.« Er verlor die Geduld. »Sie hat sich die Wohnung nicht über die Mitwohnzentrale besorgt. Sie hat hier mehrmals jemanden getroffen. Und sie hat dich kurz vor ihrem Tod angerufen.«

»Sie hat mir nicht erzählt, was sie in Berlin gemacht hat.« Anette wehrte ab.

»Weißt du irgendwas über einen alten Freund von Ina in Berlin?«

»Du machst Witze, oder?« Sie klang verblüfft.

Michael glaubte, dass sie nicht schauspielerte. »Sag schon.«

»Eins weiß ich sicher: Sie kannte in Berlin niemanden außer dir.«

»Warum weißt du das sicher?«

»Wir haben oft genug darüber gesprochen. Sie ist immer nur wegen dir nach Berlin gefahren. Hätte sie noch irgendjemanden dort gekannt, das hätte sie mir irgendwann gesagt. Unter Garantie.«

Nicht, wenn sie etwas vor ihrer besten Freundin hatte verbergen wollen.

»Kennst denn du jemanden in Berlin?«

»Nein.« Die Antwort kam bestimmt.

»Und sonst jemand aus ihrem Freundeskreis?«

»Vielleicht kannte die Schwester von ihrem Exfreund ...« Sie brach plötzlich ab.

Er wurde hellhörig. »Welche Schwester von welchem Exfreund?« Rasch notierte er *Ina / Schwester / Exfreund* auf dem nächstbesten Stück Papier.

Anette schien wütend auf sich selbst zu sein. Er hörte, wie sie Rauch ausstieß.

»Hör mal, das kann ich dir nicht einfach so erzählen. Ich melde mich wieder, ja?«

»Wann?«

»Weiß nicht. Heute. Oder morgen. Ich muss nachdenken.«

Blöde Kuh. »Alles klar. Und danke.«

»Dank mir lieber nicht.« Sie legte auf.

Was hatte sie mit ihrem letzten Satz gemeint? Er betrachtete sein Notizpapier. Versehentlich hatte er die Rückseite des Ausdrucks mit den Nummern von Inas Handychip genommen. Er faltete das Papier zusammen und steckte es in dic Tasche. Ina hatte nie von den Männern erzählt, mit denen sie vor ihm zusammen war. Er hatte immer den Eindruck gehabt, dass sie lange solo und damit gar nicht unzufrieden gewesen war. Aber warum hatte Anette plötzlich nicht weiterreden wollen?

Vielleicht ließ sich über den Vermieter mehr rauskriegen.

Das Telefon unterbrach seine Überlegungen: Anke.

»Ja?«

»Michael, was ist los?« Sie war nicht gerade gut gelaunt.

»Ja ... ich ... Tut mir leid wegen gestern Abend«, druckste er.

Die nun folgende Stille war schlimmer als jede Beschimpfung.

»Aha?«, sagte sie schließlich.

»Was soll ich denn noch sagen?« Er hasste es, in der Defensive zu sein. Besonders ihr gegenüber.

»Bist du sicher, dass du mit mir in Urlaub fahren willst?«, fragte sie. In ihrer Stimme war kein Vorwurf. Nur Zweifel und Traurigkeit.

»Ja. Bin ich.« Er hörte selbst, dass seine Stimme unsicher klang.

»Okay. Kommst du heute Abend zu mir?«

»Lass uns morgen am Flughafen treffen. Ich könnte zwei Stunden vorher da sein.«

Er war sich nicht sicher, ob Anke angefangen hatte zu weinen. Aber der Piepton im Hörer signalisierte ihm das Ende des Gesprächs.

Um sich abzulenken, wählte er die Nummer von Inas Mutter.

Besetzt. In immer kürzeren Abständen drückte er die Wahlwiederholungstaste. Irgendwann würde sie ja fertig sein mit Telefonieren.

Schließlich nahm sie ab.

»Lieb, dass du zurückrufst. Mein Mann hat mir erzählt, dass du angerufen hattest. Du musst ihn verstehen. Inas Tod hat uns tief getroffen. Er kann mit seinem Schmerz einfach nicht fertig werden. Deswegen spricht er nicht mit dir. Es tut mir leid.«

Sie würde ihn doch nicht um Rückruf gebeten haben, nur um sich für das Benehmen ihres Mannes zu entschuldigen. »Weswegen wollten Sie mich denn sprechen?«

»Die Polizei war bei uns. Sie haben uns Inas Abschiedsbrief gezeigt. Ich glaube nicht, dass Ina sich umgebracht hat. An so etwas würde sie nicht einmal im Traum denken. Nicht meine Tochter.«

Beiläufig registrierte er die Gegenwartsform. Inas Mutter hatte den Tod ihrer Tochter noch nicht vollständig akzeptiert. Arme Frau.

»Danke«, antwortete er mit plötzlicher Zuneigung.

Wenigstens eine, die ihm glaubte. Es tat gut zu wissen, dass er mit seinen Zweifeln an den Umständen von Inas Tod nicht allein war. »Aber Ihr Mann glaubt das, oder?«

»Es ist für ihn die einfachste Erklärung. Aber er hatte schon immer Schwierigkeiten, Ina zu verstehen. Schon mit dieser Sache, bevor sie dich kennen gelernt hat.«

Michael stutzte. Gewiss, Ina hatte nie ein inniges Verhältnis zu ihren Eltern gehabt. Aber von Schwierigkeiten hatte sie nie gesprochen.

»Was für eine Sache meinen Sie?«, fragte er höflich.

»Und jetzt hat er einen Unfall gehabt«, überging Inas Mutter seine Frage.

Michael war verwirrt. »Ist alles in Ordnung mit ihm? Was ist denn passiert?«

»Ein Stechen im Herz, beim Radfahren. Er ist gestürzt. Gott sei Dank war es nicht so schlimm.«

»Ist er verletzt?«

»Nur ein Schock. Er ist in den Schnee gefallen. Sie haben ihn über Nacht dabehalten, nur um sicherzugehen. Heute soll er entlassen werden.«

Was sagte man da? Wenn man genau wusste, dass der andere einen herzlich verabscheute? Herzliche Grüße? Gute Besserung? Sie nahm ihm die Mühe ab, weiter darüber nachzudenken.

»Ja, ich wollte nur, dass du das weißt. Alles Gute.«

Ein seltsames Gespräch. Michael wurde nicht schlau daraus.

Was hatte sie gesagt?

Ich glaube nicht, dass Ina sich umgebracht hat. An so etwas würde sie nicht einmal im Traum denken.

Aber das stimmte nicht ganz.

34.

In ihrem ersten gemeinsamen Sommer hatten sie sich meistens an der Oste getroffen. Michael war froh, der Großstadt zu entkommen, und Ina hatte kein Interesse an Berlin. Es war ungewöhnlich warm, aber vom Wasser kam immer ein wenig kühle Luft. Gräpel selbst war ein beliebtes Ausflugsziel.

»Glaubt man gar nicht«, hatte er zu ihr gesagt. »Bei so einem kleinen Dorf.«

Sie standen an seinem Wagen, vor dem Haus, in dem ihre Wohnung lag.

»Du hättest mal letzte Woche hier sein sollen.«

»Wieso?«

»Na, wegen Vatertag. Alles brechend voll. Und alle besoffen.«

»Ist doch überall so.« Er schloss ihr auf und ging zur Fahrerseite. Ina öffnete ihm von innen die Tür. Er stieg ein und schnallte sich an. »Sie saufen, manchmal fährt einer gegen einen Baum, großes Entsetzen, und nächstes Jahr ist es genau dasselbe.«

Ina sah geradeaus durch die Frontscheibe.

Michael startete den Wagen. »Stimmt was nicht?«

»Am Abend ist tatsächlich einer gegen einen Baum gefahren«, sagte sie und starrte weiter geradeaus. »Wir hatten ihn auf Station. Querschnittsgelähmt vom Hals abwärts. Der Beifahrer war tot. Fahr zu.«

Er sagte nichts und lenkte den Wagen aus dem Ort. Sie

fuhren meistens ein Stück mit dem Auto, bis sie einen einsameren Flussabschnitt erreicht hatten. Zu Michaels Überraschung gab es selbst so weit im Binnenland das Auf und Ab von Ebbe und Flut. Oft lagen sie ganze Nachmittage im Gras, am Deich oder auf einer Wiese, und betrachteten das Wasser. Hin und wieder sahen sie irgendeinen Gegenstand mit der Flut flussaufwärts treiben, oft war es ein Fußball. Wenn es kurz vor Hochwasser war, kam der Ball dann eine Stunde später mit dem ablaufenden Wasser wieder zurück.

Manchmal, an ruhigen Tagen, gingen sie hinterher noch ins Gasthaus *Zum Osteblick*, schräg gegenüber von einem kleinen Fähranleger mitten in Gräpel gelegen, tranken Cola oder ein Alster.

»Was ist das eigentlich für eine merkwürdige Fähre?«, hatte er Ina gefragt, als sie einmal den Tag an einem Tisch draußen vor der Gaststätte ausklingen ließen. Das Fahrzeug war flach und erinnerte ihn eher an eine Landungsbrücke, wie sie die Pioniere beim Militär benutzen, als an ein Schiff.

»Das nennt man eine Prahmfähre. Der Fährmann zieht die Fähre an einem Seil oder einer Kette über den Fluss.«

»Aber nur noch für die Touristen, oder?«

»Nö, hier gibt's nicht so viele Brücken. Im Sommer kann jeder rüberfahren, der will.«

»Nach was für einem Fahrplan?«

»Einen Fahrplan gibt's nicht. Man klingelt einfach nach dem Fährmann, wenn man rüberwill.«

»Und im Winter?«

»Im Winter fährt sie nicht. Du bist doch in Hamburg aufgewachsen?«

»Ja, und?«

»Ich dachte immer, wer in Hamburg groß geworden ist, kennt sich mit Schiffen aus.«

»Nee. Hat mich nie interessiert. Ich wollte immer weg – in die Berge.«

»Hier gibt's doch keine Berge«, sagte sie verwundert.

»Wahrscheinlich gerade deswegen.«

»Ich mag keine Berge.«

»Musst du auch nicht.«

»Tu ich auch nicht.«

»Warum eigentlich nicht?«

Ina zögerte und sah auf den Fluss hinaus. »Als ich klein war, sind wir wandern gewesen. So richtig in den Bergen. Erst auf einem breiten Weg, dann auf einem schmalen Weg und dann auf einem Ziegenpfad. Der ging um eine Felsnase rum, und links war nichts, nur ein Fluss, aber erst zwanzig Meter weiter unten. Ich wollte da nicht lang, aber meine Eltern sind vorgegangen.«

»Ist doch gut.«

»Sie haben nicht gewartet. Irgendwann konnte ich sie nicht mehr sehen. Ich wusste auch nicht, wie ich den Weg zurückfinden sollte. Also musste ich um die Felsnase rum. Und dabei bin ich beinah runtergefallen.«

»Du bist nicht schwindelfrei.«

»Überhaupt nicht.«

»Wahrscheinlich würde ich an deiner Stelle auch keine Berge mögen.«

Sie sahen den Wolken zu, die am blauen Himmel träge vorbeizogen. Auf dem Fluss näherte sich das Geräusch eines Schiffsmotors.

»Komm!« Ina sprang auf. »Wir schauen uns das Schiff an.«

Während sie zum Fähranleger lief, sah sie sich lachend nach ihm um. Er schlenderte gemächlich hinterher.

Als er sie einholte, stand sie auf der flachen Rampe, die vom Ufer sanft zum Fluss hin abfiel, direkt an der Wasserkante. Michael schlang von hinten die Arme um sie. Gerade zog langsam das Boot vorbei. Es hatte einen langen, flachen Rumpf und sah aus wie ein kleines Transportboot. An Deck lag das Wrack eines VW Käfers, völlig zerbeult und ohne Scheiben. Kleine Wellen schwappten hoch.

Ina machte sich aus seinen Armen los und ging zum Ufer hoch. Das Schiff verschwand flussabwärts. Im Wasser dümpelte eine tote Bisamratte.

»Ina?« Er folgte ihr. »Alles in Ordnung?«

»Ich musste nur an den Unfall denken.« Sie fröstelte.

»Komm, wir gehen rein.«

»Lass uns lieber nach Hause.«

»Ist gut.«

Am Abend hatten sie Pizza mit Oliven und Sardellen in den Ofen geschoben und dazu eine Flasche Chianti aufgemacht. Danach saßen sie satt und zufrieden auf dem Sofa.

»So einen schönen Sommer hatte ich schon lang nicht mehr«, sagte Ina. Sie klang glücklich.

»Wie lang ist deine letzte Beziehung eigentlich her?« Michael fragte ohne besonderen Grund. Sie hatte bisher nie darüber gesprochen. Und er war auch nicht brennend an ihrem Liebesleben vor ihm interessiert gewesen.

»Ach, ich war eine ganze Zeitlang allein«, antwortete sie ausweichend und griff nach einer Fernsehzeitschrift.

»Willst du nicht darüber reden?«

»Ich frag dich ja auch nicht.« Sie sagte es in einem scherzhaften Ton, aber ihm war klar, dass sie keinen Wert darauf legte, das Thema zu vertiefen.

Michael begann, sanft ihren Hals zu streicheln. Sie entspannte sich ein wenig und blätterte unentschlossen in der Zeitschrift.

»Hm?«, murmelte er.

Sie schien in Gedanken weit weg zu sein. Plötzlich setzte sie sich auf. »Ich frage mich, wie der Fahrer damit fertig werden will.«

»Womit?« Michael war verwirrt. Dann ging ihm auf, dass sie den Fahrer des Unfallwagens meinte, von dem sie erzählt hatte.

»Dass er jemanden getötet hat.«

»Wieso? Hat er doch gar nicht.«

»Doch. Der Beifahrer ist tot.«

Michael sah sie überrascht an. »Der Fahrer ist doch gestraft genug. Was soll er machen? Sich umbringen?«

»Weiß nicht. Ich würd das vermutlich.«

»Wieso das denn?« Er war völlig verblüfft.

»Ich weiß nicht, wie man damit leben kann. Stell dir das mal vor: besoffen Auto fahren und jemand anders stirbt dabei.«

Michael brummte zustimmend und streichelte ihre Hand.

Aber er verstand sie nicht.

35.

Michael betrachtete seine hingekritzelte Notiz. Sie hatten nie viel über die Arbeit und die Vergangenheit gesprochen. Mit Siri war es damals ähnlich gewesen. Aber das erklärte nicht Anettes Verhalten.

Mal sehen, was der Vermieter sagen würde.

Michael verließ das Büro und nahm die Tram Richtung Prenzlberg. An seinem Ziel überquerte er die Schönhauser und kaufte in einem kleinen türkischen Lebensmittelladen einen Apfel, den er rasch im Gehen aß. Mit dem dritten Bissen legte er einen Teil des Gehäuses frei. Etwas fühlte sich zu weich an zwischen seinen Zähnen. Er spuckte aus und warf den Apfelrest unter einen Briefkasten in den Schnee.

Diesmal zogen keine Essensgerüche durch das Treppenhaus. Er sah auf die Uhr, es wäre dafür auch schon etwas spät gewesen. Hinter der Tür von Kulawy hörte er einen Staubsauger. Michael hielt den Klingelknopf gedrückt. Schließlich verstummte das Geräusch drinnen, und jemand polterte zur Tür.

»Was'n los?«

Michael sah sich einem etwa dreißigjährigen, schmächtigen Mann gegenüber.

»Hallo.«

Der Mann verschränkte die Arme vor der Brust und betrachtete ihn abfällig. »Was willst du?«

»Ich hab ein paar Fragen zu Ina. Kann ich vielleicht kurz reinkommen?«

»Die geht dich überhaupt nix an. Sieh zu, dass du wegkommst.«

Vielleicht war es der faule Apfel oder der drohende Flug in vierundzwanzig Stunden, vielleicht war es auch einfach die Art des Mannes oder die Tatsache, dass Michael nirgendwo weiterzukommen schien – er gab dem Typen einen kräftigen Stoß vor die Brust, betrat rasch die Wohnung und schloss die Tür hinter sich. »Halt die Schnauze und antworte gefälligst auf meine Fragen.«

Der Typ sah ihn verunsichert an, offenbar im Zweifel, was er von dem Eindringling halten sollte und wie er ihn am besten loswerden könnte.

»Das ist Hausfriedensbruch.«

Die unsichere Stimme verriet Michael, dass er gewonnen hatte. Seine Wut verebbte. Nur musste er die Rolle jetzt durchziehen. »Niemand hat hier was von Frieden gesagt. Also?«

»Keine Ahnung, wo sie ist. Sie hat ein paar Sachen dagelassen. Eigentlich wollte sie gestern wieder wegfahren.«

»Woher kennt ihr euch?«, herrschte Michael ihn an.

»Ich kenn sie gar nicht. Sie kennt die Freundin von 'ner Schwester von 'nem Kumpel.«

»Wie heißt die Schwester?«

»Kerstin oder Kirsten. Weiß ich nicht genau. Mein Kumpel hat sie mir zur Untermiete vermittelt. Hannes Eickhoff.«

»Und wie heißt diese Freundin?«

Als nicht sofort eine Antwort kam, ballte Michael die Hände langsam und gut sichtbar zu Fäusten.

»Birgit Winter!«

Den Namen hatte er noch nie gehört. »Das ist eine Freundin von Ina?«

»Sag ich doch.«

»Werd bloß nicht frech!« Michael trat einen Schritt auf ihn zu. »Wer ist Selbmann?«

Der Typ sah Michael verwirrt an. »Na, der gegenüber.« Er gewann einen Teil seiner Selbstsicherheit zurück. »Wer bist du überhaupt? 'n Bulle? Kann ich mal deine Marke sehen?«

»Ina ist tot.« Michael sagte es leise.

Der Typ schien in sich zusammenzufallen. »Das kann doch nicht sein.«

»Ist aber so«, erwiderte Michael kühl.

In diesem Moment hörte er, wie ein Schlüssel im Schloss gedreht wurde. Die Tür ging auf. Der Nachbar von gegenüber stand im Hausflur. Mit dem linken Arm hielt er einen Stapel kleiner Schachteln vor die Brust gedrückt.

»Holla, was ist denn hier los?«

»Nichts«, sagte Michael und sah ihn mit verkniffenem Gesicht an. »Du heißt Selbmann, oder?«

»Ja«, antwortete er verblüfft. »Und?«

»Die Frau, die hier gewohnt hat – sie hat dich einmal angerufen.«

»Ja klar. Ich hatte den Wohnungsschlüssel.« Sein Blick wanderte zwischen Kulawy und Michael hin und her. »Sag mal, was macht der eigentlich hier?«

Es hatte keinen Sinn nachzuhaken. Viel länger würde er nicht mehr bluffen können. Nicht jetzt, wo sie zu zweit waren. Michael drängte sich an Selbmann vorbei. Dabei stieß er ihn mit dem Ellenbogen an; die Schachteln fielen zu Boden. Auf ihnen war groß der Name irgendeines Medikaments gedruckt.

»Pass doch auf.«

»Pass selber auf«, antwortete Michael und trat eine der Schachteln beiseite. Sie flog weit durch den Flur. Er ging die Treppe hinab und verließ ohne Eile das Haus. Seltsam, dass der Kerl ausgerechnet jetzt aufgetaucht war. Und wieso hatte er überhaupt einen Schlüssel? Davon hatte er bei ihrem ersten Zusammentreffen nichts gesagt. Andererseits: Er selber würde auch nicht jedem erzählen, zu welchen Wohnungen er einen Schlüssel besaß. Trotzdem blieb das Gefühl, dass der Nachbar irgendetwas verheimlichte.

An der nächsten Straßenkreuzung drehte Michael sich um. Niemand war ihm gefolgt. Glück gehabt. Das hätte auch anders ausgehen können. Manchmal zahlte es sich aus, nicht zu lange nachzudenken. Er fragte sich, was Selbmann in der Wohnung gewollt hatte. Eigentlich war es recht merkwürdig, mit einem Arm voll Medikamenten in die Nachbarwohnung zu spazieren.

Vielleicht stimmte das mit dem Schlüssel ja gar nicht. Aber was hatte Ina dann mit ihm zu tun gehabt?

Er ging ruhig weiter. Selbmann und Kulawy. Inas Vermieter und Inas Nachbar. Er würde da noch ein bisschen mehr in Erfahrung bringen. Er wusste auch schon, wie sich das am einfachsten machen ließ.

Und noch etwas hatte der Besuch gebracht.

Birgit Winter.

Lieber aufschreiben, bevor er den Namen vergaß. Michael zog einen Kuli hervor und kramte in seinen Taschen nach Papier. Er fand nur ein zusammengefaltetes Blatt. Ach ja – der Ausdruck mit den Telefonnummern. Er schrieb *Birgit Winter* auf den Zettel und ging langsam weiter. Suchte in seiner Erinnerung.

Ohne Erfolg.

Er war sich sicher, dass Ina diesen Namen nie erwähnt hatte.

36.

Aus seinem Büro holte Michael ein paar Geräte, bevor er sich wieder auf den Weg zur Brücke machte. So viel war er schon lange nicht mehr gelaufen. Blöd nur, dass Selbmann und Kulawy ihn kannten, das machte es schwerer, das Haus unbemerkt zu beobachten. Andererseits würde das Tageslicht bald verschwinden.

Er musterte das Gestrüpp am Rand der Schwedter Straße. Nicht ausreichend – man würde ihn dort sehen können. Schließlich entschied er sich für das Zelt über der Baugrube. Hier war er vor neugierigen Blicken geschützt. Vorsichtig ließ er sich hinab in die Grube. Perfekt.

Er legte ein Fernglas bereit und packte sein Richtmikrofon aus. Es nahm die Schallwellen von Fensterscheiben auf. In seiner Anfangszeit war er der Meinung gewesen, so ein Gerät könnte nützlich sein – bisher hatte er es allerdings noch nie gebraucht. Jetzt würde sich die Anschaffung endlich lohnen, dachte er, während er sich die Kopfhörer aufsetzte.

Schritte. Und Musik.

Seine gute Laune verflog. Die Kälte begann, in seine Schuhe zu kriechen. Und die Musik konnte er nicht ausstehen.

Die Geräusche änderten sich nicht. Irgendetwas raschelte in der Grube. In der Nähe wurde eine Autotür zugeschlagen. Ob Ratten eigentlich Winterschlaf hielten? Er wagte nicht, sich zu bewegen, aus Angst, jemanden auf sich aufmerksam zu machen.

Irgendwann hörten die Schritte auf. Die Musik blieb.

Sonst geschah nichts. Kein Telefon klingelte, auch kein Handy. Niemand verließ das Haus. Nicht mal ein Auto fuhr vorbei.

Zum ersten Mal seit Beginn seiner Überwachung zog er in Erwägung, dass es vielleicht ein Fehlschlag werden könnte.

Die Kälte war mittlerweile durch seine Kleidung bis auf die Haut gekrochen. Um sich abzulenken, dachte er an Birgit Winter.

Der Typ hatte nicht gewirkt, als ob er lügen würde. Er schien eher gehofft zu haben, Michael loszuwerden, indem er seine Fragen beantwortete.

Gut, Ina hatte die Wohnung über Freunde von Freunden gefunden. So etwas war normal. Aber warum zum Teufel hatte sie dann Anette nichts davon gesagt? Warum hatte Ina sie nie erwähnt?

Er konnte sich keinen Reim darauf machen.

Plötzlich hörte er Schritte. Und ein merkwürdiges Tappen. Nicht im Kopfhörer. Auf dem Gehweg. Sie kamen näher. Und da war noch etwas anderes: ein Schnaufen. Eigentlich mehr ein Hecheln.

»Putzi!« Die strenge Stimme einer alten Dame.

Verdammt. Ein Hund. Jetzt konnte er ihn an der Zeltbahn schnüffeln hören. Der Hund kläffte kurz und trocken.

»Putzi? Was hast du denn?« Die Stimme war mit einem Mal weniger besorgt, eher neugierig. Schritte waren jetzt nicht mehr zu hören. Langsam schob sich die Spitze eines Krückstocks zwischen die Zeltbahnen.

Michael tat das Einzige, was ihm auf die Schnelle einfiel: Er miaute.

Der Krückstock verschwand. Putzi bellte.

»Pfui! Kommst du da weg? Lass die Katze in Ruhe!«

Putzi jaulte. Offenbar hatte sein Frauchen an der Leine gezogen. Das Tappen des Stocks entfernte sich. Putzi hechelte.

Glück gehabt.

Er hätte nur ungerne erklärt, was er mit einem Richtmikrofon in einer Baugrube tat.

Im Kopfhörer war weiterhin nur Musik zu hören. Furchtbar. Obwohl es noch nicht ganz dunkel war, flammten die ersten Straßenlaternen auf. Er sah auf die Uhr. Bald würde er seinen Posten verlassen müssen. Es war einfach zu kalt.

Die Musik brach ab. Gott sei Dank. Schritte, dann ging eine Wohnungstür. Er hörte nichts mehr. Vorsichtig zog er die Zeltbahn ein wenig zur Seite und lugte nach draußen.

Die Haustür öffnete sich. Kulawy und Selbmann verließen das Haus. Sie blieben auf der Straße stehen und sahen sich um. Unwillkürlich zog Michael den Kopf ein.

Dann hörte er ihre Schritte, direkt an seinem Versteck vorbei.

»... einen guten Preis machen.«

»Wir brauchen unbedingt Nachschub ...«

Er packte hastig seine Ausrüstung zusammen und wollte sich gerade aus der Grube stemmen, um ihnen zu folgen, da klingelte sein Handy. Er hockte sich so tief wie möglich in die Grube, während er seine Jacke aufriss. Verdammt, wo war es denn? Das Klingeln kam aus einer der Innentaschen.

»Ja?«, fragte er gepresst.

»Wenn du nicht sofort aufhörst zu ermitteln, kriegst du eine Klage, die sich gewaschen hat.«

Inas Vater. Er klang wieder vollkommen gesund.

»Ich tue nichts Ungesetzliches.« Michael ärgerte sich, dass er sich verteidigte.

Inas Vater sprach weiter, als hätte er ihn nicht gehört. »Wegen Vorspiegelung falscher Tatsachen zum Beispiel.«

»Also, wovon reden Sie eigentlich?« Er hatte keine Lust, sich Vorwürfe machen zu lassen.

»Tu nicht so, Bursche! Ermittlungen im Auftrag der Eltern, ja?«

Verdammt. Wie hatte er das herausgefunden?

»Jetzt fällt dir nichts mehr ein, was?« Die triumphierende Wut war durch das Handy zu spüren, als stünde der Mann nur ein paar Meter entfernt. »Dr. Feindt hat mich informiert. Er würde deinen Anruf jederzeit bezeugen. Also, Junge: Finger weg, oder es setzt was.«

Was hatte Inas Mutter gesagt? Ihr Mann war ins Krankenhaus gekommen – daher also. Verdammte Scheiße.

»Wer ist Birgit Winter?« Michael stellte die Frage nur, um ihn zum Abschluss zu verwirren.

»Wenn du's nicht weißt, geht es dich auch nichts an.«

Bevor er reagieren konnte, hatte Inas Vater aufgelegt.

Nachdenklich steckte Michael das Handy wieder ein. Mit einem Blick zwischen den Zeltplanen hindurch vergewisserte er sich, dass oben die Luft rein war, dann verließ er die Grube. So schnell es ging, lief er die Schwedter Straße entlang. Bewegen. Aufwärmen. Michael durchquerte den Mauerpark. Heiße Dusche. Tee. Inas Vater hatte im denkbar ungünstigsten Moment angerufen. Zusätzlichen Ärger konnte er nun wirklich nicht gebrauchen. Was war das für eine merkwürdige Antwort gewesen? Er hatte reagiert, als sei ihm der Name vertraut.

Am liebsten hätte er Inas Mutter gefragt, ob sie Birgit Winter kannte. Aber dann liefe er Gefahr, Inas Vater ans Telefon zu kriegen.

Zu Hause duschte er eine Viertelstunde lang so heiß, wie er es gerade noch ertragen konnte. Danach zog er zwei Paar

Wollsocken und zwei Pullover übereinander. Im hintersten Winkel des kleinen Küchenschranks fand er eine fast leere Packung Pfefferminztee. Das Haltbarkeitsdatum war längst abgelaufen. Er warf die restlichen Beutel in eine Kanne und goss mit heißem Wasser auf.

Als ihm wieder einigermaßen warm war, stieg er auf einen Stuhl und holte einen angestaubten Kofferrucksack vom Zwischenboden über der Tür. Aus seinem Kleiderschrank warf er wahllos ein paar Sachen hinein. Wäsche. Ein Handtuch. Er steckte ein Paar Schuhe in eine Plastiktüte und legte sie zwischen die Socken und einen dünnen Pulli. Falls Anke fragen würde, hatte er zumindest schon gepackt. Die Zahnbürste brauchte er noch.

Sein Magen knurrte, aber er war zu unruhig, um sich etwas zu kochen.

Bald war es Zeit für sein Treffen.

Er fuhr mit der U-Bahn zum Alexanderplatz und bestellte sich in einer asiatischen Imbissstube eine Nudelpfanne. Kunden kamen und gingen. Er aß schnell und tief über den Teller gebeugt. Der Dampf aus der kleinen Küche verbreitete einen fettigen, exotischen Geruch.

Oben auf dem Bahnsteig zog ein kalter Wind unter der Kuppel des Bahnhofs hindurch. Er nieste. Hoffentlich hatte er sich keine Erkältung geholt.

Eine S-Bahn Richtung Spandau fuhr ein. Michael suchte sich einen freien Platz am Fenster und starrte nach draußen. Er zwang sich zur Ruhe. Hackescher Markt, Friedrichstraße. Vom Regierungsviertel leuchteten die Lichter herüber. Hauptbahnhof – Lehrter Bahnhof, eine Baustelle unter gläsernem Gewölbe. Es würde dauern, bis man sich von dem alten Namen verabschiedet hatte. Bellevue. Westberlin war zu einer Art großem Vorort des Hauptstadtzentrums geworden. Der Preis für die neue Bedeutung.

Tiergarten. Er stieg aus, auch hier: kalter Wind auf dem offenen Bahnsteig. Er ging die Treppe hinab zum Ausgang. Die breite Straße durch den Tiergarten war hell erleuchtet, links und rechts davon Dunkelheit. Das Licht im Westen war anders – heller zwar, aber auch kälter. Der Umriss eines riesigen Betonrohbaus zeichnete sich gegen den Nachthimmel ab. Leere Autos am Straßenrand geparkt, wem die wohl gehörten? In der Ferne, Richtung Bahnhof Zoo, die Mädchen in engen Skianzügen unter den Laternen am Straßenrand.

Michael lief die Straße des 17. Juni entlang bis zur Siegessäule am Großen Stern. Hier trafen sich mehrere Straßen in einem Kreisverkehr. An einer Ecke stand ein kleines Gebäude, tagsüber offenbar ein Café; jetzt waren alle Fenster dunkel und die Möbel davor zusammengestellt. Michael ging einmal ganz um den Platz herum. Jenseits der Straßenlaternen war der Tiergarten vollkommen dunkel. Um diese Zeit war niemand mehr unterwegs; nur ab und zu fuhr ein Auto über den Kreisverkehr. Er fand keine Stelle, die sich besonders als Treffpunkt angeboten hätte. Nach einigem Zögern stellte er sich in der Nähe des Cafés in den Schatten der Bäume. Unter dem Schnee war der Boden stellenweise glatt. Er atmete tief und kontrollierte seinen Puls.

Alles normal.

Die Zeit wurde lang. Michael begann, im Schatten der Bäume auf und ab zu hüpfen, während er die Straße im Blick behielt.

Er sah auf seine Armbanduhr. Fast elf. Plötzlich sah er eine Gestalt auf dem Bürgersteig, sie kam vom S-Bahnhof her. Warum hatte er sie nicht eher bemerkt? Hatte sie den größten Teil der Strecke zwischen den Bäumen zurückgelegt?

Ihm wurde unwohl.

Er trat weiter in den Schatten zurück. Im Schein der Laternen sah er einen jungen Mann, der sich suchend umschaute. Michael wartete ab. Der Mann blieb unter einer Laterne am Café stehen und sah auf die Uhr. Ein junges Gesicht, glattrasiert. Dann fing er an, auf und ab zu gehen.

»Hey!«, rief Michael halblaut.

Der andere drehte sich zu ihm um.

»Suchst du Ina?«

Der Mann trat ein paar Schritte auf ihn zu. Michael rührte sich nicht.

»Was ist mit ihr?« Er blieb auf Armeslänge vor Michael stehen.

»Sie hatte einen Unfall. Konnte nicht mehr anrufen.«

Der andere zögerte. »Ist es schlimm?«

»Weiß nicht. Sie wurde angefahren. Jetzt ist sie im Krankenhaus. Sie hat mich gebeten, dir Bescheid zu sagen.«

Der Mann blieb auf Distanz. »Dann müsst ihr euch ja sehr gut kennen.«

»Ja.«

»Ich dachte immer, sie erzählt niemandem von unseren Treffen.«

»Viel hat sie auch nicht gesagt.«

Der andere sah über die Schulter zurück. Sie waren außerhalb des Straßenlichts. »Eigentlich war sie in Berlin doch allein, oder?«, sagte er unsicher.

»Sie ist die Schwester von 'nem Freund. Ich hab gerade in der Stadt zu tun. Und mitgekriegt, dass sie auch hier ist.«

»Ah. Dann war sie deshalb die letzten Tage abgetaucht?«

»Ja.«

»Und ich dachte schon, sie ist sauer.«

»Glaub ich nicht.« Michael hoffte, der andere würde nicht merken, dass er keine Ahnung hatte, wovon sie gerade redeten.

»Ich weiß echt nicht, was sie nachts im Krankenhaus wollte. Und dann noch alleine.« Der Typ schien unsicher, ob er bleiben oder gehen sollte. »Wo liegt sie eigentlich? In welchem Krankenhaus, meine ich?«

»Charité.«

»Dann werd ich nachher mal nach ihr sehen.«

Um diese Zeit? Michael erwiderte nichts. Er dachte rasch nach. Wahrscheinlich arbeitete der Typ im Krankenhaus. Ein Pfleger vielleicht. Es klang so, als ob Ina versucht hatte, ihn als Eintrittskarte zu benutzen.

»Wie seid ihr überhaupt befreundet?«, unterbrach der andere Michaels Gedankengang.

Ihm entging nicht der misstrauische Tonfall.

»Bist du eifersüchtig?« Er bemühte sich um einen freundlichen Ton. Es war ein Versuch, aufs Geratewohl.

»Und du?«

Michael grinste demonstrativ. »Nö, wieso?«

Der Typ entspannte sich sichtlich.

Dann hatte Ina mit ihm eine Affäre angefangen. Das war interessant. Aber warum – hatte sie sich trösten wollen? Oder einen bestimmten Zweck verfolgt?

»Wir hatten mal was miteinander«, versuchte er das Thema weiterzuverfolgen. »Ist schon länger her.«

»Sie ist echt gut«, sagte der Typ.

»Ja?«, sagte Michael gleichgültig.

Der Typ schien überrascht. »Mann, bei der bleiben doch keine Wünsche offen! Wenn du weißt, was ich meine.«

»Da hat sie sich verändert.« Michael hatte auf einmal Schwierigkeiten, den lässigen Tonfall beizubehalten.

»Zum Guten, würde ich sagen.« Der Typ grinste und berührte mit der Zungenspitze seine Lippe.

Michael wusste später selbst nicht, was seine heftige Reaktion ausgelöst hatte. Vielleicht weil der Typ Ina einfach nur als Spielzeug zu sehen schien, oder es war die Anspannung. Er trat mit einem raschen Schritt neben ihn und rammte ihm die Faust in den Magen. Bevor er mit dem Ellenbogen nachsetzen konnte, war der andere würgend zur Seite getaumelt.

Vom Kreisverkehr her kam ein Radfahrer. Obwohl sie zwischen den Bäumen standen, wich er auf die Straße aus und beschleunigte.

Michael setzte nach. Sein Gegner richtete sich auf und schlug fahrig nach ihm. Plötzlich spürte Michael einen scharfen Schmerz in der Hand. Dann sah er das Skalpell. Sofort trat er einen Schritt zurück. Sein Schuh fand keinen Halt und rutschte auf einer gefrorenen Pfütze aus.

In Gedanken sah Michael wieder das Ufer des Wannsees. Der andere über ihm. Michael hielt ein Messer, aber der andere verdrehte seine Hand und presste sie langsam nach unten.

Michael schlug hart in den Schnee.

Dann das letzte verzweifelte Aufbäumen. Der Stoß gegen die Brust des anderen. Mit der Hand, die immer noch das Messer hielt.

Die Augen des Toten. Und dann die Albträume.

Ein Fußtritt traf ihn in die Rippen. Michael rollte sich zur Seite und versuchte, Gesicht und Oberkörper mit den Armen zu schützen. Zwei weitere Tritte trafen seine Rippen. Er versuchte zurückzurobben, sich keuchend aufzurichten. Ein Bein schnellte vor, der Schuh traf ihn diesmal an der Stirn.

Michael sackte rücklings in den Schnee und rührte sich nicht.

Er hörte das Knirschen von Schnee, als der andere sich rasch entfernte.

Ihm wurde kalt.

37·

Michael stützte sich auf Händen und Knien ab. Der Schnee vor ihm schien sich dunkel zu färben. Er konnte nicht richtig sehen, etwas lief in seine Augen. Mit einer Handvoll Schnee wischte er sich durchs Gesicht. Seine Finger berührten etwas im Schnee: seine Brieftasche, ihr Inhalt verstreut. Sie musste ihm aus der Jacke gefallen sein. Fahrig sammelte er Bankkarte, Ausweis und Zettel ein. Dann rappelte er sich auf und hinkte zur Straße. In seiner Hand klaffte ein langer Schnitt. Seine Stirn pochte.

Benommen wankte er zurück zum S-Bahnhof. Während er auf die nächste Bahn Richtung Osten wartete, tastete er mit dem Handrücken nach seiner Stirn. Die Wunde schien nicht groß, aber seine Hand war voller Blut. Der Zug fuhr ein. Er suchte sich einen möglichst leeren Waggon. Zwei Fahrgäste rümpften die Nase, sagten aber nichts. Das war entschieden ein Vorteil an Berlin: Selbst wenn man im Schlafanzug in der S-Bahn säße, würde niemand etwas sagen. Nicht wie in Hamburg: Da machte man bestimmte Dinge einfach nicht. Er ließ sich auf einen freien Sitz fallen. Die Kehrseite war, dass man in Berlin manchmal nur schwer Hilfe bekam.

Am Bahnhof Friedrichstraße stieg er aus. Er ging über die Fußgängerbrücke ans andere Ufer und weiter die Luisenstraße entlang. Zum Glück konnte er normal laufen. Immer noch spürte er bei jedem Atemzug seine Rippen, aber sie schmerzten schon etwas weniger.

In der Notaufnahme der Charité warf der Arzt einen routinierten Blick auf seine Wunde und bat ihn, einen Moment Platz zu nehmen. Als Michael seine Chipkarte hervorfingerte, bemerkte er, dass sein Monatsticket fehlte. Wahrscheinlich war die Fahrkarte bei der Prügelei verlorengegangen. Auf der Trägerkarte stand seine Adresse; ob jemand sie finden und ihm zurückschicken würde? Vage erinnerte er sich, dass der Briefkasten kaputt war. Der Postbote würde den Brief wohl trotzdem einwerfen. Oder bei einer anderen Firma abgeben. Jedenfalls hatte er Glück gehabt, dass er in keine Kontrolle geraten war.

Aus dem Behandlungszimmer kamen hektische Stimmen. Eine Schwester brachte ihm etwas, um sich das Blut abzuwischen.

Jetzt, wo die Verantwortung für ihn beim Krankenhauspersonal lag, fing Michael plötzlich an zu zittern. Die ganze Aktion hätte noch wesentlich übler ausgehen können. Er hatte es vollkommen falsch angefangen.

Fast wäre wieder jemand gestorben. Michael fragte sich, was schlimmer gewesen wäre: Wenn es ihn getroffen hätte? Oder wenn der andere beim Kampf in sein eigenes Messer gefallen wäre?

Und diesmal wäre es nicht einmal Notwehr gewesen. Er hatte die Situation selbst geschaffen.

Er versuchte, sich zu beruhigen.

Ändern konnte er jetzt nichts mehr.

Nur dafür sorgen, dass sich so eine Situation nicht noch einmal ergab.

Auch wenn das bedeutete, den Beruf aufzugeben. Oder nur noch in Drogeriemärkten die Angestellten zu überwachen.

Er musste eingeschlafen sein. Jedenfalls wurde er davon wach, dass ihn jemand sanft, aber nachdrücklich an der Schulter rüttelte.

»Sie sind dran.«

Der junge Arzt untersuchte Michaels Stirn und den Schnitt in seiner Hand, dann horchte er ihn mit einem Stethoskop ab und betastete rasch seine Rippen. »Scheinbar nichts gebrochen. Wir werden Sie aber trotzdem zum Röntgen schicken. Wie ist das denn passiert?«

»Ich hab einfach Pech gehabt.«

Der Arzt nickte und stellte keine weiteren Fragen. Er arbeitete schnell und routiniert. Michael las das Namensschild. Rottmeier. Kannte er ihn nicht irgendwoher? Er versuchte nachzudenken, während der Arzt ihm einen viereckigen weißen Verband auf die Stirn klebte. Dann erinnerte er sich an den Anruf. Dr. Rottmeier hatte ihm damals, als Michaels Onkel im Krankenhaus gewesen war, mitgeteilt, dass sein Onkel ihn sprechen wollte. Michael hatte einfach aufgelegt. Hoffentlich erinnerte Rottmeier sich nicht mehr daran.

Der Arzt betrachtete nachdenklich die Wunde in Michaels Hand. »Das muss genäht werden.«

Er gab ihm eine Spritze. Michael sah nicht hin, während der Schnitt genäht wurde. Als er fertig war, trug Michael einen leichten Verband um seine Hand.

»Schwester Vera bringt Sie zum Röntgen.«

Eine hochgewachsene Frau mit schönen Augen kam herein und warf einen belustigten Blick auf ihn. »Na, wer hat Sie denn durch den Wolf gedreht?« Michael versuchte ein schiefes Lächeln. Gehorsam trabte er hinter ihr her. Es ging schnell. Kurz darauf saß er wieder Dr. Rottmeier gegenüber.

»So, Herr Dallinger. Das war's. Nichts gebrochen. Die

Fleischwunden werden sich zuerst vielleicht etwas unangenehm anfühlen. Ich gebe Ihnen noch Schmerztabletten mit. Für alle Fälle. Vermeiden Sie ein paar Tage lang übermäßige Anstrengung. Möglichst wenig Treppen steigen und keine schweren Sachen tragen. In Ordnung?«

»Wird schon.«

Dr. Rottmeier lachte. »Aber sicher. Und je mehr Sie sich daran halten, desto schneller geht es.«

Michael stand auf. »Sagen Sie – ob ich hier wohl irgendwo noch einen Kaffee kriegen kann?«

»Um diese Zeit?« Dr. Rottmeier schien milde erstaunt.

»Ich kann jetzt sowieso noch nicht schlafen.«

»Verstehe. Im Eingangsbereich finden Sie einen Automaten. Sie können hier durchgehen.« Er zeigte auf eine Milchglastür. »Geradeaus, am Ende des Ganges rechts. Dann folgen Sie immer der Beschilderung.«

»Danke.«

Michael schlurfte den Gang entlang und folgte den Schildern. Der Geruch nach Krankenhaus war bedrückend. Neonlichter tauchten die Flure in ein erbarmungsloses Licht. In einiger Entfernung blinkte die Anzeige eines Fahrstuhls. Davor wartete eine einsame Gestalt in einem weißen Kittel. Sonja? Die Fahrstuhltür glitt auf. Die Gestalt betrat den Fahrstuhl. Michael setzte an, ihr hinterherzulaufen, aber ein Stich in den Rippen ließ ihn zusammenzucken. Als er dort anlangte, war die Tür der Kabine längst geschlossen.

Er ging weiter, bis er den Kaffeeautomaten fand; nach kurzem Überlegen entschied er sich für einen Espresso. Er schmeckte erstaunlich gut. Kein Vergleich mit dem Zeug, das er in seinem Büro bekam. Wenn die Kiste denn funktionierte.

Mit dem Plastikbecher in der Hand starrte er durch die Doppelglastür hinaus in die Winternacht.

Weshalb hatte Ina sich über den Pfleger Zutritt zum Krankenhaus verschaffen wollen? Um an Medikamente heranzukommen? War sie deshalb von der Brücke gesprungen? Weil sie keine tödliche Medizin bekommen hatte?

Ein leichter Schneefall hatte eingesetzt. Eigentlich war das alles jetzt nicht mehr wichtig. Sein Entschluss stand fest.

Für ihn war der Fall zu Ende.

Die Wunde in seiner Hand puckerte unter dem Verband. Er nahm eine Tablette und spülte sie mit dem letzten Schluck Kaffee runter.

Dann warf er den leeren Plastikbecher in einen Mülleimer und ging hinaus in den Schnee.

Trotzdem, dachte er, während das Schmerzmittel zu wirken begann. Es hätte ihn interessiert.

Samstag, 31. Januar

38.

Am nächsten Morgen klingelte das Telefon zeitgleich mit dem Wecker. Michael blieb im Halbschlaf liegen. Als der Anrufbeantworter ansprang, legte der Anrufer auf. Gleich darauf klingelte es wieder.

Allmählich erinnerte er sich an den vorigen Abend. Als er nach Hause gekommen war, hatte er zuerst den Weckdienst angerufen, weil er auf keinen Fall verschlafen wollte. Dann hatte er den Wecker an seinem Handy gestellt. Deswegen dieser Radau.

Er schaltete das Handy aus und griff zum Telefon. »Ist in Ordnung, ich bin wach. Danke.«

Gut, dass er schon gepackt hatte. Wenn doch noch etwas fehlte, ließ es sich vor Ort nachkaufen. Er setzte Kaffee auf, um die Schwere, die die Tabletten in seinem Kopf hinterlassen hatten, zu vertreiben. Seine Armbanduhr war stehengeblieben. Nach der Uhr am Handy hatte er noch anderthalb Stunden, bis er zum Flughafen musste. Der Kaffee lief durch. Er tippte rasch eine SMS, bevor er sich die Hose anzog.

bin wach, bis gleich, freue mich! michael

Das Telefon klingelte wieder. Unterdrückte Rufnummer. Er zögerte, nahm ab. Anette.

»Ach … ja …« Dann erinnerte er sich an ihre Zusage, ihn noch einmal anzurufen.

»Passt es nicht?«

»Ich wollte gerade los.«

»Okay, ich mach's kurz.« Sie holte tief Luft. »Ina hat einmal versucht, sich umzubringen.«

Gestern wäre das eine spektakuläre Neuigkeit gewesen. Jetzt interessierte es ihn kaum noch.

»Erzähl«, sagte er trotzdem.

»Das war, bevor sie dich kennen gelernt hat.«

»Warum? Was war los?«

»Sie hatte einen Unfall. Ihr damaliger Freund ist schwer verletzt ins Krankenhaus gekommen.«

»Was für ein Unfall?«

»Mit dem Auto. Sie saß am Steuer. Zwei Tage später hat sie Tabletten geschluckt.«

Inas Mutter hatte ihn angelogen. Oder, wahrscheinlicher, sich selbst angelogen. Aber im Grunde war das nicht mehr wichtig.

»Sie hat sich die Schuld an dem Unfall gegeben. Und ihr Freund –«

»War das echt? Oder ein Hilferuf?«, unterbrach er sie.

»Wie meinst du das?« Anette klang verwirrt.

»Wer hat sie gefunden? Und wo?«

»Wir waren verabredet. Aber mir ist an dem Tag was dazwischengekommen. Ich hab bei ihr angerufen, um zu fragen, ob wir uns schon früher treffen können. Ihre Mutter ist in ihr Zimmer gegangen. Da lag sie dann.«

Während die Mutter im Haus war. Vielleicht war es ein Spiel mit dem Zufall gewesen: Leben oder Sterben. Eine Art russisches Roulette.

»Ich verstehe.« Ina hatte in Berlin also nur einen weiteren Selbstmordversuch unternommen.

Diesmal erfolgreich.

Er sah auf die Uhr. Allmählich musste er los. Das Flugticket lag noch in seinem Büro.

Und die offenen Fragen?

Inas Reise nach Berlin zum Beispiel. Vielleicht hatte sie es ja wirklich noch einmal mit ihm probieren wollen …

Der Eindringling in der Wohnung? Jemand hatte einen Zweitschlüssel und wollte allein in der Wohnung sein.

Die Treffen mit dem Pfleger? Sie hatte Trost gesucht.

Dass sie Zutritt zum Krankenhaus wollte? Um an ein tödliches Medikament zu kommen.

Die Anrufe bei ihm? Sie hatte sich verabschieden wollen.

Der Sprung von der Brücke? Sie hatte ihre Angst mit einem Beruhigungsmittel überwunden.

Eigentlich war alles ganz einfach.

Er hatte sich geirrt.

Es gab keinen Mörder. Michael hatte sich nicht eingestehen wollen, dass er mit der Trennung vielleicht zu ihrem Tod beigetragen hatte. Die Mordtheorie hatte er nur aus Angst vor diesem Gedanken entwickelt. Die anderen hatten Recht … Anke … die Polizistin … Er war nicht für Inas Leben verantwortlich.

»Hallo? Michael? Bist du noch dran?«, fragte Anette unruhig.

»Ja. Ja. Danke, dass du angerufen hast.«

Sie zögerte, fast so, als wollte sie noch etwas sagen, wüsste aber nicht, wie. »Ja … also …«

»Tschüss dann.« Es war ihm egal. Er legte auf.

Am Flughafen könnte er noch einen Kaffee trinken. Anke gut gelaunt empfangen. Und Ina endgültig hinter sich lassen.

Er befühlte seine Stirn. Keine Schmerzen. Auch das Puckern in seiner Hand war nicht wiedergekommen.

Den Rucksack über der Schulter, machte er sich auf den Weg. Er fühlte sich nicht mehr müde. Lag es daran, dass er endlich einmal durchgeschlafen hatte? Vielleicht sollte er es öfter mit Tabletten probieren.

An der Haltestelle musste er nicht lange auf eine Tram warten. Als er kurz darauf am Plastiklöwen in der Chausseestraße vorbeiging, war er gut in der Zeit. Die tote Taube war fort.

Vielleicht hatte die Müllabfuhr sie geholt.

Im Treppenhaus roch es nach Zigarettenrauch. Gegenüber von den Briefkästen stand ein Wagen mit Putzzeug. Die Stufen glänzten feucht. Er entschied sich für den Fahrstuhl. Eigentlich müsste ich jetzt steckenbleiben, dachte er. So was passiert immer, wenn man es gar nicht gebrauchen kann.

Aber der Fahrstuhl brachte ihn auch diesmal anstandslos nach oben.

Er spürte, dass irgendetwas nicht stimmte, noch bevor er genau wusste, was es war. Dann sah er es.

Im Lack seiner Tür war ein langer Kratzer, direkt neben dem Schloss. Als ob ein Werkzeug abgerutscht war. Auch am Schließzylinder waren mehrere deutliche Kratzer.

Er drückte die Klinke runter.

Die Tür war nicht abgeschlossen.

Michael stellte seinen Rucksack im Flur hinter der Tür ab und ging in sein Büro.

Alles lag durcheinander.

Die Aktenordner waren aus den Regalen gerissen. Der ganze Boden war von Papier bedeckt, der Schrank war aufgebrochen. Sein Fotoapparat, die Spezialobjektive und seine kleine Videokamera lagen zwischen den Papieren. Auch sein Schreibtisch war durchwühlt, die Schubladen herausgerissen.

Ausgerechnet jetzt. Er ließ sich unsicher vor dem Schreibtisch auf dem Boden nieder und wühlte zaghaft in dem Chaos. Was hatten die Einbrecher mitgenommen?

Auf den ersten Blick schien nichts zu fehlen. Viel hatte er sowieso nicht im Büro, was sich zu stehlen lohnte. Ob seine Unterlagen noch vollständig waren, konnte er natürlich nicht sagen. Aber welcher Dieb hätte daran schon Interesse?

Er wühlte weiter zwischen den Papieren. Schließlich hatte er das Flugticket gefunden.

Im selben Moment fiel ihm seine Monatskarte ein. Auf der Pappkarte, auf der die Monatsmarken aufgeklebt werden mussten, stand seine Büroadresse. Hatte der Typ von gestern Abend sie im Schnee gefunden? War der Einbruch ein Racheakt?

Er betrachtete das Chaos noch einmal mit anderen Augen.

Kein Stuhl war umgeworfen, die Kaffeemaschine an ihrem Platz. Überhaupt war unter seinen Papieren die Unordnung bei weitem am größten.

Hatte der Einbrecher etwas gesucht?

Die Zeit wurde knapp. Trotzdem sammelte er rasch die Sachen aus seinen Schubladen zusammen. Stifte, Tesafilm, Gummibänder, Batterien. Ein Memorystick, zwei feine Haarpinsel, eine Pinzette, Latexhandschuhe, kleine Plastikbeutel.

Wo war der Chip aus Inas Handy?

Er schob alle Gegenstände in einer Ecke des Zimmers zusammen. Dann suchte er langsam und systematisch, indem er jeden einzelnen Gegenstand in die Hand nahm und auf einen neuen Haufen legte.

Der kleine Plastikbeutel mit dem Speicherchip blieb unauffindbar.

Darauf also hatte der Einbrecher es abgesehen.

Und das erklärte auch den Eindringling in Inas Wohnung.

Er griff in seine Jacke. Der zusammengefaltete Ausdruck mit den Telefonnummern war noch da.

Die Erkenntnis kam plötzlich.

Ina hatte sich nicht umgebracht.

Der Mörder musste es eilig gehabt haben. Sonst hätte er das Zimmer besser durchsucht. Unauffälliger. Nicht alles durcheinandergeworfen. Michael hätte den Speicherchip erst nach dem Urlaub vermisst.

Es war kein Profi gewesen. Oder der Zeitdruck zu groß. Vielleicht beides. Michael lächelte.

Der Mörder hatte einen entscheidenden Fehler gemacht.

Er würde wahrscheinlich nie erfahren, wie dicht er davor gewesen war, zu entkommen. Und Michael hatte einen Vorteil: Er war ihm jetzt einen Schritt voraus. Er hatte die Daten noch auf seinem Ausdruck.

Aber wer war es? Und was war das Motiv?

Vom Schreibtisch baumelte der Telefonhörer an seiner Schnur.

Irgendetwas hatte er die ganze Zeit übersehen.

Er stand auf und legte den Hörer zurück auf die Gabel.

Plötzlich glaubte er die Verbindung zu erkennen.

Der Mörder hatte ein zweites Handy benutzt. Aber warum?

Sein eigenes Telefon klingelte. Auf dem Display erschien die Nummer seines Onkels.

Im selben Moment wurde Michael klar, warum der Anrufer ein Zweithandy benutzt hatte.

Ina hätte die Nummer des Mörders erkannt. Sie hatte nicht wissen sollen, wer anrief.

Also musste sie vorher schon mit ihrem Mörder gesprochen haben.

Und das bedeutete, dass seine Nummer irgendwo in Inas Notizbüchern oder auf ihrem Handyspeicher war.

Michael kritzelte auf ein Blatt Papier die Namen derer, mit denen Ina Kontakt gehabt hatte.

Vermieter
Nachbar
Pfleger aus dem Krankenhaus
Sonja
alter Freund
Psychologin

Das letzte Stichwort setzte er in Klammern, weil nicht erwiesen war, dass Ina Sonjas Rat befolgt und die Psychologin überhaupt kontaktiert hatte. Nach einigem Überlegen tat er dasselbe mit dem Vermieter. Er hatte keinen Beweis, dass sie sich überhaupt persönlich begegnet waren.

Blieben Sonja, der Pfleger, der Nachbar und der Unbekannte.

Der Nachbar – kein sichtbares Motiv, aber eine merkwürdige Gestalt.
Der Pfleger – wäre wahrscheinlich nicht zu dem Treffen gekommen, wenn er der Mörder wäre.
Sonja – kein Motiv.
Der alte Freund – wer war das?

Michael ging die Liste noch einmal durch. Er hatte einen Fehler gemacht.

Die erste Nachricht des Pflegers hatte gelautet: *alles klar?*

Was, wenn es erst einen Streit und dann einen Unfall gegeben hatte?

Wenn Ina von der Brücke gestürzt war und er zweifelte, ob sie verletzt oder tot gewesen war? Dann hätte er einen guten Grund für seine SMS gehabt – und auch dafür, zu dem Treffen zu kommen.

Unwahrscheinlich.

Aber nicht undenkbar. Allerdings wäre dann sehr viel Zeit zwischen dem Streit und seiner Nachfrage vergangen.

Die Zeit! Michael sah auf die Uhr. Der Flieger ... Er konnte unmöglich in Urlaub fahren. Nicht jetzt. Er würde nachkommen. Anke würde das verstehen. Hoffentlich ...

Er wählte ihre Handynummer. Nur die Mailbox ging ran.

»Anke? Hier ist Michael.« Und jetzt? Würde sie ihm glauben? Aber das alles ließ sich nicht auf der Mailbox eines Handys erklären. »Ich komme zum Flughafen. Wir müssen dringend reden.«

Er stopfte Zettel und Handy in die Tasche und lief aus dem Büro. Was sollte er mit der Tür machen? Die Polizei rufen? Einem Schlüsseldienst Bescheid sagen? Aber dann würde er vor Ort bleiben müssen. Einen Moment zögerte er, dann steckte er den Schlüssel ins Schloss. Zu seiner Überraschung ließ sich die Tür noch abschließen. Wenigstens würde ihm jetzt nicht jeder, der zufällig vorbeikam, das Büro ausräumen. Hoffentlich bekam er sie auch wieder auf.

Von unten hörte er das Klappern eines Scheuerbesens. Die Fahrstuhltüren standen offen. Es würde schneller gehen. Er drückte den Knopf für das Erdgeschoss. Die Tür glitt zu, und die Kabine setzte sich in Bewegung.

Ein Taxi. Er musste sofort ein Taxi finden.

Die Kabine stand still. Die Anzeige signalisierte das Erdgeschoss.

Aber die Tür ging nicht auf.

Michael zählte bis zehn. Dann gab er der Tür einen kräftigen Stoß mit der Schulter. Nichts rührte sich.

Er drückte den Alarmknopf. Das kleine Schild daneben wies darauf hin, ruhig zu bleiben – die Kabine sei rund um die Uhr mit der Notfallzentrale verbunden.

»Hallo? Ich stecke fest! Chausseestraße 35, Haus fünf, Aufgang A.«

Aus dem Lautsprecher kam nur ein Summen als Antwort.

Er musste hier raus!

Michael drückte sich von der Rückwand der Kabine ab und warf sich mit aller Kraft gegen die Tür.

Nichts rührte sich.

Das Handy! Er schaltete es ein. Auf dem Display erschien die Anzeige für Verbindungsaufbau.

Trotz der Kälte war sein Rücken schweißnass.

Wo blieb die verdammte Verbindung?

Auf der anderen Seite der Tür hörte er schwere Schritte. Jemand setzte etwas Schweres auf dem Boden ab. Er hämmerte mit den Fäusten gegen das Blech der Tür.

»Hallo! Ich bin hier drin! Hallo!«

»Ist ja schon gut!«

Die Stimme auf der anderen Seite war ruhig und gleichgültig. Er hörte ein Kratzen von Metall auf Metall. Zwei oder drei Minuten vergingen. Dann schob jemand die Tür auf. Ein Mann in der Kleidung eines Monteurs.

»Was machen Sie denn da drin?«

»Ich hab's eilig!«

»Der ist doch kaputt. Hat denn niemand ein Schild aufgehängt?«

Michael hatte keine Zeit zu diskutieren. Er drängte sich an dem Monteur vorbei und lief nach draußen.

»Wenn Sie's eilig haben: Treppe wär schneller gewesen«, hörte er den Mann noch sagen.

39.

Im Laufen sah Michael auf die Uhr. In fünfzehn Minuten ging der Flieger. Er rannte am Pförtner vorbei und suchte nach einem Taxi.

Ob Anke eingestiegen war? Flog sie alleine? Wartete sie auf ihn? Dachte sie, er hätte vielleicht verschlafen?

Immerhin – er hatte doch Recht gehabt. Es war kein Selbstmord. Wenigstens würde Anke ihn jetzt verstehen. Sein Handy piepte. Er zog es aus der Jacke. Das Display meldete den Eingang einer SMS.

ab jetzt bist du nicht mehr teil meines privatlebens. anke

Scheiße. Nicht Anke. Nicht einfach so. Ohne Aussprache. Trotz der Kälte war seine Hand am Handy schweißfeucht. Wieder meldete sich nur die Mailbox. Sie musste die SMS gesendet und das Gerät gleich wieder ausgeschaltet haben.

Michael ließ sich über die Auskunft mit dem Flughafen verbinden, in der vagen Hoffnung, man könnte sie vielleicht ausrufen und ans Telefon holen. Unter irgendeinem Vorwand: Todesfall in der Familie, Unfall der Schwester oder irgendetwas, mit dem sich ein Angestelltenherz vielleicht erweichen ließ.

Es klingelte lange. Schließlich nahm jemand ab.

Der Flug hatte Verspätung.

Das war seine Chance, seine letzte. Und kein Taxi in Sicht. Er lief die Chausseestraße ein paar Meter hoch, dann drehte er um und lief zurück. Richtung Bahnhof Friedrichstraße war die Wahrscheinlichkeit größer, eins zu finden.

Um ja keine Möglichkeit zu verpassen, sah er sich im Laufen so oft um, dass er beinah ausgerutscht wäre. Auf der anderen Straßenseite kam ihm ein Taxi entgegen. Mit beiden Armen winkend stürzte er über die Straße. Das Taxi hielt. Der Fahrer sah ihn merkwürdig an, sagte aber nichts.

»Flughafen Tegel«, keuchte Michael von der Rückbank aus. »Schnell bitte.«

Der Fahrer nickte. »Flughafe. Iest gutt.«

Er schien eilige Fahrgäste gewöhnt zu sein und gab Gas. Michael wusste nicht, was er Anke sagen würde. Er wusste nur: Wenn er ihre Entscheidung, sich zu trennen, rückgängig machen wollte, musste er sie sehen. Mit ihr reden.

»Fahren Sie schneller! Die Zeit läuft mir weg. Ich zahle Ihnen den doppelten Fahrpreis. Aber beeilen Sie sich!«

Der Taxifahrer zuckte mit den Schultern und beschleunigte. Der Wagen schlingerte, dann fing er sich wieder. Der Fahrer starrte konzentriert auf die Fahrbahn. Einige Autos hupten. Mehrmals hatte Michael den Eindruck, dass sie gerade haarscharf an einem Blechschaden vorbeigeschrammt waren.

Eine Ampel sprang von Grün auf Orange. Das würde sie wertvolle Zeit kosten.

Jetzt war sie auf Rot. Warum bremste der Fahrer nicht? Links fuhr der erste Wagen an.

Der Fahrer drückte das Pedal durch. Michael riss die Hände vors Gesicht. Um Haaresbreite schossen sie vor den anderen Wagen über die Kreuzung. Michael nahm gerade noch das entsetzte Gesicht eines Autofahrers wahr.

»Das war knapp«, krächzte er.

»Nicht knapp.« Der Fahrer grinste. »Musste wiessen wie.«

Michaels schweißnasse Hand umklammerte den Türgriff. Sie hatten die Zufahrtsstraße zum Flughafen erreicht. Der Fahrer sah in den Rückspiegel und beschleunigte noch einmal. Am Flughafen überholte er einen Linienbus und hielt Sekunden später genau vor einem der Eingänge. Michael sah auf die Uhr und das Taxameter. Er sprang hinaus und warf ein paar Scheine auf den Sitz. Viel zu viel, selbst für den doppelten Fahrpreis, aber er hatte keine Zeit, auf das Wechselgeld zu warten. Das Taxi fuhr langsam davon, als wäre nichts gewesen.

Er schlitterte über den von Tauwasser glitschigen Boden der Eingangshalle. Auf der Anzeigentafel fand er das Abfluggate: am anderen Ende des Korridors. Er drängte sich zwischen den Leuten durch.

Der Flieger musste theoretisch noch da sein.

Was, wenn er eher hatte starten können?

Vor dem Gate war keine Warteschlange zu sehen.

Er presste das Gesicht an das Glas, hinter dem die Sicherheitskontrolle und der Wartebereich lagen.

Eben gaben die letzten beiden Passagiere ihre Bordkarten ab. Zwei Frauen. Eine blickte über die Schulter zurück.

Es war Anke.

Sie hielt kurz inne. Für einen Moment sahen sie sich an.

Michael konnte ihren Blick nicht deuten. Dann drehte sie sich um und betrat als Letzte das Gate.

Die Kontrolle wurde geschlossen.

Anke war fort.

40.

Michael fuhr mit dem Bus zurück. Den Kopf an die Scheibe gelehnt, dachte er an Ankes letzten Blick. Der Bus zockelte an einer Kaserne vorbei. Auf der Mauer glitzerte Stacheldraht.

War es vorbei? Was erwartete sie? Sollte er nachkommen? Sollte er sich bei ihr melden? Oder sollte er besser warten, bis ein Zeichen von ihr käme?

Frauen. Warum waren sie immer so kompliziert. Er wäre nicht einfach ins Flugzeug gegangen, sondern hätte gewartet. Und sich zumindest die Erklärung angehört. Alleine fliegen wäre dann immer noch möglich gewesen. Aber ihn sehen und trotzdem den Flieger nehmen ... Bei so einer emotionalen Haltung war natürlich kein vernünftiges Gespräch möglich.

Sie hätten sich am Flughafen in eine Kaffeebar setzen und ein späteres Flugzeug nehmen können, immer noch rechtzeitig, um den Abend im Urlaub zu beginnen.

Na gut, er hätte sowieso abgesagt. Aber Anke hätte sich wenigstens anhören können, warum er nicht mitfahren konnte.

Zumindest heute noch nicht.

Aber es war nicht zu ändern.

Sie war weg.

Michael drehte sich auf seinem Sitz um. Die Bank hinter ihm war leer. Es saßen nur wenige Menschen im Bus. Er holte die Liste der Personen hervor, mit denen Ina in Berlin zu tun gehabt hatte, und strich sie auf den Knien glatt.

Es war unmöglich rauszufinden, an welche Psychologin sie sich gewandt haben könnte. Sonja mit ihrer verdammten ärztlichen Schweigepflicht! Als ob das wichtiger war, als den Mörder zu stellen.

Der Bus hielt. Eine alte Frau stieg ein und tappte langsam den Mittelgang entlang. An ihrem Handgelenk baumelte eine kleine Tüte mit dem Aufdruck einer Apotheke. Sie ließ sich auf dem Sitzplatz hinter Michael nieder.

Michael dachte an die Medikamente, die Selbmann hatte fallen lassen.

Ina war Krankenschwester. Und sie hatte nachts ins Krankenhaus gewollt. Wenn es Mord war, konnte sie nicht nach einem tödlichen Medikament gesucht haben.

Was aber hatte sie dann dort gewollt?

Medikamente suchen – aber aus ganz anderen Gründen?

Weil sie sich als Krankenschwester in einer Klinik auskannte? Er erinnerte sich an den Gesprächsfetzen zwischen Selbmann und Kulawy. Von einem guten Preis war die Rede und von Nachschub. Handelten sie vielleicht unter der Hand mit Medikamenten?

War es dann vielleicht gar kein Zufall gewesen, dass Ina die Wohnung an der Brücke bezogen hatte? Praktischerweise gegenüber von Selbmann?

Vollkommen ausschließen konnte er das nicht. Aber es passte alles nicht zu der Ina, die er gekannt hatte.

Er wünschte sich, er hätte mehr Abstand zu dem Fall. Er fing an, seinen eigenen Überlegungen zu misstrauen. In der Leichenhalle hatte er zum letzten Mal die Ina gesehen, die ihm vertraut war. Seine Ina.

Danach schien langsam eine Maske beiseitegerutscht zu sein.

Auf einmal war da ein Geruch, den er vorher nicht wahrgenommen hatte. Michael drehte sich um. Die Alte hinter ihm hatte den Kopf neugierig vorgereckt. Rasch faltete er die Liste zusammen und sah demonstrativ aus dem Fenster.

Es gab noch eine ungeklärte Frage. Wer war dieser alte Freund? Ihre Eltern konnte er nicht fragen. Anette wusste angeblich von nichts. Er selbst hatte nicht die geringste Ahnung. Wer konnte noch etwas wissen?

Birgit Winter?

Große Hoffnung hatte er nicht. Aber er konnte es sich nicht leisten, eine Spur zu ignorieren. An der nächsten Haltestelle stieg er mit einem letzten Seitenblick auf die neugierige alte Frau aus und rief die Auskunft an. »Ich hätte gern eine Nummer aus Gräpel. Birgit Winter.«

Ungeduldig lief er auf und ab.

»Tut mir leid, da habe ich keinen Eintrag.«

Es wäre auch zu schön gewesen.

»Moment ... ich versuch's mal anders ...«

War das ein Trick der Telekom, um die Gesprächsdauer hinauszuzögern und die Gebühren hochzutreiben? Wundern würde es ihn nicht. Er wartete ohne große Hoffnung.

»Die Umkreissuche hat nichts gebracht. Tut mir leid.«

Natürlich. Birgit Winter konnte sonst wo leben.

»Sind Sie sicher, dass es auf den Namen einen Anschluss gibt?«

»Bin ich nicht. Eine Freundin von ihr lebt in Gräpel und arbeitet in Stade. Da dachte ich –«

»Dann probiere ich es einfach noch mal direkt in Stade.«

»Hören Sie ...« Die einzige Antwort war das ferne Stimmengewirr des Callcenters. Warum legte er eigentlich nicht einfach auf?

»Ja, da haben wir einen Eintrag. Ich lasse Ihnen die Nummer ansagen. Möchten Sie gleich verbunden werden?«

»Ja, bitte.« Aufgeregt zog er ein Stück Papier aus der Tasche und wischte rasch den Schnee von einem Mülleimer, um ihn als Unterlage zu benutzen. Er notierte die Nummer, für alle Fälle, und landete in einer Warteschleife. Dann hörte er ein Freizeichen. Nach dem vierten Klingelton schaltete sich der Anrufbeantworter von Birgit Winter ein.

»Birgit? Hier ist Michael, ein Freund von Ina. Es ist dringend, kannst du mich bitte zurückrufen?« Er nannte die Nummer seines Handys, dann legte er auf.

Wenigstens etwas.

Ob sie sich melden würde? Sie kannte ihn ja gar nicht. Andererseits, weil es dringend war und ihre Freundin betraf, hatte er mit etwas Glück ihre Aufmerksamkeit.

In seinem Kopf formte sich eine vage Idee. Wenn es ihm gelang, Aufmerksamkeit zu erregen ... Mit einem Mal sah er eine Möglichkeit, den Mörder aus der Reserve zu locken.

Während er auf den nächsten Bus wartete, ging er in Gedanken wieder und wieder seinen Plan durch.

Dann traf er eine Entscheidung.

Aber er brauchte unbedingt Rückendeckung.

41.

Erwin Czeska schien nicht erstaunt, Michael zu sehen. Um seinen Hals war noch immer ein Schal gewickelt. Er bat Michael in die Küche und griff nach dem Wasserkessel.

Michael blieb im Türrahmen stehen.

»Setzen Sie sich doch, Herr Dallinger.«

Michael nahm auf einem Küchenstuhl Platz. Er rutschte auf der Sitzfläche hin und her.

»Ich mache Ihnen einen Kaffee.« Czeska holte eine einzelne Tasse und einen Becher aus dem Schrank.

»Trinken Sie nichts?«

Czeska verzog den Mund. »Der Husten ist wieder schlimmer geworden. Mein Arzt rät mir zu verstärktem Teegenuss. Wobei Genuss es nicht ganz trifft.« Er unterbrach sich. »Ist etwas passiert?«

»Ein Einbruch in meinem Büro.«

»Na, erzählen Sie mal«, sagte er, während er die Flamme am Gasherd entzündete.

Michael berichtete möglichst knapp von den letzten sechzehn Stunden. Czeska unterbrach ihn kein einziges Mal.

Als Michael fertig war, stellte Czeska einen Becher Kaffee vor ihn hin. Für sich selbst goss er einen Teebeutel auf.

»Ist außer dem Handychip noch etwas verschwunden?«, fragte er.

»Ich habe nicht alle Unterlagen überprüft. Aber es sieht nicht so aus. Computer, Fotoapparat, Videokamera – alles noch da. Das war kein gewöhnlicher Einbruch.«

»Da stimme ich Ihnen zu.«

»Ich denke schon, dass der Einbrecher den Chip gesucht hat. Er war so klein. Durch Zufall kommt so etwas nicht weg.«

»Also hatten Sie Besuch von dem Mörder.«

»Das ist meine Schlussfolgerung. Eine der Telefonnummern auf dem Speicherchip muss ihn verraten.«

»Wie ist er an Ihre Adresse gekommen?«

Das war Michael nicht ganz klar. »Entweder es war der Typ, mit dem ich aneinandergeraten bin. Ich habe bei der Schlägerei meine Monatskarte verloren, meine Adresse steht da drauf. Oder der Mörder hat mitbekommen, dass ich Inas Tod untersuche. Er kann einfach im Telefonbuch nachgeschlagen haben. Leider hilft mir das nicht weiter, den Kreis der Verdächtigen einzugrenzen. Es gibt zu viele verschiedene Möglichkeiten.«

Czeska nickte. »Warum aber der Anruf von einem Zweithandy, wenn der Mörder den Chip später sowieso in den Müll geworfen hat?«

»Ich hatte die ganze Zeit das Gefühl, dass ich irgendetwas übersehen habe. Etwas in Zusammenhang mit diesem letzten Anruf. Ich bin sicher, Ina kannte ihren Mörder.«

Czeska runzelte die Stirn. »Warum denken Sie das?«

»Er hat sie zuerst von einem normalen Apparat aus angerufen. Aber sie hat nicht abgenommen. Deshalb hat er es mit einem Handy versucht, dessen Nummer ihr unbekannt war.« Michael hob die Hand, um einem Einwand zuvorzukommen. »Ich weiß, er hätte eine Telefonzelle nehmen können.«

»Allerdings.«

»Aber nicht, wenn er es eilig hatte. Haben Sie mal versucht, in einer Gegend, wo Sie sich nicht auskennen, ein öffentliches Telefon zu finden? Es gibt sie kaum noch.«

Czeska schaute ihn einen Moment überrascht an. Dann nickte er zustimmend. »Da ist was dran.«

»Ich hätte sofort draufkommen müssen. Aber ich hatte nicht genug Abstand. Entweder ist Ina freiwillig auf die Brücke gegangen. Oder jemand hat sie in der Wohnung betäubt und dann dorthin gebracht. Wir haben aber keine Spuren eines Einbruchs oder Kampfes gesehen. Die Polizei offenbar auch nicht. Egal, ob Ina sich auf der Brücke verabredet oder jemandem die Tür geöffnet hat: Sie muss die Person gekannt haben.«

»Gut.«

»Sie hat den ersten Anruf nicht angenommen. Weil sie die Nummer erkannt hat. Also ist einer von denen« – Michael legte Ankes Liste auf den Tisch – »der Mörder.«

Czeska faltete das Blatt auseinander.

»Der Mörder hat zwei Mal versucht, seine Spur zu verwischen. Zuerst wollte er nicht, dass Ina merkt, wer sie anruft. Danach musste er unbedingt den Speicherchip verschwinden lassen. Er hat ihn, vielleicht unter Stress, einfach weggeworfen. Später ist er darauf gekommen, dass das nicht sicher genug sein könnte.«

»War es ja auch nicht.« Czeska faltete die Liste wieder zusammen und reichte sie ihm zurück. »Gute Arbeit, das hier.«

»Erst versucht er, in Inas Wohnung zu gelangen«, fuhr Michael eifrig fort. »Dabei rechnet er nicht damit, uns dort anzutreffen, und flieht.«

»Möglicherweise war er später noch einmal dort …«

»Und hat festgestellt, dass der Chip nicht mehr im Müll war«, ergänzte Michael.

»Also ist er in Ihr Büro eingebrochen und hat sich den Chip zurückgeholt.«

»Damit glaubt er, seine Spur verwischt zu haben.«

»Haben Sie eine Theorie, wer es ist?«

»Dieselbe Person, die anschließend anonym einen angeblichen Selbstmord bei der Polizei gemeldet hat.« Michael zögerte. »Die Nummer ihres Nachbarn – Herr Selbmann – war auch gespeichert.«

»Und das Motiv?« Czeska ließ nicht locker.

»Medikamente.«

»Das heißt?«

»Ina wollte nachts heimlich ins Krankenhaus gelangen. Als ich bei ihrem Vermieter war, stand Selbmann plötzlich mit einem Arm voll Medikamentenschachteln im Flur. Es gibt doch tausend Sachen, die legal nicht so einfach zu kriegen sind – die aber in jedem Krankenhaus benutzt werden.«

»Ihre Exfreundin wäre also in unsaubere Geschäfte verwickelt gewesen.«

Czeska stützte die Ellenbogen auf den Tisch. »Und was haben Sie jetzt vor?«

»Ich habe einen Plan ... Aber dafür brauche ich Ihre Hilfe.« Michaels Handy klingelte. »Entschuldigen Sie.«

»Bitte. Soll ich rausgehen?«

»Nicht nötig.« Michael lächelte über die altmodische Höflichkeit, als er das Gespräch annahm. Wenn überhaupt, hätte er selbst rausgehen müssen.

»Hier ist Birgit.«

»Oh ... hallo ... Moment, ich stell lauter.« Er drückte hektisch den Lautstärkeregler. Verdammt, welche Birgit?

»Birgit Winter.« Sie hatte wohl gemerkt, dass er nicht wusste, wen er am Apparat hatte. »Passt es gerade nicht?«, fragte sie.

»Doch, klar. Danke, dass du zurückrufst.«

Jetzt war es zu laut. Egal.

»Na ja, es klang dringend.« Sie wartete ab.

Eigentlich war es keine gute Idee, mit der Tür ins Haus zu fallen – aber was sollte er machen?

»Ina ist tot.«

»Ach du lieber Himmel. Was ist denn passiert?«

»Sie wurde umgebracht.«

»Bist du bei der Polizei?«

»Ich bin Privatdetektiv.«

»Und was willst du von mir?« In ihrer Frage schwang keine Ablehnung mit, nur neugieriges Interesse.

»Ich muss wissen, was Ina in Berlin gemacht hat.«

»Das weiß ich nicht.«

»Ich habe rausgefunden, dass sie ihre Unterkunft über dich bekommen hat.«

Sie lachte anerkennend. »Ja, das stimmt.« Sofort war sie wieder ernst. »Tut mir leid. Ich kann es gar nicht glauben, dass sie tot ist. Wahrscheinlich muss das erst mal richtig bei mir ankommen.«

»Das ist ganz normal. Man nennt das Übersprungshandlung.«

»Tatsächlich?« Sie schien erleichtert.

»Um auf meine Frage zurückzukommen ...«

»Ich hab einfach rumgefragt«, sagte sie. »Wie man das halt so macht. Und es hat ja auch geklappt.« Sie stutzte. »Dass sie tot ist – das hat aber nichts damit zu tun, oder? Mit ihrer Wohnung?«

Michael wünschte, er könnte eine klare Antwort geben. »Nein, nichts.« Warum sie beunruhigen? »Woher kennt ihr euch eigentlich?«

»Sie war mal mit meinem Bruder zusammen.«

»Und wann war das?« Er wurde unruhig.

»Ach, das ist schon ewig lang her. Mehr als zehn Jahre.«

Lange vor seiner Zeit.

»Hat sie noch Kontakt zu deinem Bruder gehabt?«

Schweigen am anderen Ende. »Hallo?«, fragte Michael verdutzt.

»Na ja, du kannst es ja nicht wissen. Mein Bruder ist vor ein paar Wochen gestorben. Am Neujahrsabend.«

War das der alte Freund, den sie in Berlin hatte besuchen wollen? Aber das kam nicht hin …

»Das tut mir leid. Wie … woran ist er denn gestorben?«

»Weißt du, was das apallische Syndrom ist?«

»Nein«, sagte er wahrheitsgemäß. Davon hatte er noch nie gehört.

»Sagt dir Wachkoma was?«

Das tat es durchaus. Man konnte zwar noch von alleine atmen und war in einem stabilen Zustand, aber das war auch das einzig Positive, was ihm dazu einfiel. Ansonsten war man eher tot als lebendig.

»Was ist passiert?«

»Er und Ina hatten sich gerade getrennt. Sie waren noch in der *Mülltonne*.«

»Was meinst du damit?«

»Ach so, das weißt du nicht. Die *Mülltonne* war eine Disco in Stade. So 'ne kleine, in der Innenstadt. Ist ja auch egal, jedenfalls hatten sie sich da getroffen, um zu reden, und das war's dann.«

Er merkte, dass er angefangen hatte, flach zu atmen. Nur nicht unterbrechen.

»Also, ich weiß nicht genau, was passiert ist«, redete Birgit weiter. »Ina hat hinterher immer gesagt, sie hätten sich nicht gestritten.«

Hinterher? Nach was?

»Jedenfalls hatten sie einen Unfall. Mit dem Auto. Sie sind gegen einen Baum gefahren.«

Plötzlich fürchtete er sich davor, den Rest zu hören.

»Die Feuerwehr hat sie beide rausgeschnitten. Ina saß

am Steuer. Sie hatte ein paar Platzwunden und Prellungen.« Birgit holte tief Luft. »Mein Bruder … Er ist nie wieder aufgewacht. Apallisches Syndrom eben.«

Für einen Moment schwiegen sie beide.

»Und Ina …« Wie sollte er seine Frage formulieren? Wie war es weitergegangen?

Sie nahm ihm die Mühe ab. »Ina war damals schon in der Ausbildung. Mein Bruder ist nach Stade ins Krankenhaus gekommen. Ina hat immer nach ihm geschaut. Ich hab ihr gesagt, sie muss sich nicht schuldig fühlen. Aber sie meinte, das ist das Mindeste, was sie tun könnte.«

»Verstehe.« Es fiel ihm schwer, normal weiterzusprechen. »Sie wäre wohl auch nie auf den Gedanken gekommen wegzuziehen – nach Berlin zum Beispiel?«

»Eigentlich nicht. Sie hatte da wohl 'nen Freund, aber erzählt hat sie nie was. Nur als wir uns das letzte Mal gesehen haben, hat sie was angedeutet. Dass sie anfängt nachzudenken. Ob sie nicht doch zu ihm ziehen soll. Ich glaube, sie hatte Angst, dass die Beziehung den Bach runtergeht.«

»Wusste ihr Freund denn, was los war?«

»Nehm ich mal an. Aber beschwören kann ich's natürlich nicht. Meistens haben wir über meinen Bruder geredet. Wir haben uns ja auch kaum gesehen. Ein-, zweimal im Jahr. Höchstens.« Sie klang traurig. »Ich war nie sauer auf sie. Irgendwie konnte sie ja nichts dafür. Ich meine, sie hatte nichts getrunken oder so. Irgendwas war einfach unheimlich schiefgegangen.«

»Danke, dass du mir das alles gesagt hast …« Ihm blieb die Stimme weg. Er legte auf und starrte das Telefon an. Stand auf und setzte sich wieder. Es gab nichts zu ändern.

»Sie wussten es nicht«, sagte Czeska leise.

Michael sah ihn verständnislos an.

»Ich habe das Gespräch zwangsläufig mitgehört.«

»Sie hat nie was gesagt.« Michael schluckte. »Kein einziges Wort. Nichts von dem Freund. Nichts von dem Unfall. Und nie etwas, warum sie nicht wegziehen wollte.« Er ging zum Fenster. »Mein Gott … Deswegen wollte sie in Stade bleiben. Hätte sie nur was gesagt. Vielleicht wäre es mit uns alles ganz anders …« Er versuchte seine Gedanken zu ordnen, indem er sie aussprach. Seine Worte waren an niemand Bestimmten gerichtet. Czeska legte ihm eine Hand auf die Schulter, dann schlurfte er aus dem Raum.

Michael sah hinaus in den Hinterhof und betrachtete die Spuren im Schnee.

Warum hatte sie nichts gesagt?

Er würde es nie erfahren.

Wenn er es nur gewusst hätte. Sie hätten sich vielleicht nicht darüber gestritten, warum keiner zu dem anderen ziehen wollte. Er hätte mehr Verständnis für sie gehabt. Wäre, wenn es beim Thema »Wohnort« um die Unbeweglichkeit von ihnen beiden ging, weniger stur in seinen Ansichten gewesen. Dachte er jetzt zumindest. Er fragte sich, ob er selbst ihr einen Grund gegeben hatte, nichts zu sagen. Suchte in seiner Erinnerung.

Vergeblich.

Das Geräusch von etwas Schwerem, das auf dem Tisch abgestellt wurde, unterbrach seine Gedanken. Michael drehte sich um. Eine Flasche Whisky, noch ungeöffnet, das Etikett verstaubt.

»Meine spezielle Reserve«, sagte Czeska.

Michael musterte verwundert das Etikett. Macallan, zwölf Jahre alt. Wie lange hatte er so etwas nicht mehr getrunken? Das letzte Mal, als er in Galway in der Wohngemeinschaft eines lustigen Meeresbiologen zu einem Whisky eingeladen worden war, vor acht oder zehn Jahren. Die Schlafzimmer wurden mit offenen Kaminen beheizt, daran erinnerte er sich noch, im Bad blätterte die Farbe von den Wänden, und auf dem Kaminsims reihten sich leere Whiskyflaschen aneinander. Die Stimmung war prima gewesen.

»Wo haben Sie den denn her?«, fragte Michael überrascht. Er hätte Czeska höchstens billigen Wodka zugetraut.

»Kongress«, sagte er nur.

Das musste vor der Wende gewesen sein; Michael erinnerte sich, was Czeska bei ihrem ersten Zusammentreffen erzählt hatte: kurz nach der Wende rausgeworfen.

Czeska öffnete bedächtig die Flasche und schenkte zwei Gläser je halb voll. Michael versuchte, seine Gedanken zusammenzuhalten. Er hätte gern mit jemandem über seine Beziehung zu Ina geredet. Aber es war weder der richtige Zeitpunkt, noch saß er dem passenden Gesprächspartner gegenüber. Sie ließen die Gläser aneinanderklicken.

»Auf die Toten«, sagte Czeska.

Michael genoss den Geschmack, der sich im Mund ausbreitete. Czeskas Gesichtsausdruck kam Michael etwas seltsam vor, aber er achtete nicht weiter darauf.

Czeska stellte sein Glas ab. »So. An die Arbeit. Sie sagten, Sie haben einen Plan?«

Michael musste sich erst wieder besinnen. »Ja … richtig.« Er war nicht bei der Sache. »Ich rufe einfach die anonyme Nummer an und hinterlasse einen Drohanruf. Dass ich den Mord beobachtet habe. Und Geld sehen will.«

Der alte Mann sagte nichts. Michael sah unsicher zu ihm hinüber. »Verstehen Sie? Wenn ich mich geirrt habe und das Handy nicht dem Mörder gehört, wird der Besitzer es für einen schlechten Scherz halten. Aber wenn nicht – dann wird der Mörder kommen.«

»Ich verstehe sehr gut.« Czeska hielt das Glas unbeweglich in der Hand. »Es gibt eine kleine Möglichkeit, dass es funktionieren könnte. Aber Ihnen ist klar, dass Ihr Ansatz jeder vernünftigen Polizeiarbeit Hohn spricht?«

»Ich bin ja auch kein Polizist.«

Ein kurzes Lächeln umspielte Czeskas Lippen. »Das ist richtig. Ich verstehe allerdings eines nicht.«

»Und das wäre?«

»Was wollen Sie dabei von mir?«

»Begleiten Sie mich heute Nacht.«

»Das wäre höchstwahrscheinlich sinnlos. Kaum ein Schuldiger wird auf so einen Erpresseranruf hin kommen.«

»Ich will es zumindest versuchen. Die Brücke ist nachts völlig verlassen. Kaum ein Risiko für den Mörder. Bis dahin observiere ich den Nachbarn. Vielleicht kriege ich vorher schon irgendwas raus.«

»Sie brauchen meine Begleitung nicht.«

»O doch.«

Czeska sah ihn aus halb zusammengekniffenen Augen an. Langsam strich er sich über das Kinn. »Warum? Damit niemand Sie umbringt?«

»Nein«, sagte Michael leise. Er blickte auf seine Hände.

»Warum dann?«

Michael hob den Kopf. »Damit *ich* niemanden umbringe.«

Czeska schwieg einen Moment. Dann atmete er tief durch. »Also gut. Ich komme mit.«

»Danke.« Mehr fiel ihm nicht ein. »Vielen Dank. Ich hole Sie um halb elf hier ab.«

»Ich werde auf Sie warten.«

Er lief zum Büro, um seine Ausrüstung zu holen. Unterwegs hielt er bei der Telefonsäule in der Nähe des Nordbahnhofs. Er wählte die Nummer, von der aus Ina kurz vor ihrem Tod einen letzten Anruf erhalten hatte. Die Mailbox sprang an.

Er sprach mit Mickymaus-Stimme: »Ich habe Sie gesehen, wie Sie Ina Detjen umgebracht haben. Ich will zehntausend Euro. Sie haben Glück, dass ich aus der Stadt verschwinden muss. Heute Nacht. Zwölf Uhr. Auf der Brücke.«

42.

Am frühen Nachmittag war die Temperatur noch um ein paar Grad gesunken. Auf dem Treppenabsatz vor Michaels Büro roch es nach Zigarette. … am Samstag?

Über der sandgefüllten Konservendose in der Ecke hing der Rest eines dünnen Rauchfadens. Er klingelte an der Tür gegenüber und wartete.

Nichts rührte sich.

Er klingelte noch einmal und drückte gleichzeitig die Klinke runter. »Hallo? Ist da jemand?«

Er stand am Anfang eines langen, schmalen Flurs. Irgendwo ganz hinten wurde eine Tür geöffnet. Ein Typ, der wie ein modebewusster Student wirkte, kam auf ihn zu. »Was'n los?« Unter seinen Augen waren dunkle Ringe.

»Dallinger. Ich hab das Büro gegenüber. Bei mir ist eingebrochen worden.«

»Echt? Ach du Scheiße. Kommt das hier öfter vor?«

»Zum ersten Mal. Muss letzte Nacht passiert sein. Oder heute Morgen. Habt ihr irgendwas mitgekriegt?«

»Nee. Ich nicht. Ich bin aber erst seit sechs Uhr früh hier.«

Damit hätte Michael nicht unbedingt gerechnet.

»Ich kann mal den Carsten anrufen. Der war die ganze Nacht hier. Äh – willst du eben mit reinkommen?«

»Ja, warum nicht.«

Er folgte dem Typ an mehreren Glastüren vorbei. Aus

dem Augenwinkel sah er dahinter große Schreibtische in vollgestopften Büros.

»Was macht ihr eigentlich? Seid ihr 'ne Werbeagentur?«

»Wir machen das Unmögliche möglich.« Er öffnete eine Tür. Auch dieser Raum war vollgestellt mit großen, überladenen Tischplatten auf Holzböcken. »Hier sind wir. Willst du 'nen Kaffee? Ist frisch durchgelaufen. Nimm dir einfach.«

Michael nahm die Kanne von der Warmhalteplatte. Tassen gab es nicht; wahrscheinlich machte der Abwasch zu viel Arbeit. Michael goss sich einen Pappbecher voll. »Das heißt?«

»Wir sind Dienstleister für verrückte Sachen. Zum Beispiel: Du brauchst zwei Theaterkarten für ein Stück, das schon ausverkauft ist? Wir besorgen sie. Oder Champagner mit Erdbeeren nachts um zwölf? Kein Problem. Wir sind sozusagen die Schnittstelle, die zwischen Kunden und Anbietern vermittelt.«

Davon hatte Michael noch nie gehört. »Und das läuft?«

Der Typ grinste schief, während er eine Nummer ins Telefon tippte. »Vorher waren wir in einer Einraumwohnung. Jetzt sind wir übergangsweise hier eingezogen. Bis wir was Größeres finden.«

Deshalb waren die Räume so schnell wieder besetzt gewesen. Michael nippte an seinem Kaffee. Gar nicht so schlecht.

»Hallo? Carsten – tut mir leid, dass ich dich wecke. Es gab einen Einbruch. Nein, nicht bei uns. Gegenüber. Ob du was gehört hast.«

Auf dem Schreibtisch bemerkte Michael eine Schachtel Tabletten.

»Ja, ist gut. Mach ich. Schlaf dich aus.« Er legte das Telefon zurück auf den Tisch. »Hat nichts mitgekriegt. Ist aber auch kein Wunder, sagt er. Eine ist im Urlaub, ein anderer krank. Und das gleich nach dem Umzug.« Er folgte Michaels Blick. »Tja, ohne die Dinger könnte ich nicht mehr gerade stehen.«

»Was ist das?«, fragte Michael möglichst beiläufig.

»Wachmacher.«

»Und die sind gut, ja?«

»Sehr gut. Aber schwierig zu kriegen.«

»Wie schwierig?« Michael ergänzte die Frage mit einem freundlichen Grinsen.

Der Typ grinste zurück. »Die kommen von unserer speziellen Quelle.«

Michael nickte und warf den Pappbecher in einen Papierkorb. »Danke für den Kaffee. Und fürs Nachfragen.«

Das Chaos auf dem Fußboden ignorierte er. Aufräumen konnte er später. Aus einem Koffer im Nebenzimmer holte er warme Unterwäsche und zog sie rasch unter seine Jeans. Von einem Regal nahm er einen kleinen wasserdichten Rucksack. Dann suchte er sich sorgfältig die Geräte aus dem Haufen in der Zimmerecke zusammen. Richtmikrofon, Videokamera. Er legte sie auf die Schreibtischplatte. Irgendwo mussten auch noch Batterien sein. Und chemische Handwärmkissen. Die Batterien lagen zu seiner Überraschung im Papierkorb. Die Handwärmkissen fand er unter einem Aktenordner. Zwischen alten Unterlagen ragte sein Messer hervor. Nach dem Auftrag für seinen Onkel hatte er es im hintersten Winkel einer Schublade verstaut. Er zog es aus dem speziellen Kunststoffetui, mit dem er es immer innen in seiner Jacke befestigt hatte. Selbst im Licht der Schreibtischlampe war auf der Klinge kein Blut mehr zu sehen.

Warum hatte er es eigentlich nie weggeworfen?

Sondern es wie eine böse Erinnerung in den hintersten Winkel verbannt?

Heute würde er seinen Fehler nicht wiederholen. Er hängte eine Schublade wieder ein, steckte die Klinge bis zur Hälfte zwischen Schublade und Tischplatte und lehnte sich mit seinem ganzen Gewicht darauf. Mit einem trockenen, kurzen Geräusch zerbrach das Metall. Michael betrachtete den Rest der Klinge, der aus dem Griff in seiner Hand ragte. Seltsam. Er hatte erwartet, dass es sich gut anfühlen würde, wie ein Schlusspunkt. Aber es fühlte sich in Wirklichkeit nach gar nichts an.

Er warf die beiden Hälften in den Papierkorb.

Das wäre erledigt.

Er überprüfte die Batterien seines Handys und seiner Taschenlampe. Alles funktionierte. Die Batterien in den anderen Geräten tauschte er gewohnheitsmäßig gegen neue aus, wie immer vor einem Einsatz. Dann packte er Mikrofon und Videokamera in den Rucksack, dazu eine Thermosflasche mit heißem Wasser.

Von Tee und Kaffee musste er zu schnell pinkeln.

Er verließ sein Büro und nahm die Treppe.

Niemand begegnete ihm.

43.

Ungefähr um drei Uhr nachmittags schlüpfte er wieder unter die Zeltplane über der Baugrube im Straßenbelag. Er richtete das Mikrofon aus und legte es auf einem Brett ab. So konnte er die Hände in den Taschen wärmen.

Wenn Inas Vermieter und der Nachbar wirklich unter der Hand mit Medikamenten handelten, brauchte er möglichst viel Beweismaterial. Und das würde er nicht bekommen, indem einer von ihnen, oder auch einfach nur ein unbeteiligter Bote, nachts um zwölf mit einem Päckchen Geldscheine auf der Brücke auftauchte. Michael horchte konzentriert auf jedes Geräusch.

Im Kopfhörer blieb es stumm.

Diesmal war auch keine Musik zu hören. Nur das gleichmäßige Auf und Ab von Schritten. Es war, als würde jemand unruhig im Kreis gehen. Dazu war ein undeutliches Geräusch zu hören, es klang wie ein Murmeln, jedoch so leise, dass einzelne Worte unmöglich zu verstehen waren.

Je länger er in der eiskalten Grube hockte, desto stärker wurden die Zweifel an seinem nächtlichen Plan. Czeska hatte Recht: Niemand, der noch bei Verstand war, würde auf so einen Anruf reagieren.

Umso wichtiger war es, dass er bei seiner Überwachung etwas herausfand.

Das Licht unter der Zeltplane wurde schwächer. Die Wärmekissen waren längst verbraucht. Hoffentlich kam nicht die Alte mit ihrem Hund vorbei. Wenn das Viech wieder anfing zu kläffen, würde sie diesmal vielleicht misstrauisch werden. Er sah seinem Atem zu, wie er in der kalten Luft aufstieg und sich an der Zeltplane niederschlug. Gut, dass die Atemwolken nicht nach draußen drangen, wie würde das aussehen – als ob ein winziger Drache in der Baugrube hockte. Michael musste fast lachen. Gerade hatte er mit nichts weniger Ähnlichkeit als mit einem Drachen, so verfroren, wie er sich fühlte.

Im Kopfhörer war nichts mehr zu hören. Vielleicht war der Läufer müde geworden und hatte sich schlafen gelegt? Auf dem Boden der Baugrube raschelte es, dann lief etwas über seine Füße. Hielten Mäuse eigentlich Winterschlaf? Oder war das eine Ratte gewesen? Nichts rührte sich mehr.

Draußen wurde es dunkel.

Alles in allem hatte er Glück: Im Herbst wäre die Grube klamm und feucht – noch schlimmer als die trockene Kälte des Berliner Winters.

Autoscheinwerfer strichen langsam über die Plane, als suchte jemand einen Parkplatz. Er hörte Schritte im Schnee. Vorsichtig lugte er durch einen Spalt in der Zeltbahn nach draußen. Jemand betrat das Haus.

Jemand mit einer Tasche in der Hand.

Kurz darauf knarrte im Kopfhörer eine Tür.

»Da bist du ja.«

»Fünftausend habe ich.«

»Gut. Was ist mit den anderen fünftausend?«

»Hole ich nachher ab.«

»Willst du reinkommen?«

»Muss gleich weiter. Noch was vorbereiten.«

»Wir sehen uns dann heute Abend. Um elf? Dann haben wir eine Masse Zeit.«

»Um elf.«

Die Tür wurde geschlossen.

Michael wartete ab, bis die Schritte im Schnee verklungen waren und das Auto wegfuhr.

Mühsam stemmte er sich aus der Baugrube.

Das war mehr, als nach ein paar Stunden in der kalten Grube und fast vollkommener Stille im Kopfhörer zu erwarten gewesen war. Sie hatten seinen Köder geschluckt.

Selbmann also. Inas Nachbar.

Jetzt wusste er wenigstens, was ihn erwartete. Ob beide zur Übergabe kommen würden? Gut, dass Czeska dabei war. Er würde seine Hilfe brauchen.

Was war zwischen Selbmann und Ina vorgefallen?

44.

Viel zu früh machte er sich auf den Weg, um Erwin Czeska abzuholen. In seiner Jacke steckte ein digitales Aufnahmegerät. Das würde reichen. Falls es kritisch wurde, musste er sich auf Czeska verlassen.

Ein sanfter Schneefall hatte eingesetzt und bedeckte die Fahrbahn. Michael stapfte über eine Kreuzung. Die weißen Straßen schienen in der Dunkelheit unwirklich hell. Als er den Zionskirchplatz erreichte, legte er den Kopf in den Nacken. Die Turmspitze war nicht mehr zu sehen.

Er drückte die Tür zu Nummer 21b auf, ging nach oben und klingelte.

Niemand öffnete.

War der alte Mann gerade auf dem Klo? Michael wartete ein paar Minuten und klingelte noch einmal, diesmal länger.

Nichts.

Er legte ein Ohr an die Tür. Doch, da waren Schritte zu hören. Ein Schlüsselbund fiel auf den Boden. Metall kratzte auf Metall. Dann das Geräusch des Schnappers.

Plötzlich stand die Tür sperrangelweit auf.

Michael trat instinktiv einen Schritt zurück. Czeska hielt sich mit einer Hand an der Klinke fest, sein Körper hing nach hinten und zog den Arm in die Länge.

Mein Gott ...

»Sind Sie verletzt?«

Czeska zog sich nach vorne und stützte sich an der Tür

ab. Als Michael nach seinem Arm fasste, roch er den Alkohol.

»Das … geht … schon …«, lallte Czeska.

Scheiße.

Der alte Polizist war vollkommen betrunken.

Michael dirigierte ihn Schritt für Schritt in das spartanische Wohnzimmer. Czeska wog mehr, als er gedacht hatte. Er war erleichtert, als er ihn endlich auf dem billigen Sofa absetzen konnte. Czeskas Oberkörper neigte sich gefährlich zur Seite.

»Moment noch … bin gleich … so weit …«, murmelte er.

Michael schüttelte den Kopf. »Sie gehen nirgendwohin«, sagte er leise.

»Einen … Moment …« Czeska rülpste. Dann fiel sein Oberkörper endgültig auf das Sofa.

Michael starrte traurig auf ihn herunter.

Czeskas Kopf kippte zur Seite. Mit offenem Mund fing er an zu schnarchen.

Wieso hatte er sich so betrunken?

Michael warf einen Blick in die Küche. Auf dem Tisch stand die Whiskyflasche. Sie war leer. Daneben eine Kerze, ein altes Feuerzeug. Drum herum lagen Fotos verstreut. Und Zeitungsausschnitte.

Er nahm einen davon auf. Ein Mädchen und ein junger Mann. Auf einem anderen Bild: dasselbe Paar, mit einem sehr jungen Erwin Czeska in der Mitte. Einem lachenden Czeska.

Dann ein Artikel über einen Zwischenfall an der deutsch-deutschen Grenze. Vergilbt und eingerissen. Aus einer westdeutschen Zeitung.

Michael blieb an dem Stichwort *Republikflucht* hängen.

Plötzlich stand Czeska in der Küchentür. Er stützte sich mit beiden Händen mühsam am Türrahmen ab.

Meine Güte, war der alte Mann zäh.

»Ich wusste es nicht«, murmelte er.

Was hatte er nicht gewusst?

»Legen Sie sich wieder hin«, sagte Michael betont langsam und ruhig. Czeska schien ihn nicht zu hören. »Nichts wusste ich.« Er flüsterte fast. »Es ging über Monate. Kein einziges Wort gesagt. Und dann ...«

»Herr Czeska ...«

»Einfach ...« Er wischte mit der Hand durch die Luft. »Weg. Aus meinem Leben. Und ich hab ... nichts hab ich ... gewusst ... genau wie ...«

»Genau wie ich«, murmelte Michael. Er begann zu verstehen.

»Genau ... wie Sie ...« Czeska rülpste und ließ sich auf einen Stuhl fallen. Seine Hand griff über den Fotos ins Leere und fiel dann kraftlos auf den Tisch.

Das Mädchen war also seine Freundin gewesen. Genau wie Ina hatte es etwas in ihrem Leben gegeben, von dem Czeska nichts gewusst hatte. Der Plan zur Flucht. Genau wie Ina hatte sie ihre Freundschaft verraten, indem sie ihr Geheimnis für sich behielt. Die Erinnerung war wieder hochgekommen. Deshalb hatte Czeska sich so betrunken.

Michael nahm den Zeitungsausschnitt wieder in die Hand. Woher Czeska wohl das Original hatte? War er auf dienstlichen Wegen da rangekommen? Oder hatte ihm jemand aus dem Westen heimlich den Artikel beschafft?

Er legte ihn zurück auf den Tisch und schüttelte den Kopf.

Czeska tastete unsicher nach dem Artikel.

Michael sah auf die Uhr.

Czeska stemmte sich mühsam hoch. »Es ... ist Zeit ... nicht wahr ...«

Unmöglich, ihn rechtzeitig wieder nüchtern zu kriegen.

Es gab kein Zurück.

Czeska schwankte. Michael sagte nichts mehr. Er dirigierte den alten Polizisten sanft zurück ins Wohnzimmer. Bei dem Gedanken an das bevorstehende Treffen wurde ihm mulmig. Die Kräfteverhältnisse sahen jetzt ganz anders aus. Czeska knickte ein, schaffte es gerade noch, zum Sofa zu stolpern, und fiel schwer auf die Polster.

»Herr Czeska ...«

Seine Augen starrten ins Leere. Zwecklos. Er hörte ihn nicht mehr.

Michael ging in die Küche, blies die Kerze aus und steckte das Feuerzeug ein. Nicht dass der alte Mann im Suff noch die Wohnung abfackelte.

Leise zog er die Wohnungstür hinter sich zu.

Er ging durch die schwach beleuchteten Seitenstraßen. Der Schnee fiel jetzt stärker. Michael war allein auf der Straße. Nur auf der Bernauer fuhr hin und wieder ein Auto vorbei, jedes Mal fast im Schritttempo. Er betrat den Mauerpark. Die Kinderschaukeln auf dem Hang sahen gegen den Nachthimmel aus wie mittelalterliche Galgen. Michael ging schneller. Der Weg schien kein Ende zu nehmen. Mannshohe Hecken schluckten einen Teil des Lichts.

Was, wenn sie zu zweit kamen? Er wünschte, er hätte sein Messer nicht zerbrochen. Warum hatte er Czeska nicht nach einer Waffe gefragt? Vielleicht hatte der alte Polizist noch irgendwo eine Pistole. Mit einer Schusswaffe wäre das Risiko gering. Sollte er umkehren?

Er sah auf die Uhr. Halb zwölf. Es würde knapp werden. Zu knapp.

Endlich erreichte er die alte Eisenbahnunterführung am Ende des Parks. Er ging weiter bis zur Brücke.

Michael drückte sich in einen Hauseingang in der Kopenhagener Straße und wartete. Niemand kam vorbei. Niemand verließ das Eckhaus. Waren sie noch in der Wohnung? Oder hatten sie sich irgendwo anders verabredet? Auf der anderen Seite der Brücke? Um von ihrer Wohnung abzulenken? Die Brücke spannte sich wie ein leuchtendes Band über das weiße Brachland dreißig Meter tiefer. Niemand war zu sehen. In der Ferne sah er hin und wieder Scheinwerfer vorbeihuschen.

Seine Uhr zeigte Viertel vor zwölf. Michaels Zehen waren eiskalt. Er begann, langsam auf und ab zu gehen. Die Kälte kroch ihm die Beine hoch und unter die Jacke. Er steckte die Hände unter die Achseln. Es half nur wenig. Der Schneefall wurde stärker. Außer als Teenager hatte Michael nie geraucht, aber jetzt wünschte er sich eine Zigarette, um wenigstens ein bisschen Wärme zu spüren.

Er sah auf seine Armbanduhr. Fast zwölf.

Ob sie kommen würden?

Er fürchtete sich vor dem Moment und hoffte gleichzeitig darauf.

Die Flocken fielen jetzt sehr dicht. Nicht weit entfernt schlug eine Glocke.

Vielleicht warteten sie auch irgendwo in der Dunkelheit, in einem anderen Hauseingang? Warteten, dass er zuerst aus der Deckung kam? Um sich keine Blöße zu geben? Er musterte unwillkürlich die gegenüberliegende Straßenseite. Natürlich war niemand zu sehen.

Kurz entschlossen verließ er die Straße und betrat langsam die Brücke. Die Hände ließ er in den Taschen.

In der Mitte blieb er stehen und sah über das verschneite Brachland. Die Schneeflocken füllten die Luft.

Er drehte wieder um.

Beinah hätte er die vermummte Gestalt nicht gesehen. Sie betrat die Brücke vom anderen Ende her.

Also nur einer.

Oder blieb der andere irgendwo in der Dunkelheit als Rückendeckung?

Der Mann war im Schneegestöber nur undeutlich zu erkennen. Er trug eine lange Daunenjacke mit einer unförmigen Kapuze, die das Gesicht von allen Seiten schützte. Langsam stapfte er durch den Schnee. In einiger Entfernung blieb er stehen. Er schien von eher schmaler Statur zu sein, soweit sich das unter der Daunenjacke überhaupt sagen ließ. War das Selbmann?

Michael wartete.

Der andere ging nicht weiter, sondern blickte sich um.

Michael schaltete in der Jackentasche das Aufnahmegerät ein, dann ging er ein paar Schritte auf die Gestalt zu, nur um zu zeigen, dass er sie gesehen hatte. In einiger Entfernung blieb er stehen, wie sein Gegenspieler es getan hatte.

Sie warteten. Als ob sie sich durch das Schneetreiben hindurch abschätzen wollten. Keiner bewegte sich. Michael nahm die Hände aus den Taschen und hielt sie gut sichtbar zu beiden Seiten des Körpers.

Der andere kam zögernd näher.

»Hallo«, sagte Michael.

Sein Gegenüber trat noch ein paar Schritte näher.

Sie standen sich gegenüber, jeder suchte den Blick des anderen. Unter der Kapuze ringelten sich ein paar dunkle Locken hervor. Die Schneeflocken wirbelten um sie beide herum und bedeckten ihre Jacken.

Eine Eisprinzessin, dachte Michael.

»Sonja«, sagte er leise.

»Michael.« Ihre Stimme klang rau.

Er versuchte, nichts in seinem Gesicht zu zeigen. Innerlich fühlte er sich kalt. Sonja rührte sich nicht. Sie sah ihn einfach nur an. Abwartend. Kalkulierend.

Dieses Rätsel wollte er noch lösen.

Sonja streifte einen Handschuh ab, öffnete ihre Daunenjacke und holte eine Zigarettenschachtel hervor.

»Ich dachte, du rauchst nicht?«, sagte er.

»Das war mal.« Sie steckte sich eine Zigarette zwischen die Lippen. »Hast du Feuer?«

Michael beugte sich vor und ließ Czeskas Feuerzeug klicken. Sie hielt ihre Hände schützend um die Flamme. Unter der Daunenjacke trug sie einen eleganten schwarzen Pullover mit einer silbernen Brosche.

»Danke.«

Die Brosche bestand aus zwei Masken. Eine lachende – das Silber war etwas angelaufen – und eine weinende. Ihr glänzendes Metall schimmerte im Licht der Flamme.

Michael steckte das Feuerzeug wieder weg, den Blick immer noch auf die Brosche gerichtet. Sonja schlug ihren Kragen hoch. Michael wühlte langsam in seiner Jackentasche. Dann zog er die Hand, zur Faust geballt, wieder heraus. Sonja beobachtete ihn kühl. Er drehte die Faust nach oben und öffnete sie. Auf seiner Handfläche lag die weinende Maske.

Sonja sah kaum hin. Sie stieß Rauch aus ihren Lungen. »Ich habe mich schon gefragt, wo ich sie verloren habe.«

Ihre Zigarette glühte auf, als sie daran zog. Um sie herum tanzten Schneeflocken durch das Licht der Brückenlaternen.

»Du hast Ina umgebracht«, brach er schließlich das Schweigen. »Sie betäubt. Und von der Brücke geworfen.«

Sonja nahm noch einen tiefen Zug. »Ja.«

Ihr Gesicht verschwand hinter dem Rauch.

»Warum?«

»Sie hat etwas über mich herausgefunden, das sie nichts anging.«

Michael spürte, wie sich seine Schultern anspannten. Sonja redete zu freimütig über Inas Tod. War sie verrückt? Wollte sie jemanden schützen? Er sah sie durch den Rauch an. Ihr Ausdruck verriet nichts. Sie wirkte eher wie jemand, der vor einer wichtigen Prüfung ein wenig aufgeregt ist, nicht wie eine Mörderin.

»Und was?«, fragte er.

»Ich arbeite als Ärztin.« Sonja lachte leise. »Aber ich habe meine Ausbildung nie abgeschlossen.«

Die Worte klangen eisig in seinen Ohren. Was erzählte sie ihm da für Märchen?

Die Schneeflocken fielen durch das Laternenlicht.

Ina war tot.

Kein Märchen.

»Wie ist sie darauf gekommen?« Michael wunderte sich selbst, dass er in ruhigem Plauderton mit ihr reden konnte.

»Ein Wachkoma-Patient ist gestorben. Sie hat angefangen, Fragen zu stellen.«

Michael brauchte nicht weiter zu fragen. Den Rest konnte er sich zusammenreimen. Der Patient war Inas Exfreund gewesen. Und Sonja war ein Kunstfehler unterlaufen. Daraufhin hatte Ina angefangen, nachzuforschen.

Sonja atmete aus. Der Rauch ihrer Zigarette hing zwischen ihnen.

»Wie konntest du überhaupt Ärztin werden?«

»Was ist schon ein Diplom? Nur ein Stück Papier.« Sie sah hinaus über das Brückengeländer, die Hände immer noch in den Taschen verborgen. »Es hat nichts damit zu tun, was ein Mensch leisten kann. Deshalb habe ich die Zeugnisse vom Bruder meines Freundes kopiert und meinen Namen eingesetzt.«

»Weiß dein Freund davon?«

»Ich habe ihm gesagt, ich hätte bestanden.«

»Und das hat er geglaubt?«

»Ich war im Studium ziemlich gut. Nur die verdammte Prüfung …« Sie stieß heftig den Rauch aus. »Ich vermute, dass er vielleicht etwas geahnt hat. Aber wir haben nie darüber gesprochen.«

»Und das war ein ausreichender Grund, Ina zu töten?«

Sonja zuckte mit den Schultern. Ein kalter Wind wirbelte den Schnee über dem Brachland durcheinander. »Sie wusste zu viel. Sie hatte sich bei meiner alten Universität erkundigt. Dann rief sie mich in Berlin an. Wollte, dass ich kündige. Andernfalls würde sie meine Vorgesetzten informieren. Ich dachte, sie würde nur bluffen, und weigerte mich.«

»Wieso bluffen?«

»Wie hätte sie etwas rausfinden können? Niemand kommt einfach so an alte Prüfungsunterlagen heran. Ich dachte, für sie ist es unmöglich, etwas zu beweisen.«

»Und dann?«

»Sie war entschlossen, alles, was sie wusste, der Klinik zu schreiben. Zuerst habe ich mir keine Sorgen gemacht. Wer war sie denn? Nur eine kleine Krankenschwester. Ihr Wort hätte gegen meines gestanden. Sie hätte vielleicht ein bisschen Staub aufgewirbelt, aber ich dachte nicht, dass sie mir wirklich gefährlich werden könnte. Vielleicht war ich zu naiv. Oder wollte die Gefahr nicht sehen. Was hatte sie denn schon für Beweise? Ich habe zu spät begriffen, dass sie wirklich etwas herausgefunden hat. Weißt du, sie hat ein Stichwort fallen gelassen. Krebsbaracke. So haben wir damals intern die Station genannt, wo ich den Bruder meines Freundes kennen gelernt habe. In dem Moment wusste ich, dass sie mit ihm geredet hat. Plötzlich sah alles anders aus. Die Beziehung mit meinem Freund war längst vorbei; er hätte sich nicht mehr schützend vor mich gestellt. Schon gar nicht, wenn er zwischen seinem Bruder und mir hätte wählen müssen. Ina hätte seinen Bruder mit Leichtigkeit dazu bekommen, mich öffentlich anzugreifen. Seine Stimme hätte ein ganz anderes Gewicht gehabt. Was sollte ich machen? Meine Karriere wäre zu Ende gewesen.«

Michael konnte kaum glauben, was er hörte. »Und das wiegt mehr als ein Menschenleben?«

Sonja sah über das Brückengeländer hinweg. »Es hängt doch nicht an einer einzigen Prüfung, ob man in seinem Beruf gut ist«, sagte sie und starrte vor sich hin. »Ich mache hervorragende Arbeit. Jeder sagt das. Meine Patienten. Die Kollegen. Der Chef. Ich habe in Fachzeitschriften veröffentlicht. An der Charité kann ich mich weiterbilden. Sie haben mich gern genommen. Ich bin eine gute Ärztin.« Sie sah ihn an. In ihren Augen glänzten Tränen. »Ich könnte mir keinen anderen Beruf vorstellen.«

»Und der Patient? Den du umgebracht hast?«

»Ach, Michael.« Sonja lachte auf. Kurz und freudlos. »Nachdem Frau Detjen das erste Mal an mich herangetreten ist, habe ich mich sofort bei meinem Nachfolger erkundigt. Der Patient ist eines natürlichen Todes gestorben. Es gab nicht den geringsten Zweifel.« Sie warf die Zigarette in den Schnee und vergrub ihre Hand in der Jackentasche. »Aber sein Tod hat Ina auf meine Spur gebracht.«

»Verstehe.«

Wahrscheinlich hatte Ina deswegen nachts im Krankenhaus herumstöbern wollen. Um in Sonjas Büro nach Beweisen zu suchen. Arme Ina. Sie glaubte sich im Recht und sah nicht die Gefahr, in die sie sich mit jedem Schritt immer mehr begab.

»Und die Abschiedsmail? An mich? Die hast *du* geschrieben.«

»Ich habe mir ihre Schlüssel ausgeliehen. Dass sie ihr

Laptop mithatte, wusste ich. Alle ihre Notizen zu mir waren säuberlich in einer Datei gesammelt. Ich habe sie einfach gelöscht. Nur den Handychip hätte ich nicht wegwerfen dürfen. Aber jetzt ist alles wieder gut.«

War sie der Einbrecher gewesen? Oder ein Helfer? Es spielte keine Rolle.

Nur eines verstand er nicht.

»Warum erzählst du mir das alles?«

Sie zog ganz ruhig ihre Hand wieder hervor. Michael konnte gerade noch eine kleine Sprühdose erkennen, dann traf ihn irgendetwas mitten im Gesicht.

»Aaahh!« Vor Schreck hatte er eingeatmet. Das Zeug fühlte sich merkwürdig an im Mund. Schon während er sich mit den schneefeuchten Handschuhen im Gesicht herumwischte, merkte er, dass seine Bewegungen langsamer wurden. Er taumelte zurück. Ein Bein knickte unter ihm weg. Schwerfällig schlug er mit dem Rücken in den Schnee. Er ruderte unbeholfen mit Armen und Beinen, dann lag er still. So haben wir als Kinder immer Engel in den Schnee gemacht, dachte er.

Merkwürdigerweise funktionierten seine Gedanken weiter. Auch das eisige Gefühl in seinen Händen und Zehen war noch da. Wahrscheinlich hatte das Zeug nur kurz seine Muskeln lahmgelegt. Er spürte, wie Sonja mit kalten Fingern sein Augenlid hochzog. Dann griff sie unter seine Achseln und lehnte ihn mit dem Oberkörper gegen das Brückengeländer.

Ob sie es mit Ina auch so gemacht hatte? Oder hatte sie ihr etwas in den Tee getan, um ihre Willenskraft zu lähmen? Und sie dann zur Brücke geführt?

Er spürte Sonjas Hände, wie sie an ihm zogen und ihn aufrichteten. Ihr Griff war überraschend stark. Muss vom Wenden der Patienten kommen, dachte er, vielleicht hat sie zuerst als Krankenschwester gearbeitet. Im selben Moment wunderte er sich über die Absurdität seines Gedankens. Das eisige Gefühl hatte jetzt auch seinen Oberkörper umfangen. Seine Arme hingen über das Geländer.

Dann die Rückkehr in Inas Wohnung, um den Chip aus dem Müll zu holen. Um auf Nummer sicher zu gehen. Als sie ihn nicht fand, der Einbruch in sein Büro. Schließlich der Entschluss, ihn zu beseitigen. Und er hatte selbst die Falle vorbereitet, indem er ein Treffen an diesem einsamen Ort vorschlug.

Vor seinem Gesicht waren nur noch tanzende Schneeflocken. Erst weit unten kam fester Boden. Er nahm seinen ganzen Willen zusammen und versuchte, sich zu bewegen, aber er erreichte nur ein schwaches Zucken. Dann schlossen sich Sonjas Finger um seine Fußknöchel und schoben ihn Zentimeter für Zentimeter über das Geländer.

Sie keuchte vor Anstrengung.

Damit kommt sie nie durch, dachte er. Man wird den Spuren ansehen, dass es kein Selbstmord war. Ihm fiel ein, dass ihm das höchstwahrscheinlich egal sein konnte.

Noch war der Schwerpunkt seines Körpers diesseits des Geländers. Aber Kopf und Arme hingen bereits über dem Abgrund.

Vielleicht werde ich ja eine Schneeflocke, dachte er. Schade – im Frühjahr werde ich schon wieder schmelzen. Vorher hätte ich mich gern wieder mit Anke vertragen. Noch einmal versuchte er, seine Arme zu bewegen. Es gelang ihm nur, die Finger ganz leicht zu krümmen. Sein Gürtel kratzte am Geländer.

Plötzlich spürte er, wie sich der Griff um seine Knöchel löste. Seine Beine fielen nach unten und zogen ihn eine Winzigkeit zurück. Die Gürtelschnalle drückte in seinen Bauch. Langsam rutschte er nach unten. Aus dem Augenwinkel sah er Sonja; sie versuchte, sich dem Griff eines Mannes zu entwinden.

Czeska.

Michaels Arme zitterten. Die Betäubung ließ nach. Er versuchte, sich aufzustützen, und sackte wieder zurück.

Sonja und Czeska umkreisten sich langsam und bewegten sich wie in einem grotesken Schneewalzer von Michael weg. Er stemmte sich hoch. Es kam ihm vor, als brauchte er eine Ewigkeit. Sie stand mit dem Rücken zu ihm. Etwas blitzte zwischen den Schneeflocken. Czeska schrie auf und taumelte ein paar Schritte zurück. Aus seinem Gesicht tropfte Blut in den Schnee. Mit einer Hand stützte er sich am Geländer ab, mit der anderen wischte er sich unbeholfen über das Gesicht. Sonja war ebenfalls zurückgewichen.

Gehetzt sah sie sich um. Sie befand sich genau zwischen Michael und Czeska. Michael schwankte, stand aber auf beiden Füßen. Czeska taumelte zwei Schritte in Sonjas Richtung, sein Gesicht eine verzerrte, blutverschmierte Maske.

Sie drehte sich um und lief rasch auf die eiserne Tür zu, hinter der die Wendeltreppe nach unten führte. Noch ehe Michael bei ihr war, stand sie schon auf dem Brückengeländer und versuchte, außen um die Tür herumzuklettern.

»Nein! Sonja! Mach keinen Scheiß!«

Mit zusammengebissenen Zähnen suchte sie Halt. Ihre Füße tasteten Zentimeter für Zentimeter nach sicherem Tritt. In der rechten Hand hielt sie immer noch das Skalpell.

Michael versuchte, sie am Knöchel zu packen. Mit einer ungeschickten Bewegung warf sie das Skalpell nach ihm. Dabei verlor sie das Gleichgewicht.

Die kleine Klinge drehte sich schwach in der Luft und fiel in den Schnee.

Reflexartig streckte Michael die Hand aus. Er bekam ihr

Handgelenk zu fassen. Der Ruck riss ihn beinah von den Füßen. Sonjas Finger zappelten verzweifelt in seinem Griff.

»Fass mein Handgelenk!«, schrie er ihr zu und versuchte, seine Füße im Geländer zu verhaken. »Ich kann dich nicht mehr halten!«

Ihre Fingerspitzen berührten seinen Unterarm. Michael sah einen Moment in ihre Augen. Sonja erwiderte seinen Blick und tat es doch nicht; sie schien etwas zu sehen, das irgendwo, ganz weit weg war.

Dann glitt sie durch seine Finger.

Michael starrte nach unten auf den unnatürlich verdrehten Körper, der sich scharf vom Schnee abhob.

Bewegte sie sich noch?

Er kniff die Augen zusammen. Aber das Licht der Laternen an seiner Seite reichte nicht bis nach unten.

Von hinten legte sich eine Hand schwer auf seine Schulter. Michael zuckte zusammen. Drehte sich um. Erwin Czeska roch nach Alkohol, eine Seite seines Gesichts war blutig. Er nickte zum Ende der Brücke hin. In der Hand hielt er ein Handy.

»Ich habe einen Krankenwagen gerufen. Die werden gleich hier sein.«

»Meinen Sie, dass sie noch lebt?« Er starrte wieder in die Tiefe.

»Wer weiß.« Czeska zog ihn sanft fort.

Nebeneinander stapften sie von der Brücke; das Metall hallte unter ihren Schuhen. Am Ende drehte Michael sich noch einmal um.

Auf der anderen Seite des Brachlandes, jenseits der Brücke, flackerte ein Blaulicht.

»Kommen Sie«, sagte Czeska.

Schweigend gingen sie die Schwedter Straße entlang. Wie hatte er sich nur so täuschen können, fragte Michael sich. Sie war nett gewesen. Eine hübsche, ungekünstelte Frau.

Aber jenseits der sympathischen Oberfläche lag ein kalter Abgrund. Er hob den Kopf und sah noch einmal zurück. Der Anfang der Brücke war gerade noch zu erkennen. Im Licht der Straßenlaternen wirbelten Schneeflocken. Merkwürdig: Die Autos schienen ihm zuzuzwinkern. Dann merkte er, dass unter den Scheibenwischern kleine Flyer steckten. Wer auch immer sie verteilt hatte, kein einziger Wagen war ausgelassen worden.

Er blieb stehen.

»Was haben Sie?«, fragte Czeska mit gedämpfter Stimme.

Michael griff nach einem Flyer. Der Schnee rutschte leicht von der festen, hochglanzbedruckten Pappe.

Werbung für eine Aufführung in einem Theater auf der Schönhauser Allee.

Ein Stück von Molière. *Der eingebildete Kranke.*

Er drehte die Karte in der Hand. Schneeflocken fielen auf das Papier. Er trat in den Lichtkegel einer Laterne und las die Namen der Hauptdarsteller. Gleich den ersten kannte er. Selbmann.

Michael sah die Straße entlang. So weit das Auge reichte, steckte hinter jedem Scheibenwischer ein Flyer. Wenn alle parkenden Autos in den umliegenden Straßen versorgt waren, mussten es tausende sein.

Zehntausend.

Er warf die Karte fort. Sie segelte sanft in den Schnee. Michael erinnerte sich, wie leicht die Schachtel nach seinem Fußtritt durch die Luft geflogen war. Deshalb also: Requisite.

»Alles in Ordnung, Herr Dallinger?«, fragte Czeska leise.

»Ja. Alles in Ordnung.«

Langsam ging er neben Czeska nach Hause. Michael fühlte keine Befriedigung.

Nur eine große, weiße Leere, die sich in seinem Inneren ausbreitete.

Epilog

Montag, 6. Februar

Michael machte gar nicht erst Licht. Er ließ seine Klamotten dort, wo er stand, auf den Teppich fallen und kroch unter die Bettdecke. Als er am nächsten Tag aufwachte, war es schon Nachmittag. Alle Muskeln taten ihm weh. Er trank Wasser aus der Leitung, aß ein Brot und legte sich wieder ins Bett. Den Rest des Sonntags dämmerte er vor sich hin. Spät am Abend fiel er wieder in einen tiefen Schlaf. Es wurde eine traumlose Nacht ohne Unterbrechungen.

Am nächsten Morgen fühlte er sich zum ersten Mal seit langer Zeit wieder ausgeruht. Er beschloss, mit dem Wagen ins Büro zu fahren und hinterher noch einen Ausflug zu machen, raus aus der Stadt, Richtung Wandlitz vielleicht. Da gab es ein paar schöne Seen, um diese Jahreszeit würde es dort einsam sein.

Er ließ den Motor an. Es gab ein ruckelndes Geräusch. Mehr passierte nicht. Michael versuchte es ein paarmal. Schließlich sprang der Motor an. Im Radio liefen die Nachrichten. Als Sonjas Name fiel, horchte er auf. Die Ärztin hatte den Sturz von der Brücke überlebt. Aber sie würde den Rest ihres Lebens im Rollstuhl sitzen.

Inas Tod wurde kurz erwähnt.

Die Polizei ermittelte. Weswegen, wurde nicht gesagt.

Er schaltete das Radio ab und war froh, dass der Renault die kurze Fahrt zum Büro bewältigte. Wahrscheinlich kam er um einen Besuch in der Werkstatt nicht herum.

Er hatte es nicht eilig. Im Hausflur roch er den vertrauten Zigarettenrauch. Die Briefkästen waren endlich repariert worden. Michael ging die Treppe zu seinem Büro hinauf. Auf dem Treppenabsatz stand ein Typ mit zerzausten Haaren und einer eckigen Designerbrille. Er rauchte mit hochgezogenen Schultern.

»Hey, gehörst du zu Dallinger?«, fragte er.

Michael drehte sich um. »Das bin ich.«

Der Typ ließ seine Zigarette auf den Boden fallen und trat sie aus. »Ich glaube, bei uns ist was für dich.«

»Wie meinst du das?«

Der Typ schlurfte ins Nachbarbüro und kam mit einem kleinen Luftpolsterumschlag und einer Postkarte wieder. »Wurde bei uns abgegeben. Dein Briefkasten ist kaputt.«

Michael streckte die Hand aus. »Wann kam das denn?«, fragte er gleichgültig.

»Ist schon 'n paar Tage her. Ich war krank, und das ist auf meinem Tisch liegen geblieben.«

Michael fühlte etwas Kleines, Schmales im Umschlag. Flüchtig sah er auf die Adresse. Die Postleitzahl fehlte.

»Danke.«

»Alles klar.«

Im Gehen las Michael die Postkarte. Sie enthielt nur ein paar Worte.

Lieber Michael,
eine Dame aus Tegel wird sich mit einem guten Auftrag bei Dir melden. Herzlich, Dein Onkel Peter Broock

Deshalb hatte er versucht, ihn zu erreichen. Michael zerriss die Karte und warf sie in den Papierkorb. Der alte Mistkerl. Glaubte er wirklich, auf diese Weise wieder Kontakt zu ihm aufnehmen zu können?

Er hob zwei Aktenordner auf und stellte sie zurück ins Regal. Wahrscheinlich würde es ihn den ganzen Tag kosten, hier Ordnung zu schaffen.

Er sah sich den Umschlag etwas genauer an. Die Adresse war in hingehuschten Buchstaben geschrieben, als ob der Absender in großer Eile gewesen war. Trotzdem erkannte er die Handschrift.

Der Umschlag kam von Ina.

Er ließ sich auf den Schreibtischstuhl fallen und öffnete ihn. Darin lag ein kleiner Memorystick. Michael riss den Umschlag an den Seiten auf und faltete ihn auseinander, aber mehr war nicht drin. Keine Karte, kein Zettel.

Er drehte ihn zwischen den Fingern. Dann startete er seinen Computer und öffnete den Memorystick.

Angespannt betrachtete er den Inhalt.

Eine einzige Datei. Ein einfaches Word-Dokument, das zum letzten Mal am Tag von Inas Tod geöffnet worden war.

Hatte Ina etwas geahnt? Ihm noch etwas Wichtiges schicken wollen – an sein Büro, damit er es nicht erst abends aus dem Briefkasten holen würde? Und in der Aufregung die Postleitzahl vergessen?

Er klickte die Datei an.

Sie enthielt nicht viel. Einige wenige Seiten.

Stirnrunzelnd las er den Text.

Es war eine Sicherungskopie. Sie hatte alles zusammengetragen, was sie zu Sonja Erminghoff hatte finden können.

Eine Notiz zur Auskunft von der Universität Freiburg: Sonja hatte nie promoviert. Namen und Telefonnummern ihrer angeblichen Prüfer. In Klammern säuberlich der Verweis *für Rückfragen.* Die Adresse des Exfreundes. Und die Dienstanschrift des Bruders, an einem großen Hamburger Krankenhaus.

Wahrscheinlich hätten Inas Nachforschungen tatsächlich gereicht, um Sonjas Karriere zu zerstören und sie ins Gefängnis zu bringen.

Was hatte sie nur zu ihrem Betrug veranlasst? Geltungsdrang? Geldgier? Die Unfähigkeit zuzugeben, dass sie im Studium gescheitert war? Hatte sie wirklich geglaubt, was sie im Schneetreiben auf der Brücke gesagt hatte – dass ein Diplom nur ein Stück Papier ist? Oder war sie in ihre eigene Realität geflohen, in der nur die eigenen Wünsche Geltung hatten, nicht aber die Wirklichkeit?

Er verstand sie nicht.

Sie hatte nicht einfach nur aller Welt Theater vorgespielt. Irgendwann war sie zu ihrem eigenen Publikum geworden. Sie hatte die Bühne verlassen.

Und dann wurde sie zur Mörderin.

Eigentlich müsste er irgendwann noch Inas Eltern anrufen.

Manchmal war es besser, Unangenehmes sofort zu erledigen. Er griff zum Telefon.

»Herr Detjen? Hier ist Michael.«

»Ich höre.«

»Ich wollte Ihnen nur mitteilen, dass Ina sich nicht umgebracht hat. Es war Mord.«

»Das kannst du jemand anderem erzählen. Versuch ja nicht, dich da rauszureden. Die Verantwortung nimmt dir keiner ab.«

»Ich kann es beweisen.«

»Gefälscht haben kannst du die Beweise.« Er wurde lauter. »Ich weiß doch, was ihr Detektive für Leute seid. Ihr dreht immer alles so, wie ihr es haben wollt. Aber nicht mit mir, Michael.«

Michael seufzte und legte ohne Abschiedsgruß auf. Da konnte man nichts machen.

Lustlos begann er, die Sachen vom Fußboden aufzusammeln und alles wieder an seinen Platz zu räumen. Es ging schneller, als er gedacht hatte.

Als er fast fertig war, klingelte es an der Tür.

Ein neuer Klient?

Er war versucht, so zu tun, als sei er nicht da. Es klingelte erneut. Vielleicht war es jemand, der seinen blauen Renault im Hof erkannt hatte? Aber wer wusste schon, was er für ein Auto fuhr? Sein Onkel. Anke. Seine Nachbarin, aber nur vielleicht. Wer noch? Es fiel ihm niemand ein.

Seine Neugier überwog.

Vor der Tür stand Erwin Czeska.

»Kommen Sie rein«, sagte Michael überrascht.

Czeska putzte sich die Schuhe ab und folgte Michael.

Im Büro blieben sie stehen. Czeska sah sich um.

»Große Räume«, sagte er.

»Ich nutze nicht alle. Aber die Miete ist billig. Normalerweise haben Büros heutzutage einen anderen Standard.«

»Verstehe. Hören Sie, Herr Dallinger – es tut mir leid, dass ich ausgefallen bin.«

Michael sah den alten Polizisten fragend an.

»Es ... es ist alles wieder hochgekommen. Von damals.«

Michael nickte. »Ich habe die Zeitungsausschnitte gesehen.«

»Verstehen Sie?« Czeskas Stimme war belegt. »Ich hatte mit einem völlig fremden Menschen zusammengelebt. All die Jahre habe ich versucht zu vergessen. Und dann kamen Sie.«

Michael nickte langsam. »Deshalb haben Sie mir geholfen.«

»Ja.« Czeska lächelte bitter. »Obwohl zum Schluss von Hilfe keine Rede mehr sein konnte.«

»Ich hätte nicht gedacht, dass Sie in der Lage waren,

überhaupt aufzustehen. Geschweige denn die Wohnung zu verlassen.«

»Langes Training.«

Michael stutzte. Dann begriff er. »Hat man Sie deshalb rausgeworfen nach der Wende? Weil sie zu viel getrunken haben?«

»Deswegen nicht.«

»Warum dann?«

Czeska starrte zum Fenster.

»Schon gut«, sagte Michael. »Sie brauchen es mir nicht zu erzählen.«

Eine verlegene Stille breitete sich zwischen ihnen aus.

»Woher hatten Sie eigentlich das Handy?«, fragte Michael.

»Neu besorgt. Dachte, es könnte ganz nützlich sein.« Czeska wandte seinen Blick vom Fenster ab. »Ich werde mich dann mal auf den Weg machen. Danke, dass Sie Zeit für mich hatten.«

Der schnelle Aufbruch verblüffte Michael. »Und was werden Sie jetzt tun?«

»Die Glühbirne im Treppenhaus muss ausgetauscht werden.«

Michael fasste einen raschen Entschluss. »Herr Czeska – offiziell bin ich seit vorgestern für vier Wochen im Urlaub. Ich weiß noch nicht, was ich jetzt mache. Aber irgendwann geht die Arbeit weiter. Hätten Sie nicht Lust, bei mir mitzumachen?«

Der alte Polizist sah Michael verblüfft an. »Als was?«

Michael konnte nicht anders. Er musste lachen. »Bestimmt nicht als Hausmeister. Ganz wie Sie wollen. Das heißt, ich kann Sie nicht fest einstellen. Dafür reicht das Geld nicht. Aber vielleicht als freier Mitarbeiter? Oder als Partner? Das liegt bei Ihnen.«

»Das meinen Sie ernst?«

»Vollkommen. Sie brauchen sich ja nicht sofort zu entscheiden. Denken Sie in Ruhe darüber nach.«

»Das werde ich.« Erwin Czeska verabschiedete sich mit Handschlag. Mit einem Mal sah er zehn Jahre jünger aus.

Michael setzte sich mit einem Lächeln an seinen Schreibtisch. Er nahm Inas Memorystick und legte ihn zu seinen Unterlagen. Auf dem Bildschirm blinkte das Zeichen für eine neue Mail.

Von Anke.

Sie war sehr kurz.

Hatte Fehlgeburt. Erwarte nicht, dich nach meiner Rückkehr zu sehen. Anke

So eine verdammte Scheiße.

Michael brach der Schweiß aus. Deshalb war ihr der Urlaub so wichtig gewesen. Warum hatte sie ihm nichts gesagt?

Er schloss die Augen und dachte nach. An Anke. An Ina. Und an Sonja.

Wozu sich als Richter aufspielen?

Ina war tot.

Aber vielleicht war von seinem Leben noch etwas zu retten. Jetzt würde er sich um Anke kümmern.

Es war ein gutes Gefühl.

Nachwort

Dieses Buch hat seinen Ursprung in der Fantasie. Figuren und Handlung sind frei erfunden. Auch wenn gelegentlich Anleihen bei tatsächlich existierenden Personen gemacht wurden, gehen einzelne Eigenschaften realer Personen immer in den Figuren dieser Geschichte auf. Eventuell noch bestehende Ähnlichkeiten sind zufällig und nicht beabsichtigt.

Eine Anregung zum Hintergrund der Geschichte um Michael und Ina erhielt ich durch einen ausführlichen Zeitungsartikel zum Fall einer jungen Frau, der es gelang, ohne Examen als Ärztin an einem Hamburger Krankenhaus angestellt zu werden; bis zur Entdeckung des Betrugs soll sie dort ausgezeichnete Arbeit geleistet haben. Dass die falsche Ärztin im Buch an der Charité arbeitet, hat keinerlei realen Bezug. Über die Arbeit und die Verwaltung an der Charité ist mir nichts Nachteiliges bekannt.

Obwohl ein Roman kein Tatsachenbericht ist, habe ich mich bemüht, die Arbeitsweise der Polizei möglichst unverfälscht darzustellen. In diesem Zusammenhang danke ich Ingeborg Tugend und ihren Kollegen, Herrn Böhm und Herrn Klinger, für ein sehr informatives, nettes Gespräch. Sämtliche Abweichungen von der Realität ergeben sich aus der erzählerischen Notwendigkeit.

Danken möchte ich vor allem meiner Frau. Ohne sie hätte ich während der Arbeit streckenweise den Überblick verloren.

Großer Dank gilt Sven von der Potsdamer Session für seine Fachberatung zum Thema Suizid.

Dank gilt ferner Vera Klindworth für fachliche Hilfe in medizinischen Fragen und zu bestimmten Arbeitsabläufen in einem Krankenhaus. Sämtliche Abweichungen von der Realität, die dem Versehen oder der erzählerischen Notwendigkeit geschuldet sind, stammen von mir selbst.

Wenke Sietas hat mir äußerst hilfsbereit meine Fragen zur Funktion von Handychipkarten beantwortet. In diesem Zusammenhang hat sie mich auf eine gute Idee zum Fortgang der Ermittlungen gebracht.

Hanna Pfeifer hat mich mit verschiedenen Formen von Alkoholismus und den jeweiligen Langzeitwirkungen vertraut gemacht. Danken möchte ich ihr außerdem für den Spaziergang, bei dem sie mir die Fußgängerbrücke nördlich vom Mauerpark gezeigt hat. Die Atmosphäre dort war so eigentümlich, dass ich mir den Ort als Schauplatz für einen Krimi vormerkte, ohne damals schon an dieses Buch zu denken.

Für ermutigende und hilfreiche Worte in einer äußerst unübersichtlichen Phase während der Arbeit am Roman danke ich der Autorin Martina Klein.

Abschließend danke ich meiner Lektorin, Ann-Catherine Geuder, für ihre Arbeit.

Berlin und Ober Ochtenhausen
2009